Diogenes Taschenbuch 21302

Celia Fremlin

Wer hat Angst vorm schwarzen Mann?

Roman
Aus dem Englischen von
Otto Bayer

Diogenes

Titel der 1967 bei Viktor Gollancz Ltd.,
London, erschienenen englischen
Originalausgabe: ›Prisoner's Base‹
Copyright © 1967 by Celia Fremlin
Umschlagzeichnung von
Tomi Ungerer

Deutsche Erstausgabe

Alle deutschen Rechte vorbehalten
Copyright © 1985
Diogenes Verlag AG Zürich
40/96/36 /7
ISBN 3 257 21302 6

Kapitel 1

Kein Anblick konnte dieser Tage mehr Schrecken einflößen als der eines gutgekleideten Mannes mit Notizbuch in der Hand beim Betrachten eines Grundstücks.

Margaret beobachtete ihn aus dem oberen Flurfenster und sagte sich ein ums andere Mal, daß dies nichts zu bedeuten habe; sie war eben nur eine mißtrauische alte Frau, daß sie ihn überhaupt beachtete. Warum sollte der Mann nicht lediglich ein harmloser Passant sein, der zufällig dort am Gatter stehengeblieben war, um sich am Anblick einer Wiese voller Butterblumen in der Morgensonne zu erfreuen? Gewiß, er sah nicht aus, als könne er sich überhaupt freuen, am wenigsten über eine Wiese voller Butterblumen; aber bitte sehr, man sollte einen Menschen doch wirklich nicht nach seiner äußeren Erscheinung beurteilen; wer wußte denn schon, hinter wie vielen griesgrämig zerfurchten Gesichtern eine freudvolle Seele sich heimlich eins grinste?

Aber dieser korrekte dunkle Anzug – gab es einen Anzug von üblerer Vorbedeutung? Vielleicht hatte dieser arme Mensch sich aber nur für ein Stündchen aus einer Amtsstube weggeschlichen; und das Notizbuch?... nun, das konnte doch alles *mögliche* sein – ein Tagebuch... ein Verzeichnis aller in dieser Gegend wachsenden Wildblumen... und die ganze Zeit pochte Margarets Herz ganz tief drinnen den dumpfen, unverkennbaren Rhythmus nahenden Unheils.

Die Wiese sollte bebaut werden. Der Mann hatte bisher noch nicht einmal den Riegel des Gatters angehoben; er hatte seine abscheulichen Meßinstrumente noch nicht ausgepackt, und doch sah Margaret die Wiese schon todgeweiht. Dem Tod geweiht, jetzt, in der herrlichsten Zeit des Jahres, da die Butterblumen gerade herausgekommen waren und die zwei knorrigen alten Apfelbäume noch in rosa Blüte standen; jetzt, da Margarets Rhodeländer in ihrem Reich aus Sonne und Stroh gerade das erste Staubbad des Jahres nahmen; da Claribel endlich richtig brütig geworden war und nach all der Sorge und Mühe schließlich brav auf ihren Eiern saß... Jetzt, ausgerechnet *jetzt*, in einer Zeit, die der Sonne und neuem Leben geweiht war, fiel es diesem schwarzen Ungeheuer ein, gestärkt und poliert hierherzukommen und die Wiese mit seinen kleinen Betonmischeraugen zu begutachten...

Ihre Wiese! Ja, natürlich war es wirklich ihre Wiese... die konnten gar nichts damit anfangen, ohne sie zu fragen, natürlich nicht...! Flink wie ein junges Mädchen trotz ihrer über sechzig Jahre drehte Margaret sich vom Fenster weg und beugte sich übers Treppengeländer.

»Claudia!« rief sie – und ärgerte sich, als sie die fordernden Silben unten durch die zugigen Gänge hallen hörte; ärgerte sich, weil sie sich die Angst hatte anhören lassen. Sie hatte vom ersten Augenblick an ganz ruhig sprechen wollen, die Überlegenheit selbst. »Claudia, bist du da?«

Schritte aus dem Eßzimmer, forsch und schon jetzt gereizt, voll demonstrativer Geduld gegenüber einer sentimentalen alten Närrin, die es bei Laune zu halten galt. Aha, dachte Margaret pfiffig, während sie diesen Schritten lauschte – sie weiß es schon, weiß ganz genau, worum es geht; soll sie nur ja nicht versuchen, mir jetzt mit erstaunt aufgerissenen Augen zu kommen...!

»Was ist denn, Mutter?« Claudia lehnte sich gegen die Mahagonispirale des Geländers und sah nach oben; in ihren dunklen Hosen und der weiten, glitzernden Hemdbluse sah sie umwerfend und tüchtig zugleich aus. »Was ist denn *nun* los?«

Das müde betonte *nun* klang ganz so, als hätte Margaret an diesem Vormittag schon ein Dutzend unvernünftiger Klagen vorgebracht; Claudias ganze Haltung drückte aus, daß sie auf den letzten Strohhalm gefaßt war, der ihr den Rücken brach. Claudia hatte es schon immer sehr gut verstanden, einen ins Unrecht zu setzen, noch ehe man den Mund aufgemacht hatte; seit sie dreizehn war, wartete Margaret darauf, daß sie diesem unerfreulichen Talent einmal entwachsen würde; aber sie war, im Gegenteil, immer besser darin geworden, und mit ihren knapp vierzig Jahren verstand sie nun die meisten familiären Auseinandersetzungen abzuwürgen, noch ehe sie begonnen hatten; es war, als drehte sie draußen in irgendeinem bedrückenden Schuppen, zu dem nur sie Zugang hatte, kurzerhand das Wasser ab.

Aber *diese* Auseinandersetzung würde sie jetzt *nicht* abwürgen; Margaret sammelte zur Attacke.

»Was ist das für ein Mann da draußen auf der Wiese? Was will er da?«

»Was für ein Mann?« Claudia schien jedoch selbst zu fühlen, daß dies nicht sehr überzeugend klang und obendrein sinnlos war – sinnlos, weil ihre Mutter es schließlich doch erfahren mußte. »Ach so – du meinst Mr. Marvin?« verbesserte sie sich mit leicht gezwungener Arglosigkeit. »Das ist doch nur der Mann von Thoroughgoods. Du kennst doch Thoroughgood & Willows. Jedesmal, wenn du durch die High Street gehst, kommst du daran vorbei. Die *mußt* du kennen!«

Natürlich kannte Margaret die Firma; und das wußte Claudia natürlich auch. Die kaum verhüllte Unterstellung, ihre Mutter sei wohl schon so vergeßlich geworden, daß sie nicht einmal mehr den Namen des größten Immobilienbüros im Umkreis kenne, war typisch Claudia – ein bewußtes Manöver, das ihre Widersacherin bereits auf einem Nebengebiet herabwürdigen und ihre Moral erschüttern sollte, bevor die eigentliche Diskussion auch nur begonnen hatte. Es sollte also zu einem richtigen Kampf kommen – na schön: Wenn Claudia ihre großen Geschütze auffahren wollte, würde Margaret die ihren eben auch auffahren; und ihr schwerstes war natürlich, daß die Wiese *ihr* gehörte.

»Und darf ich fragen«, erkundigte sie sich mit aller Würde, mit der sie zugleich noch sicherstellen konnte, daß Claudia sie nur ja bis unten hörte, »was der Mann von Thoroughgood & Willows bitte auf meiner Wiese macht? Was hat er da verloren? *Ich* habe ihn nicht hierher eingeladen.«

»Nun dreh nicht gleich durch, Mutter. Immer mit der Ruhe. Warum müssen Frauen deiner Generation sich nur immer gleich so aufregen? Der Wert der Wiese muß geschätzt werden, das ist doch klar; und um ihn schätzen zu können, muß erst mal einer herkommen und sie sich ansehen. Das leuchtet doch ein, oder? Die *müssen* jemanden vorbeischicken. Um sie sich *anzusehen*.« Claudia betonte die wichtigsten Wörter, als hoffte sie, daß wenigstens diese ihrer Mutter halbwegs in den Kopf gingen.

»Was heißt ›das ist doch klar‹? Ich kann daran gar nichts klar finden. Ich habe um diese Schätzung nie gebeten. Ich habe noch nicht eine Sekunde...«

»Ach, Mutter, wir müssen das doch nicht schon *wieder* durchkauen, oder?« Daß Claudia sich derart belästigt gab, erschien Margaret etwas dick aufgetragen angesichts der Tatsache, daß dieses Thema bisher noch mit keinem Wort zwischen ihnen erwähnt worden war. Claudia fuhr mit übertriebener Nachsicht fort: »Du erinnerst dich doch *ganz bestimmt* an den Zeitungsbericht über die geplante neue Straße durch Haddows Bottom, Mutter? Und wie dadurch der Wert der angrenzenden Grundstücke steigen würde? Seinerzeit hast du doch wirklich genug Theater darum gemacht – das *kannst* du nicht vergessen haben!«

Claudia schüttelte verständnislos den Kopf und gab jenes kurze Lachen von sich, mit dem sie Diskussionen immer gern beendete. Dieses Lachen sollte sagen, daß Claudia nicht nur im Recht war, sondern auch großherzig genug, um die Dummheit ihres im Unrecht befindlichen Widerparts mit Humor zu tragen. Er sei ja nicht schuld daran, sagte das Lachen; er könne nichts dafür und sei nicht böse, nur eben komisch. Margaret widerstand der momentanen Versuchung, Claudia bei den Schultern zu packen und so lange zu schütteln, bis dieses Lächeln zu klappern anfing. Statt dessen versuchte sie ganz schnell und ruhig zu überlegen, wie sie jetzt am besten weiter vorging.

Denn hier tat sich etwas Ernstes, das war klar. Hinter Claudias sattsam bekannten Tricks spürte Margaret eine abwehrbereite Wachsamkeit: ihre Tochter machte sich auf einen erwarteten Ausbruch gefaßt. Offenbar hatte sie schon irgendwelche Schritte unternommen, die ihre Mutter in Wut bringen würden. Aber was für Schritte? Hatte sie die Wiese tatsächlich schon zum Verkauf angeboten? Aber wie denn das? Die Wiese gehörte nicht ihr, sondern Margaret. Auch wenn sie schon die ganzen Jahre zusammen hier wohnten und Derek und Claudia sich selbstverständlich immer als die Herren des Hauses gebärdet hatten, wie es einem Ehepaar zukam – trotzdem *gehörte* alles Margaret; es war auf ihren Namen eingetragen, war ihr gesetzliches Eigentum – wenngleich man in familiären Auseinandersetzungen natürlich nicht gern das Gesetz bemühte. Aber es war nun einmal so, und das sollte man gefälligst nicht ganz vergessen. Daß Claudia es ganz gewiß nicht vergessen hatte, zeigte schon ihr abwehrendes Sticheln und Höhnen. Wenn Claudia irgendein Recht gehabt hätte, die Wiese zu verkaufen, dann hätte sie nicht erst lange auf Unausstehlich gemacht, sondern sie gleich verkauft.

»Sieh mal«, erklärte Claudia geduldig, wie wenn sie ein Kind vor sich hätte, »wenn so etwas eintritt, verändert sich der *Grundstückswert*. Er *steigt*. Ich hätte gedacht, das würde jedem einleuchten – wo da deine Schwierigkeiten sind, sehe ich wirklich nicht.«

»Aber die *deinen* siehst du hoffentlich!« fuhr Margaret sie an, denn mit dem Zorn stieg auch ihr Mut.

»*Dein* Problem ist, daß die Wiese dir nicht gehört. Sie gehört mir, und du kannst ohne meine Einwilligung überhaupt nichts damit tun. Es ist *meine* Wiese, und ich verkaufe sie nicht, egal wieviel sie wert ist. Es ist also reine Zeitverschwendung, wenn du und Derek ihren Wert taxieren laßt. Und wenn sie zehn Millionen Pfund wert ist, ich verkaufe sie nicht. Und jetzt geh und sag diesem schwarzen Kerl da draußen, er soll sich wieder in sein Büroloch verkriechen, das Neonlicht anknipsen und seine kostbare Zeit nicht länger hier im Sonnenschein verplempern! Sag ihm, du hättest einen dummen Fehler gemacht und gar keine Veranlassung gehabt, ihn herzubitten, und wenn er in fünf Minuten noch da ist, zeige ich ihn wegen Hausfriedensbruchs an! Das kannst du ihm sagen!«

Ein paar Sekunden sahen Mutter und Tochter einander an und maßen ihre Kräfte. Margaret erinnerte sich, daß sie das seit Claudias fünftem Lebensmonat in Abständen immer wieder getan hatten, und ihr Gefühl dabei hatte sich nicht geändert. Wie sie so über die ganze Länge der Treppe hinweg auf ihre Tochter hinunterschaute, schien es ihr noch keinen Tag her zu sein, daß sie dieselben gebieterischen blauen Augen unter der Haube des Kinderwagens gesehen hatte; dieselben Lippen hatte sie da zucken sehen, einsatzbereit und auch da schon sichtlich abwartend, um sich im gewinnbringendsten Moment zu ohrenbetäubendem Gebrüll zu teilen. Daß aus dem Brüllen im Lauf der Jahre zuerst schrille Widerworte und zuletzt bissige Anzüglichkeiten geworden waren, hatte an der Sache selbst im Grunde nichts geändert.

Daß *sie* sich Claudia noch im Kinderwagen vorstellen konnte, Claudia selbst aber nicht, gab ihr plötzlich ein irrationales Gefühl unermeßlicher Macht. Bei allen Nachteilen, die das Alter hatte – irgendwie verlieh es einem doch die Oberhand. Ja, sie konnte sich sogar an eine Welt erinnern, die friedlich und freundlich ihren Lauf nahm, ohne daß Claudia darin überhaupt vorkam! Das war eine solche Erleichterung, daß sie beinahe hätte lachen können.

»So, meine Liebe, das wollte ich dir nur mal gesagt haben«, schloß Margaret – ganz sanft, wie es der Siegerin geziemte. »Ich wollte dich nur einmal wissen lassen, daß ich die Wiese *nicht* verkaufe, um keinen Preis der Welt. Du und Derek, ihr könnt euch das also aus dem Kopf schlagen und braucht euch darüber gar keine Gedanken mehr zu machen.«

Sie machte kehrt und wollte sich mit der angemessenen Würde in ihr Zimmer zurückziehen. Sollte Claudia ihr noch etwas nachrufen, ihr zum Abschluß noch irgendeine Bissigkeit hinterherwerfen, wollte sie das um keinen Preis beachten; sie würde Claudia nicht die Genugtuung gönnen, zu wissen, daß sie es gehört hatte.

Aber wie von Claudia nicht anders zu erwarten, fiel ihr genau das eine und einzige ein, womit sie diesen würdevollen Entschluß ihrer Mutter über den Haufen werfen konnte.

»Ich bin nur froh, daß Helen nicht da ist«, sagte sie – nicht einmal laut, aber die Bitterkeit in ihrem Ton drang besser die Treppe hinauf als der wütendste Schrei. »Sie sollte lieber nicht wissen, daß ihre Großmutter so sein kann. Wenn sie dich vorhin so größenwahnsinnig hätte daherreden hören, ich glaube, das wäre ein Schock für sie gewesen. Und was für einer!«

Die Worte waren natürlich nur Wurfgeschosse, bar jeder wirklichen Bedeutung; dennoch fühlte Margaret sich seltsam getroffen.

»Du bist ja eifersüchtig!« rief sie unbedacht die Treppe hinunter. »Du bist nur eifersüchtig, weil du weißt, daß Helen für mich Partei ergreifen wird!« Und mit diesen Worten rauschte sie in ihr Zimmer und knallte die Tür zu.

Das war natürlich ein Fehler, den Margaret sofort einsah, als sie hörte, wie ruhig und beherrscht Claudia unten die Eßzimmertür schloß. In einem solchen Streit verlor immer der die Punkte, der Türen schlug; das stellte seinen Standpunkt augenblicklich auf die Stufe eines kindischen Trotzanfalls. Ein Fehler war es auch gewesen, Helen überhaupt ins Spiel zu bringen. Gewiß, das hatte nicht sie getan, sondern Claudia, aber Margaret hätte darauf erst gar nicht eingehen sollen. Hatte sie im Lauf ihres langen Lebens denn nicht gelernt, daß eine Bemerkung, auf die man einfach nicht einging, so gut wie nicht gefallen war? Nicht nur zum Streiten gehörten zwei; es gehörten auch zwei dazu, daß es zu einem Meinungsaustausch überhaupt kam.

Sie sollten sich beide, sie *und* Claudia, besser in acht nehmen, daß sie Helen nicht auf diese Weise zum Knüppel machten, mit dem sie aufeinander eindroschen; zumal in bezug auf Helen ihre Rollen gewissermaßen vertauscht waren. Margaret als die Großmutter hatte Helen *eigentlich* großgezogen – so kam es ihr zumindest vor. Denn wer zuerst die Windeln gewaschen und den Spinat durchpassiert, später dann nach einem langen Schultag mit Toast und Tee auf sie gewartet hatte – von *dem* konnte man doch gewiß sagen, er habe sie großgezogen? Nicht wer immer den ganzen Tag arbeiten gegangen war und eine aufreibende Karriere verfolgt hatte, während ihr ganzer Beitrag zur Kindererziehung aus Margarets Sicht darin bestanden hatte, Theorien über Kinderpsychologie in den sonst reibungslos funktionierenden Haushalt zu schleudern wie Steine ins stille Wasser.

So sah es Margaret, wenn sie, wie jetzt, auf ihre Tochter böse war. Aber es gab auch andere Augenblicke, in denen sie gut gelaunt und freundlich gestimmt war, und da fragte sie sich dann manchmal schuldbewußt, ob sie es nicht gar darauf anlegte, Helens Liebe denen zu stehlen, die von Rechts wegen Anspruch darauf hatten – ihren eigenen Eltern. Diese knifflige moralische Frage wurde noch kniffliger dadurch, daß Margaret die Erziehungsmethoden ihrer Tochter beim besten Willen nicht gutheißen konnte – vor allem jetzt, da das Mädchen heranwuchs, fast fünfzehn war und einer mit sanfter Strenge führenden Hand gewiß mehr bedurfte als je zuvor. Vergebens sagte sich Margaret, daß dies eine typisch großmütterliche Reaktion war; daß die Zeiten sich änderten, Methoden sich änderten, wahrscheinlich auch die Kinder selbst sich änderten, bis in ihre tiefste Seele anders waren, in alle Ewigkeit den Odem einer neuen, fremden Zeit atmeten. Es war ja schließlich so eine Art Naturgesetz, daß Großmütter immer unrecht hatten; und so gab Margaret sich denn in unregelmäßigen Abständen die gewissenhafteste und ausdauerndste Mühe, sich Helens wegen im Unrecht zu fühlen. Es gelang ihr nie, aber schon der Versuch hatte zur Folge, daß sie sich auf undefinierbare Weise irgendwie wohler fühlte und gegen Claudia toleranter sein konnte. Immerhin *hatte* Claudia, auch wenn sie einen noch so sehr aufregen konnte, eine ganze Menge guter Eigenschaften. Margaret stützte die Ellbogen auf die Fensterbank, deren Wärme sie durch ihre Baumwollbluse fühlte – denn zum erstenmal in diesem Jahr schien heute richtig die Sonne – und versuchte Claudias gute Eigenschaften systematisch aufzulisten. Das tat sie oft nach einem Streit, gewissermaßen zur seelischen Aufrichtung.

Zum ersten – und vor allen Dingen – war Claudia ein Turm der Stärke, was natürlich denen, die sie auf ihrer Seite hatten, eher als Tugend einleuchtete als den andern; letztere sahen es vielleicht mehr als Borniertheit an. Aber wie man es auch immer nannte, es war jedenfalls nicht daran zu zweifeln, daß sie damit für den gescheiten, aber überängstlichen Derek genau die richtige Frau war; fast wurde einem selbst ganz leicht in der Seele, wenn man sah, mit welcher Erleichterung er seine nie endenden Sorgen in Claudias Hände legte und zuschaute, wie sie für ihn weggezaubert wurden – zuschaute mit der Arglosigkeit eines Kindes, das noch unerfahren genug ist, um die Kunststücke des Magiers für echte Zauberei zu halten, nicht für bloße Fingerfertigkeit und Übung. Dies machte sie auch zu einer verläßlichen Freundin. Gegenüber Freunden war Claudia nicht nur loyal, sondern von einfallsreicher Großmut und Einfühlsamkeit; und ihr Mitgefühl drückte sich nicht nur in Worten aus, sondern in wirklicher praktischer Hilfe. Man denke zum Beispiel nur an Mavis Andrews und ihren widerlichen Sprößling – ihren unglücklichen, zu kurz gekommenen kleinen Jungen, formulierte Margaret ihren Gedanken schnell in eine barmherzigere Fassung um. Man sehe, wie Claudia die beiden in uneingeschränkter Güte zu Weihnachten eingeladen hatte, weil sie sonst nichts und niemanden hatten, wohin sie hätten gehen können – und da waren sie nun noch immer. *Noch immer*, Mitte Mai! Schon merkte Margaret, wie der Gedanke an Claudias Güte gegenüber Mavis Andrews weniger Bewunderung als vielmehr ohnmächtige Wut in ihr hervorrief. Rasch rief sie sich ins Gedächtnis zurück, daß sie ja Claudias *gute* Eigenschaften hatte auflisten wollen, und versuchte mit Gewalt an andere, weniger rasendmachende gute Taten zu denken; gute Taten, die vor allen Dingen nichts mit Mavis Andrews zu tun hatten. Aber das war schwer. Einmal in ihren Gedanken, krallte Mavis Andrews sich darin fest, wie sie sich auch im Leben an einem festkrallte... und wie um diese Allgegenwart zu bestätigen, klopfte es genau in diesem Augenblick an Margarets Tür.

Aber es war nicht Mavis; es war Claudia. Ob sie Reue empfand – Abbitte leisten wollte – ob ihres anmaßenden Benehmens wegen der Wiese? Das sähe Claudia allerdings nicht ähnlich. Wenn sie, aus was für Gründen auch immer, einen Kampf aufgab, so tat sie das gewöhnlich ohne Kommentar und kam einfach nicht mehr auf die Sache zu sprechen, als ob sie völlig ohne Belang gewesen wäre.

»Hallo, Mutter«, sagte sie in einem verhalten unbekümmerten Ton, der Margaret warnte, daß man wieder irgend etwas von ihr wollte. Nach ein paar belanglosen Vorbemerkungen würde sie es ja dann zu hören bekommen. Aha, da kam es auch schon:

»Ich dachte nur, ich sollte dir lieber Bescheid sagen,

Mutter, daß ich zum Lunch nun doch nicht hier sein werde. Im Büro ist irgendwas los – es ist doch zum Verrücktwerden, wie so etwas ausgerechnet immer an meinem freien Tag passiert, nicht?« Margaret wartete voll Ingrimm. »Ist dir das recht?« fuhr Claudia ungewohnt zuvorkommend fort. »Macht es dir auch nichts aus? Du hast doch hoffentlich noch nicht mit Kochen angefangen?«

»Nein, Liebes, natürlich macht es mir nichts aus«, sagte Margaret und fragte sich, ob sie mit ihrem Mißtrauen nicht doch zu spitzfindig gewesen war. »Mir ist das vollkommen recht so. Ich wollte ohnehin nichts Besonderes machen, nur eine Omelette. Aber wenn du gar nicht hier bist, mache ich mir nicht einmal diese Arbeit. Dann esse ich nur ein Stückchen Kuchen zum Kaffee.«

»Nun ja –« Wieder diese verhaltene Unbekümmertheit, und Margaret wurde wieder hellhörig. »Weißt du, Mutter – es macht dir hoffentlich nichts aus, aber du weißt, daß Mavis dann ganz auf sich allein gestellt ist. Sie kann sich natürlich selbst etwas zu essen machen, wenn du willst; aber es wäre doch eigentlich netter, wenn ihr zusammen essen könntet. Du weißt doch, wie schnell sie sich zurückgesetzt fühlt.«

Margaret wußte es. Mavis' Minderwertigkeitskomplexe hingen ihr schon zum Hals heraus. Eigentlich fand sie ja, daß jemand, der einen Weihnachtsbesuch bis mitten in den Sommer ausdehnen konnte, ein Fell haben mußte wie ein Rhinozeros; wenn das Mavis *mit* Minderwertigkeitskomplex war, dann wurde ihr bei der Vorstellung schwindlig, wie Mavis *ohne* Minderwertigkeitskomplex wäre. Aber sie wollte sich Claudias neueste Sanftmut nicht wieder verscherzen, indem sie dergleichen von sich gab. Statt dessen setzte sie ein Lächeln auf, verkniff sich den Hinweis auf die vielen Male, die das schon vorgekommen war, und machte einigermaßen gute Miene zum bösen Spiel. Gott sei Dank mußte wenigstens der unsägliche Eddie nicht auch noch in diese Regelung mit einbezogen werden. Kurz vor Ostern hatte Mavis sich nach langem – in Margarets Augen lächerlich langem – Zögern und fruchtlosen, oft bis spät in die Nacht gehenden Betrachtungen über seine Psyche endlich entschlossen, ihn in ein Internat zu schicken; und dorthin war er vor vierzehn Tagen, nachdem er bis zum letzten Augenblick in der Nase gebohrt hatte, entschwunden. In den ersten Tagen nach seiner Abreise hatte Mavis sich in einem äußerst kläglichen Zustand befunden, geprägt von Depressionen und Geschwätzigkeit; sie war noch später aufgestanden als sonst und dann im Morgenmantel durchs ganze Haus gelaufen, um überall ihre Hilfe bei der Arbeit anzubieten. Das war schon fast rührend, bis man entdeckte, daß sie nur solche Arbeiten zu übernehmen anbot, die man selbst gern machte – die überhaupt jeder gern macht. So schälte sie gern Rhabarber, sofern ihr jemand Schüssel, Messer und einen bequemen Stuhl auf den kleinen Hof draußen vor der Hintertür trug; sie fütterte gern die Hühner, wenn man das Futter fix und fertig machte, so daß sie es nur noch hinaustragen mußte – vorausgesetzt, es war ein schöner, sonniger Nachmittag und nicht zu matschig unter den Füßen. Bei schönem Wetter ging sie auch gern einkaufen; und wenn es regnete, saß sie gern im Eßzimmer vor dem Kamin, stellte das Radio an und stopfte die nicht sehr großen Löcher in Dereks Wollsocken. Große Löcher stopfte sie nicht so gern; und Reißverschlüsse einsetzen oder Schnallen an Sandalen festnähen mochte sie auch nicht allzu gern; gab man ihr zuviel von solchen Arbeiten, begann sie prompt wieder über Eddies emotionale Sperren zu weinen, und das Ganze ging von vorn los.

Claudia verstand wunderbar mit Mavis umzugehen, das mußte Margaret zugeben. Sie konnte ihr endlos zuhören, mit ihr fühlen und sie unaufdringlich mit angenehmen Arbeiten versorgen, die es ihr möglich machten, sich nützlich zu fühlen, ohne sich einmal die Hände schmutzig machen oder auch nur richtig anziehen zu müssen. Stundenlang hörte sie sich Mavis' platte Gedanken über ihren Sohn an – Margaret argwöhnte, daß sie die aus Illustrierten hatte – und versicherte ihr unermüdlich, daß gerade *diese* Schule seine Persönlichkeit bestimmt nicht brechen werde, schon gar nicht in einem einzigen Tertial. Damit verglichen, kam Margaret sich immer recht unzulänglich vor, wenn sie nur dasaß und beim Patiencenlegen hoffte, es möge der Schule doch gelingen.

Nun glaubte Margaret nicht einmal, daß Eddie soviel schlimmer war als andere neunjährige Jungen. Da es heutzutage nicht mehr Mode war, ihnen Manieren beizubringen, konnten sie natürlich auch keine haben. Und wahrscheinlich gefiel es ihm ebensowenig, hier zu wohnen, wie es Margaret gefiel, ihn im Haus zu haben; warum hätte sein Gesicht also etwas anderes zeigen sollen? Wahrscheinlich wäre er ihr nicht annähernd so zuwider gewesen, wenn sie ab und zu etwas an ihm hätte aussetzen dürfen; das aber war aus einem ganz besonderen Grund absolut tabu. Man durfte nichts Unschmeichelhaftes über ihn sagen – nicht einmal zu Claudia unter vier Augen –, nur weil er unehelich war; das machte ihn für Claudia offenbar immun gegen jede Kritik, zu einer Art Heiligenfigur, mit der man behutsam und ehrfürchtig umzugehen hatte. Etwas von diesem Heiligenschein fiel natürlich auch auf Mavis. Ihr Status als unverheiratete Mutter bot die Garantie dafür, daß Claudia ihre schlampigen Gewohnheiten, ihr dämliches, stereotypes Gerede und vor allem ihre nicht enden wollende Gegenwart unbegrenzt lange ertrug. Wobei unter alledem natürlich Margaret am meisten zu leiden hatte, denn schließlich war *sie* den ganzen Tag zu Hause. Nehme man doch nur einmal diesen Lunch, der ihr jetzt wieder angehängt worden war – gerade als sie sich auf einen geruhsamen Nachmittag in der Sonne hatte freuen wollen. Es ging ja nicht einmal so sehr ums Kochen – das hätte sie noch ohne großes Murren für diese Kreatur getan – nein, aber mit ihr zusammen essen zu müssen, das war's – und dabei nicht zum Lesen zu kommen. Margaret las so gern bei den Mahlzeiten, und dieses harmlose Vergnügen stahl ihr nun dieses elende Frauenzimmer, alle Tage wieder und ohne ein Wort der Entschuldigung oder irgendeine Entschädigung. Wenn sie einem jeden Tag zehn Shilling aus der Handtasche nähme, dafür könnte man sie wenigstens einbuchten lassen, dachte Margaret verdrießlich; aber man mußte hilflos zusehen, wie sie einem Tag für Tag glückliche Stunden des Alleinseins stahl, die mehr wert waren als zehn Shilling.

Kapitel 2

Oh, aber das wäre doch nicht *nötig* gewesen, Mrs. Newman! Wie lieb von Ihnen! Sie sollten sich aber meinetwegen nicht diese viele Mühe machen, wirklich nicht. Da fühle ich mich ja ganz schrecklich!«

Immerhin konnte Mavis ihre schrecklichen Gefühle soweit beherrschen, daß sie sich, den Blick auf das größere der beiden Omelettes geheftet, schnell auf den richtigen Platz an dem kleinen Tisch beim Fenster quetschte – ein Manöver, das durch den weiten, knöchellangen wollenen Morgenmantel, den sie sich mit bangem Griff um den Leib hielt, nur noch unansehnlicher wurde. Margaret sah dieses Kleidungsstück haßerfüllt an. Zwar ging es sie im Grunde wirklich nichts an, aber sie konnte es auf den Tod nicht ausstehen, daß Mavis das Ding offenbar zu jeder Tageszeit trug – entweder war sie spät aufgestanden oder wollte früh zu Bett gehen oder hatte gerade ein Bad genommen oder wollte sich die Haare waschen – immer war es irgend so eine unzeitige Verrücktheit, die im Leben aller andern eine Spur von Unruhe und Schmutz hinterließ wie ein Kind, das eine Konservendose an der Schnur hinter sich herzog. Und gerade jetzt, wo der herrliche Sommertag sanft durchs offene Küchenfenster hereinwehte, war es besonders arg. Daß der erste richtige Sonnenschein des Jahres seine ganze Schönheit auf dieses dicke braune Gewand verschwenden sollte, das unförmig und staubig war und einen Winterhauch verströmte – es erschien ihr wie eine Entweihung, eine Beleidigung des blauen Himmelsbogens. Warum konnte diese Frau nicht morgens aufstehen und sich anziehen wie alle andern? Hol's der Kuckuck, einmal *muß* sie sich doch herausgeputzt und sich einen Mann geangelt haben, dachte Margaret gehässig. Sollte sie das nicht noch einmal schaffen? Selbst die Vorstellung, daß dann ein zweiter Eddie diese Erde bevölkern könnte, störte sie im Augenblick weniger als dieser Morgenmantel.

»Ist das nicht ein herrlicher Tag!« plapperte Mavis, während sie mit fahrigen Händen nach dem Salz griff; und dieser unschuldige, geradezu idiotisch harmlose Versuch, sich zu unterhalten, steigerte Margarets Feindseligkeit noch mehr. Diese Frau, die sich schon mit ihrem Aufzug dem Sommer so verschloß, hatte gar kein Recht, den Tag schön zu finden, geschweige auch noch davon zu sprechen. Wer so herumläuft, dachte Margaret, hat keinen Anspruch mehr auf schöne Tage. »Ich hab' mir schon überlegt«, fuhr Mavis fort, »ob ich mir nach dem Essen nicht die Haare waschen und sie draußen in der Sonne trocknen lassen kann. Es ist doch warm genug dafür, finden Sie nicht auch?«

Einen Augenblick glaubte Margaret, ihr werde übel. ›Meine Sonne werden Sie nicht dazu mißbrauchen, Ihr ekliges Haar zu trocknen!‹ hätte sie beinahe gerufen, besann sich aber rechtzeitig, als sie sich die Szene ausmalte, die es geben würde, wenn Mavis es hinterher Claudia brühwarm berichtete. Mavis rannte immer mit ihren Geschichten zu Claudia und würde sich gewiß nicht die Chance entgehen lassen, Claudia zu erzählen, wie häßlich Margaret beim Lunch zu ihr gewesen war und was sie, Mavis, denn nach Claudias Ansicht falsch gemacht habe? Und dabei würden ihre Augen strahlen, und sie würde den Morgenmantel noch fester um sich ziehen und in freudiger Erregung Claudias Versicherung erwarten, daß sie natürlich überhaupt nichts falsch gemacht habe; alles komme nur von Margarets altmodischen Vorurteilen und ihrem bekannten Starrsinn; sie müßten sich eben in Geduld üben und die arme Alte so gut wie möglich bei Laune halten. Aber es *sei* natürlich schwierig... und dann würden sie weiter und weiter darüber reden, wie schwierig es sei und wie großartig Claudia die Sache meistere; der Generationenkonflikt, alle diese schwer verträglichen Charaktere unter einem Dach... Claudias Stimme würde nachdenklich klingen, selbstkritisch... Mavis würde ihr Lob zirpen und sie ermutigen... Margaret würde es durch die Dielenritzen hören, Murmeln, Zirpen, Murmeln, Zirpen – ein hoher Preis für die Genugtuung einiger scharfer Worte. Margaret zwang sich zu einem Lächeln. Ja, sie würde höflich bleiben; sie wollte die Liebenswürdigkeit selbst sein; aber sie würde *nicht* zulassen, daß Mavis draußen im Garten ihr Haar trocknete; und auch auf der Wiese nicht.

»Na, ich weiß nicht«, begann sie mit gespielter Sorge. »Es sieht schön *aus*, aber der Mai kann tückisch sein.« Mochte der goldene Tag ihr den Verrat verzeihen! Ihr war, als ob der Goldlack unterm Fenster auf Mavis' Kosten mit ihr lachte; die Butterblumen jenseits der niedrigen Ziegelmauer schlossen sich dem Komplott stumm feixend an, denn sie waren es, denen vermutlich die Schmach erspart blieb, von Mavis' gestreifter Reisedecke, ihrem Klappstuhl, dem nassen, widerlich süß duftenden Handtuch, der Plastiktüte voller Lockenwickler, ihrem Schaumgummikissen, der Rolle Pfefferminz und der neuesten *Frau und Kind* zerdrückt zu werden.

»Sie wollen doch sicher keine Erkältung riskieren«, fuhr Margaret unbekümmert scheinheilig fort. »Um diese Jahreszeit mit nassen Haaren nach draußen zu gehen, kann richtig gefährlich sein. Da könnten Sie sich etwas an den Ohren holen. Es kommt nämlich gerade wieder so ein trügerischer Wind auf. Ich hab ihn gefühlt, als ich zu den Hühnern ging.«

Die Frau mußte wirklich irre sein. Sie *glaubte* das alles! Fassungslos stand Margaret vor der Wirkung ihrer schamlosen Lügen: Mavis äugte argwöhnisch in die flimmernde Mittagshitze hinaus und schien sie mit dem trügerischen Wind zu beleben, den Margaret ihr angedichtet hatte. Schon wandte sie sich wieder vom Fenster ab und drückte grämlich an ihrem dünnen, schulterlangen Haar herum.

»Na ja. Dann wird es eben noch bis morgen oder übermorgen warten müssen. Ich möchte es nicht wieder vor dem Feuer trocknen. Das tut ihm nämlich nicht gut, da trocknet das ganze Fett heraus. Darüber habe ich erst gestern etwas gelesen, und ich glaube, jetzt weiß ich, was mit meinen Haaren los ist; ich trockne immer das ganze Fett heraus, darum ist es so schwierig. Es *ist* nämlich schwierig. Sehen Sie nur mal. Sie würden doch nie sagen, daß ich es erst vor drei Tagen gewaschen habe, oder?«

Das würde Margaret schon gesagt haben, aber nur, weil sie sich noch sehr gut daran erinnerte; Mavis hatte, während Margaret sich im Radio ein Hörspiel anhören wollte, den ganzen Nachmittag lang das Eßzimmer naßgetropft und überall ihre Lockenwickler herumliegen lassen; aber bitte, das war vorbei; jetzt stand der heutige Nachmittag auf dem Spiel.

»Es sieht doch ganz ordentlich aus«, sagte sie. »Es ist sehr schön; ich an Ihrer Stelle würde mir darum keine Sorgen machen.« Na bitte, bin ich vielleicht *nicht* nett zu ihr? Jetzt *kann* sie gar nicht mehr zu Claudia rennen und ihr Schauergeschichten erzählen.

Sie hatten gerade fertig gegessen, da klingelte das Telefon, und Mavis sprang ungewohnt flink auf und eilte mit klappernden Holzsandalen durch die Diele – es ist zum Verrücktwerden, dachte Margaret; warum kann diese Frau sich nicht etwas an die Füße ziehen, das beim Gehen dranbleibt? Dabei hätte sie aber ganz gern gewußt, was Mavis zu dieser ungewohnten Eile getrieben hatte. Sollte es in ihrem Leben etwa doch noch andere Freunde geben als sie selbst? Und wenn – könnten diese Freunde sie dann nicht vielleicht einladen, bei ihnen zu wohnen, monatelang? Vielleicht würde sie gar für immer dort bleiben; vielleicht war das im höchsten Norden Schottlands oder gar im Ausland. Aber ehe Margarets überoptimistische Phantasie ihr schon einen neuseeländischen Farmer angetraut und elf häßliche Kinder angehängt hatte, die jede Nacht eines lauter brüllten als das andere, kam Mavis mit der wenig aufregenden Mitteilung zurück, daß nur Claudia am Telefon gewesen war. »Ich soll Ihnen sagen, daß sie heute recht früh zum Abendessen nach Hause kommt und anschließend noch ausgeht. Zu einem Treffen des Poetischen Zirkels. Und ich soll mit hingehen.«

Letzteres hatte so richtig stillvergnügt geklungen; offenbar schmeichelte es Mavis sehr, derart mühelos mit intellektuellem Anspruch ausgestattet zu werden. Aber was kümmerte Claudia sich nur auf einmal um den Poetischen Zirkel? ›Sie muß etwas im Schilde führen‹, schloß Margaret messerscharf – und mit einem unguten Gefühl. Aber das war natürlich albern. Zwischen einem Treffen des Poetischen Zirkels und dem Verkauf der Wiese konnte wohl unmöglich ein Zusammenhang bestehen! Trotzdem nahm Margaret sich vor, ihre Tochter beim Abendessen gut im Auge zu behalten; ihr auf den Zahn zu fühlen, wenn sich das machen ließ, ohne sie gleich wieder in Abwehr zu bringen.

Da Derek auf Reisen und Helen mit einem Freund unterwegs war, blieben die drei zum Abendessen unter sich, und Claudia schien bester Laune zu sein. Sie hatte sich umgezogen und trug jetzt eine Samthose und einen ärmellosen Pullover aus irgendwelchem Glitzerzeug, worin sie recht exotisch aussah – für einen Dichterabend wohl gerade richtig, wie Margaret vermutete. Das heißt, wenn es sich um *richtige* Dichter handelte, und da hatte Margaret, was den Poetischen Zirkel von West Langley anging, denn doch ihre Zweifel. Wahrscheinlich fanden sich dort drei alte Damen ein, davon eine mit Mann, der mitkommen mußte, weil er ein Auto und kein Rückgrat hatte. Vielleicht kamen auch ein paar junge Krankenschwestern aus dem nahen Krankenhaus, die sich einmal und nie wieder blicken ließen. Dann wäre Claudias Aufzug allerdings ein bißchen fehl am Platz. Margarets Neugier sondierte behutsam und mit äußerster Gerissenheit die Lage.

»Es freut mich ja so für Sie, daß Sie heute abend mit Claudia ausgehen«, wandte sie sich gesprächsweise an Mavis. »Höchste Zeit, daß Sie mal andere Leute kennenlernen. Was meinst du denn, wer alles da sein wird, Claudia? Auch Leute, die wir kennen?«

»Nun, natürlich wird Daphne da sein«, begann Claudia. »Sie leitet den Zirkel ja mehr oder weniger, seit die alte Mrs. Latimer tot ist. Und Miß Fergusson, wenn sie ihren Vater mal alleinlassen kann. Sie ist doch so eine von diesen neurotisch aufopferungsvollen Töchtern –« hier unterbrach Claudia die Aufzählung, um Mavis über den Stand der Dinge zu unterrichten. »Meines Wissens muß er schon um die Neunzig sein, denn sie selbst ist ja neulich fünfundsechzig Jahre alt geworden. Ihr *ganzes Leben* hat sie ihm geopfert – kannst du dir so etwas heute noch vorstellen? Aber so ist es. Gleich nach der Schule hat sie eine Bürostelle bei der hiesigen Kohlebehörde angenommen, um ihn nicht alleinlassen zu müssen, und bis heute ist sie bei ihm geblieben, mein Gott! Mittlerweile ist sie selbst schon pensioniert, und er lebt noch *immer!*«

»Meine Güte! Wenn man sich das vorstellt!« ließ Mavis sich vernehmen, und Margaret stellte sich vor, wie das ernste, wohlmeinende kleine Schulmädchen sich schüchtern um seine erste Stelle bewarb, um ihrem Vati voller Stolz eine Hilfe sein zu können. Wie hätte sie damals ahnen können, daß diese Aufgabe fünfzig Jahre dauern würde, dieweil ihr strahlendes Gesichtchen faltig wurde, ihr geschmeidiger Körper schrumpelte und welkte – und Vati noch immer da war?

»Das ist so eine von diesen zwanghaften Beziehungen«, fuhr Claudia überlegen fort, »so ein Vater-Tochter-Verhältnis; beide viel zu neurotisch, um sich ihm zu entziehen. Im Grunde hassen sie einander. Die Ärmste tut mir so schrecklich leid, und ich habe mich ja schon manchmal gefragt, ob man da nicht irgendwie helfen könnte, aber du weißt, wie das bei solchen Neurotikern ist. Du kannst ihnen nicht helfen, weil sie sich nicht helfen lassen wollen. Sie sind sich selbst der größte Feind.«

Der kleine Monolog war ausschließlich an Mavis gerichtet gewesen, der es sichtlich schmeichelte, für die Entgegennahme solch hochmoderner Erkenntnisse ausersehen zu werden.

»O ja!« pflichtete sie denn auch schnellstens bei, »ich weiß! Ich verstehe genau, was du meinst –!«

»Ich nicht«, meldete Margaret ihren Widerspruch an. »Ich verstehe überhaupt nicht, was du meinst. Wie kannst du sagen, du weißt nicht, wie du Miß Fergusson helfen könntest, wo du doch genau weißt, wie dankbar sie ist, wenn einmal jemand ihren Vater hütet, damit sie fortgehen kann? Du könntest ihr alle Tage helfen, wenn du wolltest. Und was heißt da, sie *läßt* sich nicht helfen?«

Claudia warf Mavis einen Blick über den Tisch zu, wie Margaret vorhergesehen hatte. Sie wußte auch schon, was Claudia als nächstes sagen würde, und wartete ergeben darauf; sie hatte es ja so haben wollen.

»Ach, Mutter!« (Das kurze Lachen.) »Ich glaube, du verstehst nicht ganz, wovon wir reden. Wenn ein Mensch *neurotisch* gefesselt ist, hat es gar keinen Sinn, ihn aus diesen Fesseln befreien zu wollen – ich meine im materiellen Sinn. Es nützt einfach nichts, weil es eben keine *materiellen* Fesseln sind, durch die er gebunden ist. Verstehst du nicht?«

Mavis nickte so begeistert Zustimmung, daß ihr strähniges Haar gefährlich dicht über der Butter hin und her schaukelte und Margaret schon Angst bekam, es könnte wirklich darin landen. Es ging aber noch einmal gut, und Margaret nahm wacker den Streit wieder auf. »Ich weiß ja nicht, wovon die *neurotischen* Fesseln Miß Fergusson abhalten, und ich glaube, bei all eurem Gerede wißt ihr es auch nicht. Aber ich weiß, daß ihre *materiellen* Fesseln sie davon abhalten, mal ins Kino oder mit ihrer Nichte essen zu gehen. Oder einen Schaufensterbummel zu machen, ohne gleich wieder nach Hause hetzen zu müssen. Wenn sie öfter die Möglichkeit hätte, etwas zu tun, was ihr Spaß macht, würde sie sich mit ihrer Neurose bestimmt gern abfinden. Ich weiß jedenfalls, daß es bei mir so wäre.«

Claudia antwortete nicht, sondern warf Mavis ihren fröhlichsten Mutter-versteht-nicht-Blick zu; warf ihn sogar zweimal, weil Margaret ihn beim erstenmal absichtlich verpaßt hatte. Denn Margaret hatte das Interesse an diesem Streit, den sie so mutwillig heraufbeschworen hatte, längst verloren – und außerdem war ihre Neugier noch nicht befriedigt. Diese Miß Fergusson konnte bei einer noch so schönen Neurose kein ausreichender Grund dafür sein, daß Claudia heute abend so glitzerte und funkelte. Sie nahm einen neuen Anlauf.

»Ich hoffe doch, daß Mavis dort auch ein paar jüngere Leute kennenlernen kann«, sagte sie mutig. »Was meinst du wohl?«

Sie fürchtete schon, Claudia könne gar nicht anders als diese sehr uncharakteristische Sorge um Mavis' Wohlergehen durchschauen und werde ihr eine schmerzhafte Abfuhr erteilen. Aber nein, Claudia schien über die Neugier ihrer Mutter alles andere als verärgert zu sein; sie war sogar eher angetan, ganz als ob Margarets Frage ihr ein willkommenes Stichwort gegeben hätte, auf das sie nur gewartet hatte.

»Also – da muß ich jetzt etwas gestehen«, begann sie. »Ich war nämlich noch nie bei einem solchen Treffen und gehe auch jetzt nur hin, weil Daphne mich ausdrücklich darum gebeten hat – sie ist wegen eines Vorfalls beim letzten Mal ein wenig beunruhigt und möchte mich diesmal als moralische Stütze dabeihaben.«

Das klang faszinierend. Margaret und Mavis legten beide ihre Löffel hin und blickten gespannt zu Claudia, die ob des plötzlichen Endes eines Familienstreits regelrecht ein wenig aus der Fassung zu sein schien.

»Also –« Sie sah von der einen zur andern, und unter den verzückten Blicken ihrer Zuhörerinnen schwoll die Geschichte in ihrer Kehle an und kam in Fahrt. »Also, nach allem, was ich gehört habe, *muß* es schon ein bißchen mysteriös gewesen sein. Beim letzten Treffen – das heißt, um genau zu sein, etwa eine halbe Stunde vor Beginn, als Daphne noch in der Küche war, um Schnittchen und anderes vorzubereiten – klingelte es nämlich auf einmal, und als sie aufmachen ging, stand ein fremder Mann vor der Tür.«

Claudia machte eine Kunstpause; die Zuhörerinnen reckten die Hälse noch weiter vor. Claudia fuhr fort: »Daphne hatte ihn noch nie im Leben gesehen, aber es *kommen* natürlich hin und wieder neue Mitglieder, also bat sie ihn herein, erklärte ihm, daß er noch etwas zu früh sei, und führte ihn ins Wohnzimmer, wo er auf die andern warten sollte. Sie blieb ein paar Minuten da und unterhielt sich mit ihm – er sollte sich ja zu Hause fühlen. Aber er sei so furchtbar schweigsam gewesen, sagt sie, daß sie kaum ein Wort aus ihm herausbekam. Bei jeder Frage, die sie ihm stellte – ganz normale Fragen, was er für Gedichte schreibe und ob er Mitglied werden möchte und so –, sah er sie nur mit einem merkwürdigen, mißtrauischen Blick an, wie wenn er das Gefühl gehabt hätte, sie wollte sich in seine Privatangelegenheiten mischen. Nun, ihr kennt ja unsere Daphne – leider ist sie selbst nicht eben eine brillante Unterhalterin – und könnt euch sicher vorstellen, wie es da zuging! Jedenfalls hatte sie von der mühsamen Unterhaltung bald genug, mußte außerdem ja auch die Schnittchen und so weiter fertig machen, und ging also nach einer Weile wieder in die Küche, nachdem sie noch gemeint hatte, er könne sich ja ein Buch nehmen und darin lesen, bis die andern kämen.

Sie arbeitete also weiter in der Küche und dachte nur ans Fertigwerden, und schließlich klingelte es wieder, und zwei Mitglieder kamen – ich meine, ganz normale Mitglieder, die sie seit Jahren gut kannte. Da muß es, wie sie sagt, schon etwa zehn nach acht gewesen sein. Tja, und während sie dann oben ihre Mäntel ablegten, erzählte sie ihnen von dem Neuen. Dann gingen alle zusammen hinunter, Daphne stieß die Tür auf und wollte mit der Vorstellerei beginnen – sie war deswegen ganz aufgeregt und verlegen, weil sie seinen Namen bis dahin noch immer nicht aus ihm herausbekommen hatte – und da merkte sie erst, daß er gar nicht mehr da war.«

»Nicht mehr da?« riefen Margaret und Mavis wie aus einem Mund. Irgendwie hatte das ungleiche Paar sich zu einem perfekten Publikum zusammengefunden, und Claudia strahlte.

»Weg! Verschwunden! Keine Spur von ihm! Sie haben sogar das ganze Haus durchsucht, denn Daphne wurde natürlich langsam etwas nervös und fragte sich, wozu er wohl *wirklich* gekommen war – ob er mit dem Poetischen Zirkel überhaupt etwas im Sinn hatte oder ob der ihm nur als Vorwand gedient hatte, um ins Haus zu kommen. Und am meisten beunruhigte sie natürlich, daß sie nicht einmal wußte, wie lange er allein im Wohnzimmer gewesen war, nachdem sie ihn verlassen hatte. Er hätte eine gute halbe Stunde Zeit gehabt, im ganzen Haus herumzustöbern, während sie in ihrer Küche bei verschlossener Tür gar nichts davon gemerkt hätte.«

»Im Haus herumzustöbern? Du meinst, er war vielleicht ein *Einbrecher?*« fragte Mavis mit listig zusammengekniffenen Augen, wie immer, wenn sie darauf aufmerksam machen wollte, wie schnell sie eine Situation zu erfassen vermochte.

»Irgend etwas in der Art. Natürlich ist ihnen der Gedanke auch gekommen. Aber Daphne sagt, es fehlte nichts. Dabei lag so einiges herum, was er mit Leichtigkeit hätte einstecken können – eine Uhr, Schmuck, eine Kamera und Daphnes Handtasche mit vierzehn Pfund darin. Er hätte genug Zeit gehabt, das alles zu finden und sich damit aus dem Staub zu machen.«

»Aber das hat er nicht, also kann er kein Einbrecher gewesen sein«, erklärte Margaret. »Weswegen macht sich Daphne also noch Sorgen? Ich finde, sie stellt sich da ziemlich albern an.«

Ein kleines Stirnrunzeln ging über das Gesicht der Erzählerin. Wie albern Daphne war, genau das hatte sie ja am Schluß ihrer Erzählung selbst herausstellen wollen, aber sie liebte es nun einmal nicht, wenn Margaret es ihr auf diese Weise vorwegnahm. Darum versuchte sie nun, leicht verärgert, dem Drama eine neue Wende zu geben.

»Gewissermaßen ja«, gestand sie ihrer Mutter zähneknirschend zu, »aber Einbruch ist schließlich nicht das *einzige* Verbrechen auf der Welt, oder?«

Claudia ließ die dunkle Andeutung erst einmal richtig wirken, bevor sie fortfuhr: »Schließlich muß man das Ganze auch einmal mit Daphnes Augen sehen. Sie war ganz allein im Haus, und wenn er nicht zum Stehlen gekommen war, wozu dann? Und was soll ihn davon abhalten, wiederzukommen? Nehmen wir an, er kommt heute abend wieder, so früh wie letztes Mal, also bevor noch jemand von den andern da ist. Ich glaube natürlich nicht, daß er kommt. Ich nehme an, sie wird ihn nie wieder zu Gesicht bekommen.« (Nachdem Claudia dem Drama die passende Wende gegeben hatte, war sie nun bereit, ihm auf ihre Weise die Spannung auch wieder zu nehmen.) »Ich denke, die werden nichts mehr von ihm sehen und hören; wahrscheinlich war das Ganze nur eine Verwechslung – er hatte zu einer ganz anderen Veranstaltung gewollt oder so etwas. Aber ihr wißt ja, wie Daphne so ist; sie kann sich in so etwas hineinsteigern, und weil sie mir so nervös vorkam, habe ich ihr versprochen, heute abend hinzugehen und ihr das Händchen zu halten; und Mavis ist so lieb und kommt auch mit, nicht wahr, Mavis? Wir müssen dort sein, bevor der eigentliche Abend anfängt, damit dieser Bursche, falls er wiederkommen sollte, Daphne inmitten ihrer Leibgarde antrifft! Er wird natürlich nicht kommen. Bestimmt nicht. Wie gesagt, es war sehr wahrscheinlich nur eine höchst alltägliche Verwechslung.«

Aber Claudias Augen leuchteten, und ihr ganzer Körper verriet gespannte Erwartung. Für Margaret war damit klar, daß sie eben doch mit einem Wiederkommen des geheimnisvollen Fremden rechnete; daß eine Situation entstehen würde, in der sich alle an Claudia wenden und bei ihr Halt suchen würden. Denn *wenn* dieser Mann sich in irgendeiner Weise als sonderbar entpuppte, wären Claudias sämtliche Tugenden auf einmal gefragt: Mut – unerschütterliche Ruhe – Aufgeschlossenheit – Toleranz – Offenheit – Mitgefühl; mindestens eine dieser Sondergaben mußte da zum Tragen kommen und konnte vor den Augen des ganzen Poetischen Zirkels überaus effektvoll vorgeführt werden – und vor Mavis, denn inzwischen war für Margaret klar, daß Mavis nur zu diesem einen Zweck mitgenommen wurde – als zusätzliches Publikum für dieses erbauliche Spektakel.

Spiel dich nicht so auf, mein Kind, hatte Margaret früher auf Kinderfesten immer zu der siebenjährigen Claudia gesagt. Was sagte man jetzt zu einer Erwachsenen? Aber genützt hatte es ja auch damals schon nichts.

Kapitel 3

Um Viertel vor acht war Mavis noch immer nicht fertig, und Claudia warf ungeduldige Blicke auf ihre Armbanduhr. Die Versammlung begann zwar erst um halb neun, aber Mavis wußte doch, daß sie versprochen hatten, eine halbe Stunde früher da zu sein. Ob sie überhaupt begriff, wie wichtig das war? Oder hatte sie sich ihr Mitkommen etwa doch noch anders überlegt – oder hatte Mutter sie vielleicht irgendwie geärgert? In letzter Zeit war das ja immer öfter vorgekommen, und allmählich machte Claudia sich darüber Gedanken. Ihrer Mutter schien unmöglich klarzumachen zu sein, wie nah Mavis einem Nervenzusammenbruch gewesen war, als sie erstmals hierherkam; und wieviel Verständnis und Mitgefühl vonnöten waren, um sie wieder gesund zu machen. »Die soll sich mal zusammenreißen«, war Mutters liebloser Kommentar zu alledem gewesen; das war natürlich nur typisch für ihre Generation, aber Claudia war dennoch enttäuscht gewesen. Mutter hatte Mavis im stillen zweifellos als »gefallenes Mädchen« eingestuft, wie es dem wunderlichen Wortschatz ihrer Zeit entsprach; aber selbst dann hätte der monatelange tägliche Umgang ihre Intoleranz doch langsam etwas mildern müssen. Sie mußte Mavis doch inzwischen als *Menschen* sehen, nicht nur als Angehörige der Gattung »gefallenes Mädchen«. Die ganzen Monate hatte Mavis ihr über die langen, leeren Tage hinweg Gesellschaft geleistet, wenn die übrige Familie außer Haus war; sie hatte ihr bei der Hausarbeit geholfen und ihre einsamen Mahlzeiten mit ihr geteilt – und trotzdem war Margaret mürrisch, abweisend und unfreundlich geblieben. Selbst wenn man ihr – wozu Claudia durchaus bereit war – die ganzen Vorurteile der älteren Generation zugute hielt, war es immer noch unbegreiflich, wie ein Mensch so selbstgerecht sein konnte. Und selbst wenn Mavis' uneheliche Mutterschaft *wirklich* ein Verbrechen gewesen wäre – was Claudia natürlich keine Sekunde akzeptieren konnte – auch dann hätte es für Mutters ungemilderte Feindseligkeit keine Entschuldigung gegeben. Das war grausam. Kein normaler, gutherziger Mensch hätte ihr das nachsehen können. Und Claudia, für die es kein – aber auch *wirklich* kein – Verbrechen gab, für die alles sogenannte Böse auf Schwäche, nicht auf Bosheit beruhte, konnte diese Haltung ihrer Mutter einfach nicht begreifen.

War Mutter also heute gegen Mavis noch häßlicher gewesen als sonst? Claudia hielt es nur für allzu wahrscheinlich; denn was war nach diesem Streit über den Verkauf der Wiese eher anzunehmen, als daß Mutter, verunsichert und sich im Unrecht wissend, ihre Wut an Mavis ausgelassen hatte? Diese ganze Sache mit der Wiese war überhaupt sehr unglücklich gelaufen. Es war doch ein Fehler gewesen, Mr. Marvin heute morgen kommen zu lassen, ohne sich erst zu vergewissern, daß Mutter nicht da sein würde; andererseits war aber sowieso schon zuviel Zeit verstrichen, und die Sache sollte unbedingt unter Dach und Fach sein, ehe Derek von seinem Kongreß in Oslo zurückkam. Derek konnte sehr schwach und wankelmütig sein, besonders wenn es um Mutter ging; je weniger die beiden also mit diesem Geschäft zu tun hatten, desto besser für alle Beteiligten.

Natürlich konnte man Mutter nicht einfach aus der Geschichte herauslassen. Wie sie heute morgen so unverblümt gesagt hatte, war die Wiese ihr Eigentum, und auf der Verkaufsurkunde mußte ihre Unterschrift stehen. Aber Claudia hatte die Sache so fix und fertig regeln wollen, ehe Mutter überhaupt Wind davon bekam, daß der Kampf darum zwar hart, aber kurz und schnell vorbei gewesen wäre. Denn wenn es hart auf hart ging, mußte Mutter ja doch einsehen, daß Claudia recht hatte. Und *daß* sie recht hatte, war für Claudia die ganze Zeit ihr wichtigster Punkt gewesen, der es sogar vollkommen gerechtfertigt hatte, daß sie ihre Mutter zeitweilig hinterging.

Achttausend Pfund! Acht*tausend!* Niemand – auch wer so eigensinnig war wie ihre Mutter – konnte sich bei einer solchen Summe sehenden Auges weigern, zu verkaufen. Man stelle sich nur vor, was mit achttausend Pfund alles anzufangen war! Diplomatisch wie sie war – und auch im Hinblick auf den bevorstehenden Kampf – zwang Claudia sich, nicht an das zu denken, was *sie* alles damit anfangen könnte, sondern an das, was ihre Mutter damit anfangen konnte; denn natürlich gehörte das Geld ihrer Mutter, solange sie lebte. Gerade deswegen war es doch so selbstlos von Claudia und Derek, daß sie die ganze Mühe auf sich nahmen; in Wahrheit taten sie das doch alles für Mutter; und statt dankbar zu sein, konnte sie jetzt nichts anderes als Ärger machen – und wegen nichts und wieder nichts mutwillig und bösartig einen Familienstreit vom Zaun brechen.

»Entschuldige, daß es so lange gedauert hat, Claudia. Wir kommen doch jetzt meinetwegen nicht zu spät?«

Mavis sah heute abend wirklich viel besser aus, fand Claudia. Sie hatte sich die Haare hochgesteckt, das Gesicht sorgfältig zurechtgemacht und ein sauberes, frisches Baumwollkleid angezogen. Ihr Aufenthalt bei uns tut ihr richtig gut, dachte Claudia mit Genugtuung – und das trotz Mutters Quertreiberei. Laut sagte sie:

»Aber nein, keine Sekunde; mit dem Wagen brauchen wir keine fünf Minuten.«

In Wirklichkeit würden sie zehn Minuten brauchen und eben doch zu spät kommen, aber das sagte Claudia nicht, um Mavis nicht aufzuregen; auch wollte sie Mavis nicht das Gefühl nehmen, daß sie, Claudia, nie die Ruhe verlor, sich nie aufregte und stark genug war, anderer Leute Schwächen auf der leichten Schulter zu tragen. Die arme Mavis hatte viele Schwächen, Unpünktlichkeit war nur eine davon; und es mußte ihr ein großes Gefühl der Sicherheit geben, zu sehen, wie Claudia sie tagein, tagaus allesamt auf die leichte Schulter nahm.

»Bist du auch wirklich ganz fertig? Dann fahren wir«, entschied Claudia – und ein ganz klein wenig enttäuschte es sie, wie Mavis im selben Moment aus dem Zimmer war und durch die Diele trippelte, ohne noch einen Blick für die betonte Ruhe und Gelassenheit übrig zu haben, mit der sich Claudia aus ihrem Sessel erhob, obwohl sie doch schon so spät waren und sie so lange hatte warten müssen.

»Hoffentlich gefällt es dir dort«, sagte sie zu Mavis, als sie durch die stillen Straßen fuhren. »Ich habe einfach keine *Ahnung*, wie es da zugehen wird. Womöglich sitzen da auch nur lauter richtig dumme *Kühe* herum. Trotzdem kann auch das ganz nett werden. Da hätte man wenigstens was zum Lachen.«

»O ja, gewiß.« Mavis machte eine Verlegenheitspause, bevor sie mit schüchternem Stimmchen fragte: »Es wird doch hoffentlich recht sein, Claudia, daß ich ein Gedicht zum Vorlesen mitgebracht habe?«

Claudia war schockiert, obwohl sie nicht hätte sagen können, warum. Weil es so untypisch für Mavis war, Gedichte zu schreiben? Das stimmte zwar, aber das war es noch nicht ganz. Nein, es hatte etwas Beunruhigendes an sich, wie Mavis sich durch das Mitbringen dieses Gedichts schon im vorhinein stillschweigend mit dem Poetischen Zirkel verbündete, ohne erst abzuwarten, bis Claudia darüber befunden hatte, ob es sich um dumme Kühe handelte oder nicht. Im ersten Moment fühlte Claudia sich regelrecht brüskiert. Dann hielt sie sich aber vor, daß solche kleinen Anflüge von Selbständigkeit bei Mavis ein durch und durch gutes Zeichen waren, willkommene Zeugnisse dafür, daß es mit ihr immer weiter aufwärts ging. Sie wurde unter Claudias wohlwollender Anleitung mehr und mehr zu einem eigenständigen Menschen. Dieses Gedicht war dafür ein untrügliches Zeichen. Im Grunde war es doch fast so, als hätte Claudia es selbst geschrieben.

Claudia lächelte. »Natürlich ist das recht«, versicherte sie Mavis nachdrücklich. »Das werden alle gern hören wollen – ich übrigens auch. So, da sind wir – Nummer 67. Jetzt hoffe ich nur, daß unser geheimnisvoller Unbekannter uns nicht zuvorgekommen ist.«

Er war ihnen nicht zuvorgekommen – wohl aber zu Claudias großem Ärger alle andern. Die Veranstaltung sollte zwar erst in zwanzig Minuten beginnen, aber in Daphnes großem Wohnzimmer saß schon ein halbes Dutzend Leute, und Claudia fällte nach einem einzigen kurzen Blick in die Runde ihre Diagnose: dumme Kühe. Lauter Frauen, alle schon in besseren Jahren und alle gleichzeitig redend. Claudia betrachtete sie mitleidig und stieß Mavis heimlich an. ›Na, was habe ich gesagt?‹ sollte der Rippenstoß bedeuten.

Eines aber schmerzte viel mehr – beziehungsweise war so sinnlos, wie Claudia sich rasch korrigierte – nämlich daß Daphne sie offenbar alle miteinander angerufen und um früheres Erscheinen gebeten haben mußte! Sie hatte nicht ausdrücklich Claudia als moralische Stütze bei sich haben wollen! Und das löste den nächsten Zweifel aus: Hatte Daphne *wirklich* solche Angst? Dieser Rummel sah doch eher nach Angabe als nach Angst aus. Daphne hatte dieses ganze Volk nicht als Leibwache, sondern als Publikum hergebeten – andächtige Zeugen für das kleine Fünkchen Gefahr, das da – vielleicht – am Rande ihres eintönigen Lebens einmal aufflackern würde!

Einen Augenblick fragte sich Claudia, wieso sie Daphnes Motive nur mit solcher Gewißheit durchschaute und warum diese kleine List sie so verärgerte. Eigentlich sollte sie doch darüber lachen – Mitleid mit Daphne haben. Aber Claudia fühlte ihren Ärger von Sekunde zu Sekunde wachsen, als sie auch noch feststellen mußte, daß diese Leute nicht nur alle um früheres Kommen gebeten worden waren, sondern außerdem viel besser über die Lage informiert zu sein schienen als sie.

»... so merkwürdige Augen...«
»... hat mir gesagt, daß er ein *richtiger* Dichter ist. Er hat schon etwas *veröffentlicht*...«
»... ist sich ganz sicher, daß sie ihn schon mal irgendwo gesehen hat...«
»... wie wenn er taubstumm wäre...«
»... wahrscheinlich nicht zu Wort gekommen... kein Wunder...« (Schrilles Lachen.)

Sie schnatterten und schnatterten. Es wäre ja eigentlich ganz amüsant gewesen, wenn Claudia sich nur irgendwie daran hätte beteiligen können – wenn sie etwas beizutragen gewußt hätte, was die andern noch nicht wußten. Aber sie wußte nichts und fühlte sich schon bald von der vielen Dummheit richtig abgestoßen – zumal die arme Mavis von dem törichten Geschwätz auch noch regelrecht fasziniert zu sein schien. Mit ihren hellblauen Augen blickte sie unablässig von einer Rednerin zur andern. Claudia nahm sie sanft am Arm und zog sie ein Stückchen beiseite. »Es tut mir so leid, Mavis. Wenn ich geahnt hätte, was für ein Volk wir hier antreffen würden, hätte ich dich nicht mit hierhergeschleppt. Sieh dir das doch nur mal an! Ist dir schon einmal so ein Zirkus untergekommen?«

Mavis lachte – ein wenig unsicher. »Na ja, schon. Aber vielleicht sind sie doch eigentlich ganz in Ordnung. Ich meine, sie schreiben vielleicht gute Gedichte, oder? Und es kommen vielleicht auch noch ganz andere, wenn es erst richtig anfängt?« meinte sie zaghaft, ohne den Blick von Claudia zu wenden.

»Das ist wohl ein bißchen viel gehofft! Nein, ich war schon auf solchen Veranstaltungen von Daphne, und es ist immer dasselbe. Ich weiß gar nicht, wieso ich geglaubt habe, es könnte diesmal anders sein. Sie hat nämlich früher einmal die Theatergesellschaft geleitet und dann den Literaturkreis; und *die* hättest du erst mal sehen sollen, mein Gott! Ich weiß gar nicht, wie sie das macht. Wenn sie zu den Veranstaltungen einlädt, sagt sie doch gar nicht ausdrücklich dazu: ›Nur Damen erwünscht‹ oder ›Bitte niemand unter fünfzig‹. Sie stellt keine Schilder auf: ›Für Glückliche und Zufriedene kein Zutritt!‹ Aber wenn man das Ergebnis sieht, sollte man es meinen. Hör sie dir doch an! Die bloße Vorstellung, daß ein MANN kommen könnte! Kein Wunder, daß er nur einen Blick hier hereingeworfen und gleich Fersengeld gegeben hat!«

Claudia lachte. Nachdem sie ihre Geistreicheleien bei Mavis hatte loswerden können, war ihr schon wieder viel wohler; und erst jetzt merkte sie, daß dabei irgend etwas verkehrt gelaufen war. Mavis lachte nicht richtig, sah nicht bewundernd zu Claudia auf, wie um sie zu weiteren Geistesblitzen zu ermuntern. Was war um Himmels willen in sie gefahren?

»Mein Gedicht...?« flüsterte Mavis mit dünnem, gekränktem Stimmchen. »Sind diese Leute – ich meine, hat es gar keinen Zweck, es ihnen vorzulesen?«

Claudia riß die Augen auf. Mavis und ihr elendes Gedicht! Mußte sie damit *jetzt* kommen, wo es gerade solchen Spaß machte, sie alle durchzuhecheln! Manchmal hatte Mavis doch recht wenig Gespür für die Stimmung des Augenblicks. Das kam wohl einfach daher, daß sie keinen echten Sinn für Humor hatte, und den konnte ihr auch Claudia bei allem Verständnis und Mitgefühl nicht beibringen. Humor war einem angeboren oder auch nicht. Wer welchen hatte, mußte die,

die keinen hatten, schlicht ertragen und sich immer wieder vorhalten, daß es ja nicht ihre Schuld war. Claudia lächelte nachsichtig.

»Also – natürlich kannst du es vorlesen. Wenn du möchtest. Ich hatte nur gedacht, bei diesem Publikum... ich meine, es ist ja nicht gerade so, als ob hier Keats und Wordsworth und Shelley und T.S. Eliot in der Jury säßen, oder?«

»Nein«, räumte Mavis kleinlaut ein; im selben Augenblick bekam der allgemeine Lärm eine andere Qualität; man rüstete zum Beginn; Stühle wurden gerückt; jemand klatschte in die Hände; von allen möglichen Ablagen fielen Handtaschen und Hefte herab; das monotone Schnattern ging in höfliche kleine Zurufe über: »Hier, meine Liebe, hier ist noch soviel Platz...« – »... nein, nein, den nehmen Sie, mir ist ein harter Stuhl lieber...« – »... möchten Sie nicht das Kissen haben...?«

Die Versammlung hatte begonnen.

Claudia machte sich auf anderthalb Stunden tödlicher Langeweile gefaßt. Der geheimnisvolle Fremde, der einzige Lichtblick des Abends, war nicht gekommen, und nichts blieb als ein kindisches Reim-dich-oder-ich-freß-dich nach dem andern, aufgelockert nur durch die schwachsinnigen Kommentare alter Frauen, die von Gedichten nichts verstanden und noch weniger dafür übrig hatten.

Claudia verstand auch nicht viel von Dichtung – das hätte sie auch jederzeit zugegeben –, aber um zu wissen, daß alles, was an diesem Abend hier vorgetragen würde, schlecht war, genügte das wenige, was sie davon verstand. Sie ließ müde die Lider sinken, so daß sie alles, was um sie herum vorging, nur noch teilweise mitbekommen mußte.

»Das ist der dritte Gesang«, erklärte soeben eine etwas brüchige Stimme – beklommen, selbstkritisch und doch wild entschlossen – mein Gott, und wie! Diese Leute, die da unbedingt etwas vortragen wollten, hatten alle einen Willen aus Eisen – *nichts* konnte sie aufhalten. »Äußerlich gesehen«, sprach die Stimme, »ist es natürlich nur ein Märchen, und ich möchte Sie alle bitten, mir offen zu sagen, ob die Symbolik verstanden wird; das müssen Sie mir ganz *ehrlich* sagen...«

Alles gelogen! Nichts als dummes Zeug! Der Schlag würde sie treffen, wenn ihr jemand die Wahrheit sagte! Und dann mußte man erst mal sehen, wie sich diese verrückte alte Jungfer, diese Miß Fergusson, mit leuchtenden Augen erwartungsvoll vorbeugte, als erwartete sie Shakespeare persönlich seine frühen Sonette vortragen zu hören! Oder sonst irgendwas. Claudia hatte Shakespeares frühe Sonette nie gelesen, wußte aber, daß sie natürlich gut waren, und damit wußte sie immerhin mehr als Miß Fergusson. Schon das Gesicht, mit dem sie gebannt diesem Schund lauschte, zeigte einem doch, daß sie ein Gedicht nicht vom andern unterscheiden konnte.

Der »Gesang« zog sich endlos hin, dann folgte ein Liebesgedicht. *Liebe*, jawohl, und die Autorin war mindestens sechzig und hatte glatte graue Haare und trug Schnürschuhe an den Füßen! Wie Claudia halbwegs mitbekam, reimte es sich sogar, mit Blick und Glück und so. Reime besiegelten aber nun, wie sie wußte, endgültig den Unwert eines Gedichts, und das anschließende Beifallsgezwitscher der Versammelten machte ihr übel. Natürlich schmierten sie sich alle gegenseitig Honig ums Maul, weil sie wollten, daß man auch ihnen etwas Nettes sagte, wenn *sie* an die Reihe kamen. Allmählich glaubte Claudia die Langeweile und Sinnlosigkeit des Ganzen nicht mehr ertragen zu können, und als Miß Fergusson mit Vorlesen drankam, hatte sie es inzwischen beinahe fertiggebracht, nicht nur die Augen, sondern auch die Ohren zu schließen. Das war doch jetzt wirklich der letzte Tropfen auf das Faß – ein Gedicht von Miß Fergusson! Claudia bekam nicht einmal den Titel mit, so vollkommen hatte sie abgeschaltet; sie saß nur noch da, hielt die Augen geschlossen und wünschte sich, die Holperverse würden endlich ein Ende nehmen.

Plötzlich brüllendes Gelächter. Claudia schrak hoch. Was war denn jetzt, um alles in der Welt...? Die Leute bogen sich regelrecht vor Lachen und hatten Tränen in den Augen... und mittendrin saß mit leicht geröteten Wangen und ganz bescheiden Miß Fergusson, ihr kostbares Manuskript fest an sich gedrückt, die Augen züchtig niedergeschlagen, und strahlte vor Wonne.

Es war also ein *lustiges* Gedicht gewesen und kam außerdem sogar noch an! Claudia fühlte sich betrogen, zum Narren gehalten; als ob jemand sie hätte vorwarnen müssen, daß *dieses* Gedicht das Anhören lohnte. Wie sollte sie das nach all den andern denn wissen! Dessen ungeachtet setzte sie rasch ein Lächeln auf und freute sich mit den übrigen; und bei den nächsten Vorträgen hörte sie dann auch ein wenig zu, vor lauter Angst, sie könnte etwas verpassen und dabei ertappt werden.

Aber natürlich kam jetzt nichts Anhörenswertes mehr; und wenig später mußte ihr Gesicht wohl wieder den alten Ausdruck angenommen haben, denn die Gastgeberin raunte ihr im Schutz der allgemein ausbrechenden Diskussion zu: »Sie langweilen sich hoffentlich nicht allzusehr, Claudia? Es ist mir so peinlich, Sie hergebeten zu haben, wo er nicht einmal gekommen ist. Ich finde es jetzt richtig albern von mir, daß ich sein Kommen überhaupt für möglich gehalten habe...« – und in dem Moment, als sie das sagte, ging leise die Wohnzimmertür auf, und eine schlanke, schüchterne Gestalt trat zögernd ein.

Kapitel 4

Als erstes überraschte es Claudia, wie klein er war; als nächstes, daß er so jung war. Merkwürdig, daß es sie überraschte, denn bisher hatte sie sich von Daphnes ungebetenem Besucher doch noch gar kein Bild gemacht. In ihrer Vorstellung hatte sie immer nur sich selbst gesehen – wie sie unter den bewundernden Blikken eines farblosen Publikums mit ihm redete, ihn aus der Reserve lockte, die Situation meisterte. Aber der Mann selbst war, das merkte sie jetzt, in diesem Bild gar nicht sichtbar gewesen. Groß oder klein – dunkel oder blond – jung oder alt – darüber hatte sie sich einfach keine Gedanken gemacht. Und da stand er nun und war zu ihrem blanken Erstaunen jung, klein und mittelblond. Ganz und gar verkehrt!

Inwiefern verkehrt? Nach welchen Maßstäben? Claudia gab die Selbsterforschung auf und beugte sich ein wenig vor, um sich den jungen Mann anzusehen, der unweit von ihr auf einem leeren Stuhl Platz nahm.

Nein, so jung war er eigentlich doch nicht mehr; jedenfalls kein Jüngling mehr. Nur das faltenlose, unverbraucht aussehende Gesicht hatte sie irregeführt; jetzt aber, als der Schein einer Stehlampe auf dieses Gesicht fiel, sah sie, daß es nicht die glatte Haut der Jugend war. Eher gehörte dieses Gesicht jemandem, der zu lange unberührt und unwissend geblieben war; den in seinem behüteten Leben noch niemals starke Emotionen, Spannungen oder Ängste heimgesucht hatten. Oder konnte dieses Gesicht vielleicht jemandem gehören, der so ein schreckliches Leben hinter sich hatte, daß er hatte lernen müssen, einfach keine Emotionen zu *haben* – der Welt eine leere, teilnahmslose Maske zu zeigen? Schon regte sich in Claudia der winzige Keimling eines warmen Gefühls, das sie nicht genauer zu bestimmen wußte. Es war ein Gefühl, über die zwischen ihnen Sitzenden hinüberzugreifen und seine Hand fassen zu müssen. Fast im selben Augenblick wurde ihr unangenehm bewußt, daß alle andern Anwesenden den Neuankömmling ebenso anstarrten wie sie. Auch die Gastgeberin, deren Aufgabe es gewesen wäre, ihn irgendwie zu begrüßen, schien ebenso von Stummheit geschlagen zu sein wie die übrigen. Offenbar mußte hier wieder einmal Claudia die Situation retten.

»Guten Abend«, sagte sie gutgelaunt, wobei sie sich über ihre Nachbarinnen beugte, die keinen Widerstand leisteten. »Leider haben Sie ja schon einige Vorträge verpaßt, aber...«

Nun hätte man doch wirklich meinen sollen, die Geistesgegenwart, mit der Claudia als erste den Mund aufmachte, hätte ihr das Recht gegeben, wenigstens ein paar Worte mit dem jungen Mann zu wechseln. Aber nein! Kaum hatte sie für alle andern das gelähmte Schweigen gebrochen, da mußten sie – noch ehe sie auch nur fünf Wörter ihres Satzes herausgebracht hatte – alle auf einmal dazwischenreden und sich lärmend vordrängen wie die Enten nach einer Brotkruste. Ob er viele Gedichte schreibe? Wie er denn heiße? Er sei doch schon einmal hiergewesen, oder? Ob er in der Nähe wohne? Dann sei er gewiß Student? Oder arbeite er in der Flugzeugfabrik? Ob er *moderne* Gedichte schreibe? Ob er sie gut finde? Ob er regelmäßig kommen wolle? Ob er schon etwas *veröffentlicht* habe? Ob er ein Gedicht zum Vorlesen mitgebracht habe?

Bis dahin hatte der junge Mann die Fragerei benommen und schweigend über sich ergehen lassen – mit einem verlorenen, verwirrten Ausdruck im Gesicht, als ob ihn jemand mit dem Gartenschlauch abgespritzt hätte; bei der letzten Frage aber schien Leben in ihn zu kommen. Er sagte zwar auch jetzt noch nichts, aber er bückte sich nach der neben ihm stehenden Aktentasche und entnahm ihr mit flinkem Griff einen Packen Manuskriptpapier, so dick, daß selbst die Mitglieder des Poetischen Zirkels, die doch einiges gewohnt waren, hörbar nach Luft schnappten.

»Äh – das ist ja großartig!« brachte Daphne stokkend heraus, wobei sie ängstlich den Stapel Papier beäugte. »Äh – Sie haben da wohl recht viele Gedichte –?«

»Etwas über elfhundert«, antwortete der junge Mann ohne zu zögern; und nun, nachdem sie endlich seine Stimme gehört hatten, durfte Claudia mit einem Gefühl sonderbarer Genugtuung feststellen, wie gut sie zu seinem Aussehen paßte; sie klang leicht, recht kühl und verhalten. Aber schüchtern wirkte er jetzt nicht mehr direkt. Vielmehr blätterte er bereits recht zielbewußt in seinem Papierberg herum, sichtlich gewillt, sich nicht zweimal um eine Kostprobe bitten zu lassen.

»Welches würden Sie denn wohl gern hören?« überlegte er laut, was die Stimmen um ihn herum sofort zum Schweigen brachte. »Die Auswahl ist ein bißchen schwierig. Sie haben alle dasselbe Thema.«

Elfhundert Gedichte, alle zum selben Thema! Die Versammelten erstarrten in Ehrfurcht. »Na so was!« faßte Miß Fergusson schließlich, so gut sie es vermochte, die Gefühle aller zusammen; und während dieser Äußerung noch allgemeine Zustimmung zuteil wurde, ließ der junge Mann seinem Gedicht freien Lauf.

»Stangen!« begann es – und man wußte nicht recht, ob das der Titel oder die erste Gedichtzeile war, aber so etwas wollte natürlich keiner fragen, schon gar nicht bei einem neuen Mitglied.

»Stangen:
Stangen vor der Nacht, dem hellen Tag
Umschließen meiner Ängste Kerkermauer;
Verwehren mir der Sangesjahre Dauer
Dämmernd vorm Fenster, schwindend, verjagt.«

Es folgten acht weitere Strophen dieser Art, und obwohl sie sich reimten, wußte Claudia auf Anhieb, daß sie gut waren. Sie wußte es nicht vom Zuhören (stets ein beschwerliches und ungewisses Kriterium), sondern weil sie den Vortragenden dabei ansah: das ängstlich abwehrende Zucken seiner Lider, wenn er, ohne dabei den Blick von seinem Manuskript zu heben, die Reaktion des Publikums zu ergründen versuchte; das aggressiv gehobene, ansonsten schwache Kinn, wenn er eine neue Strophe begann – ganz als ob er sagen wollte: ›Ihr *werdet* mir noch zuhören; ihr *werdet* verstehen, was ich euch zu sagen habe‹; und dann am Schluß der Vorhang, der gekränkt und abwehrend vor sein Gesicht fiel: Bitte, nun sagt, was ihr wollt: Mir kann es nichts mehr anhaben.

»Das ist ja einfach großartig!« sagte Claudia, den Körper vorgebeugt, ein Tremolo in der Stimme. »Ich finde, es vermittelt einem so ein hervorragendes Bild von... von...«

Daß ihr ums Leben nichts einfiel, *wovon* ihr ein Bild vermittelt worden sein konnte, tat dem Ernst ihrer Aussage keinen Abbruch. Sie fühlte warme Wellen der Sympathie von ihr zu dem Fremden strömen, und wie sie so in sein Gesicht sah, hatte sie den Eindruck, daß er reagierte; der Vorhang hob sich ein wenig... gleich würde er sprechen... und schon mußten die andern natürlich wieder alles verderben. Wie ein Wurf Ferkel quiekten sie alle auf einmal los: »O ja, ganz wunderbar!« – »Wirklich ein großartiges Gedicht!« – »Und soviel Gefühl!«

»Aber so traurig!« ließ sich Miß Fergussons Stimme vernehmen. »Haben Sie wirklich elfhundert lauter so traurige Gedichte geschrieben? Schreiben Sie nie etwas *Fröhliches?*«

So etwas einen Dichter zu fragen! Claudia versuchte dem jungen Mann einen belustigten Blick zuzuwerfen, der aber sah noch immer auf sein Manuskript hinunter; sie mußte ihre Belustigung so lange in Bereitschaft halten, daß ihr schon die Lider schmerzten, als er endlich aufschaute. Er lächelte nicht, aber sie war sicher, daß er die Botschaft empfangen hatte. Auch wenn sie selbst nicht so genau wußte, worin die Botschaft bestand, beinhaltete sie doch jedenfalls etwas Kostbares und Geistvolles; etwas, womit sie sich von diesen schwachsinnigen alten Klatschtanten unerreichbar abhob...

»Schließlich –«, setzte Miß Fergusson ihr Verhör

mit sanfter, doch unnachgiebiger Taktlosigkeit fort –
»sind Sie doch jung; es muß doch viel Fröhliches in Ihrem Leben geben. Fühlen Sie sich nie inspiriert, darüber zu schreiben?«

Der junge Mann sah sie nachdenklich an.

»Kommt darauf an, was Sie mit Fröhlichkeit meinen«, sagte er endlich, und aus irgendeinem Grund war diese Bemerkung so voller Originalität und Witz, daß Claudia am liebsten laut geklatscht hätte, ganz als hätte er nach langer, scharfsinnig geführter Diskussion die letzte, entscheidende Pointe angebracht. Noch einmal versuchte sie ihn mit Blicken ihrer Zustimmung und Sympathie zu versichern, aber solch feinsinnige Methoden der Kommunikation wurden jetzt durch das Klappern von Teetassen, die anzeigten, daß die Veranstaltung in den gemütlichen Teil überging, vollends unmöglich gemacht. Erneut bot der junge Mann die Zielscheibe für Fragen und dummes Gewäsch.

Er war jetzt die Höflichkeit selbst, und es dauerte ein paar Minuten, bis Claudia merkte, daß er es fertigbrachte, in seinen Antworten keinerlei Informationen preiszugeben. Ein Student sei er nicht eigentlich; nein, und eine Arbeit habe er zur Zeit auch nicht hier in der Gegend. Er könne wirklich noch nicht so genau sagen, was für eine Arbeit er suche, es sei doch alles recht schwierig; ja, genaugenommen sei er schon einige Zeit ohne Arbeit, jedenfalls was die Bezeichnung Arbeit verdiene; und alles in allem sei im Grunde noch ziemlich alles in der Schwebe.

Aber unbegrenzt lange konnte er das natürlich nicht durchhalten. Wie ein Rudel Jäger drangen die Fragen von allen Seiten auf ihn ein, kamen näher und näher, schnitten ihm den Rückzug ab, blockierten ihm einen Fluchtweg um den andern und zwangen ihn langsam immer weiter zurück auf den Kernpunkt irgendeines Geheimnisses... etwas, was er für sich behalten wollte. Diese adrett gekleideten Damen, dachte Claudia, würden wie die Raubvögel gnadenlos auf ihn einhacken, bis seine Knochen freilagen.

Sie fühlte gerechten Zorn wie eine Krankheit in ihrer Kehle und hinter den Augen aufsteigen. Sie tat einen Schritt nach vorn und faßte das Opfer am Arm. »Kommen Sie mal mit mir da drüben hin – ich muß Ihnen etwas zeigen«, sagte sie laut und bestimmt – und gerade im richtigen Augenblick; die Frau, die ihm soeben in den Ohren lag, stockte und verstummte. Eine große Siegesfreude durchflutete Claudias Seele; kein St. Georg hätte seine Prinzessin fürsorglicher von ihrem Felsen nehmen können, als Claudia jetzt ihren Schützling in eine Nische beim Klavier führte. Die Drachen blieben im ungeordneten Haufen zurück, tuschelnd, neugierige Blicke in die Nische werfend, hechelnd und spekulierend, die Köpfe zusammensteckend und doch die ganze Zeit wissend, daß sie besiegt waren. Claudia ganz allein würde jetzt das Geheimnis des jungen Mannes erfahren – das heißt, sein Vertrauen gewinnen, denn sein Geheimnis, sei es was es wolle, würde Claudia natürlich respektieren: *sie* würde ihn nicht danach ausquetschen, ihn plagen wie die andern.

»Entschuldigen Sie – in Wahrheit habe ich Ihnen gar nichts zu zeigen«, sagte sie halb abbittend, halb lachend. »Ich dachte nur, Sie wollten vielleicht ganz gern erlöst werden. Die sind doch das *Letzte*, wie? Übrigens, ich bin Claudia Wilkinson.«

»Oh.« Im ersten Moment hatte Claudia den Eindruck, daß er nichts weiter sagen werde; dann aber schien er ihren erwartungsvollen Blick zu verstehen und sagte noch: »Ich heiße Maurice.« Dabei beobachtete er Claudia scharf, wie um sie zu warnen, sie solle nur ja nicht auch noch nach seinem Nachnamen fragen. Sie sah ihm mit beruhigendem Lächeln in die Augen.

»Maurice. Also, Maurice, ich habe das Gefühl, mich für die andern hier entschuldigen zu müssen, daß sie Ihnen derart mit Fragen in den Ohren liegen. Eine Dreistigkeit ist das! Und das, nachdem sie gerade erst Ihr Gedicht gehört haben – das so offenkundig auf einem Gefühl des Unglücklichseins...«

Claudia stockte; war sie wohl schon zu weit gegangen? Doch als sie ihn wieder anzublicken wagte, sah sie zu ihrer Freude seine blauen Augen geradewegs in die ihren blicken, und in seinem Gesicht begann eine Antwort zu zucken.

Aber dann fiel die Antwort anders als erwartet aus.

»*Unglück*? Haben Sie *das* daraus entnommen? Aber das habe ich damit gar nicht gemeint. *Einsamkeit* wollte ich in dem Gedicht beschreiben – wie eigentlich in allen meinen Gedichten. Ist das nicht klar geworden? Welche Zeilen haben Sie denn an Unglücklichsein denken lassen?«

Die Antwort schien ihm wirklich wichtig zu sein, und Claudia war erschrocken. Sie hatte sich vorgestellt, sie würden über sein Gedicht auf einer höheren seelischen Ebene diskutieren, wozu es nicht unbedingt erforderlich wäre, daß sie so genau wußte, wovon es handelte, geschweige auch noch die eine oder andere

Zeile zitieren konnte. Sie wich der Situation aus, so gut es eben ging.

»Einsamkeit. Gewiß. Das habe ich ja auch eigentlich gemeint. Ich hätte nur gedacht, daß Einsamkeit – das heißt Verlassenheit – doch fast gleichbedeutend ist mit Unglücklichsein. Finden Sie nicht?«

»Aber *nein!*« Er schien geradewegs durch sie hindurch in irgendeine weite Ferne zu blicken, wo ihm eine Vision vor Augen stand. »Nein, nein, da sind Sie völlig im Irrtum. Ich bin ein glücklicher Mensch – auf meine ganz eigene Art sogar sehr glücklich – aber nichtsdestoweniger habe ich schon große Einsamkeit gekannt. Vielleicht sollte ich besser Isolation dazu sagen. Isolation von allen Mitmenschen – ich glaube nicht, daß Sie verstehen können, was ich damit meine.«

Das Wort »verstehen« war, wie immer, der Funke für den Zunder in Claudias Seele.

»*Natürlich* verstehe ich«, rief sie aufgeregt, »ich habe mich selbst schon so oft isoliert gefühlt, ich –«

»Oh, das glaube ich Ihnen nicht, Mrs. Wilkinson«, unterbrach er sie ernsthaft. »Ich glaube gar nicht, daß Sie dasselbe meinen können wie ich. Ich spreche nämlich von *wirklicher* Isolation. Sie müssen wissen, daß ich fast sieben Jahre lang aus dem Verkehr gezogen war.«

Kapitel 5

Und genau aus diesem Grunde habe ich ihm angeboten, ihn nach Hause zu fahren«, erklärte Claudia, wobei sie stolz den Kopf zurückwarf, was aber in der Dunkelheit des Wagens vielleicht die beabsichtigte Wirkung auf Mavis verfehlte. »Ich glaube nur, er war zu schüchtern, um vor den Blicken all dieser kritteligen Frauen das Angebot anzunehmen – ich hätte sie dafür umbringen können! Jedenfalls hat er aber meine Adresse und weiß, daß er jederzeit mal abends auf ein Schwätzchen zu mir kommen kann. *Jeder*zeit. Du hast doch gehört, wie ich ihn eingeladen habe, ja? Hast du's gehört, Mavis?« wiederholte sie die Frage, wobei sie für einen Moment den Blick von der Straße nahm und ihre Begleiterin ansah.

Mavis hielt nämlich den Kopf von ihr abgewandt und schaute zum Wagenfenster hinaus in die matt erhellten Straßen, wo es ohnehin nichts zu sehen gab. Claudia wünschte, Mavis wäre heute abend nicht so abwesend, so apathisch. Warum konnte sie Claudias Aufregung über das Geschehene nicht teilen? Denn es *war* doch aufregend gewesen – in gewisser Weise sogar beängstigend, allerdings natürlich nicht für Claudia, die für alle Sünder dieser Welt bekanntlich jene besondere Art des Mitgefühls besaß, das jegliche Angst ausschloß.

»Weißt du«, fuhr sie fort, »es ist durchaus anzunehmen, daß der arme Junge einmal irgendwie in der Klemme gesteckt hat, und ich sah ihm an, wie er förmlich danach lechzte, sich jemandem anzuvertrauen, irgend jemandem, dem er vertrauen konnte. Wenn doch nur nicht genau im falschen Moment diese naseweise alte Schachtel mit wackelnden Ohren dazugekommen wäre, wahrscheinlich hätte er mir da schon an Ort und Stelle alles gesagt. Ich fühlte, daß er wollte, und es wäre so eine Erleichterung für ihn gewesen, ein solcher Trost. Er hat das schon viel zu lange mit sich herumgeschleppt.«

Mavis wandte endlich den Kopf, aber noch immer sah sie Claudia nicht direkt an, sondern starrte nur durch die Windschutzscheibe vor sich hin.

»Was hat er denn mit sich herumgeschleppt?« fragte sie ein wenig tonlos. »Ich meine – das heißt, ich weiß natürlich, daß es mich nichts angeht, Claudia, denn es ist ja dein Haus, nicht meins – aber ich wünschte, du hättest ihm nicht so einfach unsere Adresse gegeben. Schließlich weißt du doch *gar* nichts über ihn – er könnte ein Verbrecher oder sonstwas sein. Das haben nämlich alle gesagt, nachdem er fort war – daß er ein Verbrecher sein muß. Daß er bestimmt im *Gefängnis* gesessen hat!«

Bei diesen Worten war Claudias ganze Liebe für Mavis mit einem Schlag wieder da; allerdings hätte sie selbst nicht sagen können, warum gerade jetzt, wo Mavis sich doch gerade richtig dumm benahm.

»Aber *natürlich* muß er im Gefängnis gewesen sein!« rief sie. »Was könnte er denn sonst mit ›aus dem Verkehr gezogen‹ gemeint haben? Und gleich sieben Jahre! Das muß schon etwas ziemlich Schlimmes gewesen sein. Mit ›schlimm‹ meine ich natürlich nicht ›böse‹ im herkömmlichen Sinn. Du weißt ja, Mavis, daß für mich *kein* menschliches Verhalten ›böse‹ ist. Dieses Wort gibt es für mich nicht. Menschen werden von ihren Schwächen getrieben – von den Mißgeschikken ihrer Kindheit – von Impulsen, die sie aus dem einen oder anderen Grund nicht beherrschen können. So etwas wie Schlechtigkeit existiert einfach nicht –«

Im Eifer ihrer Rede hätte Claudia beinahe die rote Ampel übersehen. Sie brachte den Wagen gerade noch zum Stehen. »Siehst du, Mavis, und gerade darum ist es so *überaus* wichtig, daß er sich nicht zurückgestoßen fühlt. Deshalb war ich doch so wütend auf alle diese selbstgerechten Weiber, die so vor ihm zurückwichen, ihn zurückstießen, nachdem er – *das* – gesagt hatte.«

»Ich hatte eigentlich gar nicht das Gefühl, daß sie ihn zurückstießen«, sagte Mavis kleinlaut und hörbar darauf bedacht, Claudia nicht noch mehr zu reizen. »Ich fand, sie waren alle eher interessiert und drängten sich richtig um ihn. Und auch wie sie hinterher darüber geredet haben, nachdem er fort war – diese Frau mit den dicken Armen und dem Armreifen – erinnerst du dich nicht mehr? – ›Da habe ich womöglich den ganzen Abend neben einem *Mörder* gesessen!‹ hat sie immer wieder gesagt. Und das klang regelrecht begeistert!«

»Ach was, das war die reine Sensationsgier«, erklärte Claudia unwirsch und gab Gas, denn eben war die Ampel wieder grün geworden. »Sensationsgier und natürlich eine Art Ersatzbefriedigung. Das ist so typisch. Aber ich wüßte mal gern, wie viele ihn zu sich nach Hause eingeladen haben. Oder angeboten, ihn im Wagen mitzunehmen.«

Freudige Erregung pulsierte jetzt in Claudias Adern, ließ von allen ihren fünf Sinnen Funken sprühen; es war wie Verliebtsein.

Wieviel konnte sie nicht tun für diesen jungen Mann, diesen von der Gesellschaft Ausgestoßenen! Was er auch immer verbrochen hatte, wie schlimm, wie schockierend es in den Augen der Welt sein mochte: sie, Claudia, würde nicht schockiert sein. Er konnte auf sie bauen wie auf Fels; sie würde ihn beschützen, inspirieren, mit neuem Mut beseelen, genau wie sie es bei Mavis getan hatte.

Bei Mavis schien allerdings eine kleine Neubeseelung überfällig zu sein. Sie war in der Dunkelheit des Wagens ganz weiß geworden.

»Aber Claudia«, begehrte sie kleinmütig auf, »ich weiß ja, wie furchtbar mutig das von dir ist und so, und dafür bewundere ich dich ja auch. Aber wäre es nicht doch klüger gewesen, wenigstens *etwas* vorher über ihn herauszubekommen? Ich meine, wenn er im Gefängnis war, wird doch die Haftentlassenenfürsorge oder irgendeine andere Stelle etwas über ihn wissen. Dann könntest du doch wenigstens sicher sein, daß er kein *Mörder* ist!«

Claudia hätte sie umarmen können – obschon sie auch jetzt wieder nicht wußte, warum. Wie konventionell die arme Mavis doch trotz allem war!

»Und *wenn* ich nun erfahre, daß er ein Mörder ist?« rief sie triumphierend. »Was dann? Glaubst du denn wirklich, Mavis, das würde für mich auch nur das allermindeste ändern? Ich würde mich höchstens *noch mehr* veranlaßt fühlen, ihm zu helfen, ihm Freundschaft und Vertrauen zu bieten. Je schlimmer sein Verbrechen, desto nötiger braucht er das. Verstehst du das nicht?«

Mavis sah hilflos zu ihr auf.

»Doch. Natürlich, ja!« antwortete sie nach einer Weile. »Ich finde dich wunderbar, Claudia, wirklich wunderbar! So mutig!«

Endlich also schaute Mavis wieder bewundernd zu ihr auf. Claudia lächelte im Dunkeln, während sie den Wagen ausrollen ließ, und als sie vor dem Haus anhielt, war ihre Befriedigung so groß, daß man sie schon Glück nennen konnte. Schade nur, daß Mavis es gleich wieder zerstören mußte. Beim Aussteigen sah sie nämlich zu dem verdunkelten Haus und meinte mit einem leichten Schaudern in der Stimme:

»Da ist nur eins, Claudia – hast du dabei auch an uns andere gedacht? Gerade jetzt, wo Derek fort ist. Und du bist auch nicht immer da. Stell dir vor, er kommt an einem Abend, wenn deine Mutter allein im Haus ist. Oder ich. Oder Helen. Hast du auch an Helen gedacht?«

Kapitel 6

Mavis' letzte Worte stachen schmerzhaft mitten in Claudias Freude hinein, und sie war mit einemmal niedergeschlagen und fühlte sich gar nicht mehr wohl. War es Angst um ihre Lieben? Merkwürdigerweise fühlte es sich aber eher wie Wut an – als hätte Mavis sie bewußt und böswillig um etwas zu bringen versucht. Nein, verbesserte sie sich rasch, nicht *bewußt;* die Bosheit war bei der armen Mavis natürlich unbewußt. Aber sie war vorhanden – das sah Claudia jetzt ganz klar. Mit unbewußter Bosheit hatte Mavis angedeutet, daß aller Mut, aller Einfallsreichtum letztlich vielleicht von andern aufzubringen wären als von Claudia.

»Unsinn!« sagte sie scharf. »Natürlich bin ich da, wenn er kommt! Er wird natürlich vorher anrufen. Schließlich bin *ich* es, die er besuchen will. Und Mutter –« (die Vorstellung, daß Mutter die Mutige, die Heldin des Dramas sein würde, wurmte sie irgendwie am meisten) »– wenn Mutter Angst hat, nun, dann braucht sie ja gar nicht erst herunterzukommen, um ihn zu sehen! Sie kann ja oben in ihrem Zimmer bleiben, bis er wieder fort ist!«

Inzwischen waren sie im Haus, in der Diele, die überraschenderweise ganz dunkel war. Claudia tastete sich zum Lichtschalter und knipste das Licht an. Blinzelnd ob der plötzlichen Helle sah sie auf die Uhr. »Erst Viertel nach elf«, sagte sie mit halbgedämpfter Stimme zu Mavis. »Die müssen heute alle früh zu Bett gegangen sein. Freut mich. Ich hatte schon gefürchtet, wir würden nach Hause kommen und sofort etwas von Mutter zu hören kriegen, weil Helen noch nicht zurück ist. Mutter macht immer so ein Theater. Es ist wirklich verrückt – das Mädchen ist doch schon fünfzehn, fast erwachsen. Machen wir uns eine Tasse Kaffee. Mir ist jetzt so richtig nach einem starken Kaffee, um den Geschmack von diesem Spülwasser loszuwerden, das bei Daphne als Tee angeboten wurde.«

»Und – *ist* sie zu Hause?« Mavis war Claudia in die helle, gut eingerichtete Küche gefolgt, die wie immer sauber und aufgeräumt hinterlassen worden war und ein wenig nach Scheuermittel roch. In der Küche war Mutter jedenfalls ein Segen, trotz ihrer Launen und Anwandlungen.

»Ob *wer* zu Hause ist?« fragte Claudia abwesend, während sie im Glasschrank nach Kaffee kramte. »Echt oder Pulver?«

»Echten – wenn das nicht zuviel Mühe macht«, antwortete Mavis ängstlich, ließ aber mit ihrer Frage nicht locker: »Helen natürlich. Du hattest gesagt, Mrs. Newman würde ihretwegen Theater machen – *ist* sie zu Hause?«

»Ach so, Helen. Ja.« Claudia tauchte mit der gewünschten Dose aus dem Schrank auf. »Ja, bestimmt. Sie muß zu Hause sein, sonst hätte Mutter nie alle Lichter gelöscht. Sie wäre nicht einmal zu Bett gegangen, sondern säße jetzt noch hier herum, in Morgenmantel und Pantoffeln, und würde mir deswegen in den Ohren liegen. Das macht sie immer – du selbst bist ja meist schon im Bett, Mavis, und kriegst nichts davon mit; aber ehrlich gesagt, manchmal weiß ich nicht, wie lange ich das noch aushalte. Es macht mich richtig fertig – und wie!«

Die Worte hatten für beide etwas Anheimelndes, Wohliges – verhießen sie doch ein langes, trautes Gespräch über Mutter und wie schwierig sie allmählich wurde. Bei diesem Thema zeigte Mavis sich immer von ihrer besten Seite – als wundervolle Zuhörerin. Aber wie nach einer stillschweigenden Übereinkunft widmeten sie sich dem Thema nicht gleich; erst mußte der Kaffee fertig sein, die Tassen auf dem Tisch stehen, die Stühle herangerückt... Jetzt, endlich, konnte man sich an Mutters Unzulänglichkeiten so recht ergötzen.

»Weißt du«, begann Claudia, indem sie langsam, fast wollüstig, ihren Kaffee umrührte, »ich *versuche* Mutters Standpunkt in dieser Frage ja zu verstehen. Wirklich. Ich sage mir, daß sie alt ist; daß ihr die moderne Generation fremd ist. Daß sie selbst durch so eine beengte, unterdrückte Jugend gewissermaßen ein Krüppel fürs Leben ist. Seelisch verkrüppelt. Das ist keineswegs ihre Schuld. Ich sage mir das alles und versuche Mitleid mit ihr zu haben – *habe* Mitleid mit ihr. Aber trotzdem – sowenig es eigentlich ihre Schuld ist, *mich* kommt es ziemlich hart an. Manchmal weiß ich wirklich nicht, an wen ich mich wenden soll – niemand versteht, was für eine Bürde mir das auferlegt. –«

»Oh, aber *ich* verstehe es doch – natürlich kann ich das verstehen!« Mavis' Worte stolperten fast übereinander, so eiferte sie danach, Claudia zu zeigen, daß sie auf ihrer Seite war, eine verstehende Freundin. »Ich habe dich manchmal beobachtet, Claudia, und ich könnte um dich weinen, wirklich. Wenn deine Mutter so unvernünftig ist und du die ganze Zeit so geduldig, so verständnisvoll. Wie du sagst, du verstehst ihren Standpunkt als solchen. Aber du darfst ihr in diesen

Dingen natürlich nicht nachgeben. Das wäre ein Fehler. Schließlich geht es um Helen und ihr Glück. Deine Mutter hat ihr Leben gelebt!«

»Genau! Das ist es!« rief Claudia; es entzückte sie, wie prompt und akkurat alle ihre eigenen Ansichten von Mavis' Lippen kamen. »Um Helen geht es. Wenn nur *ich* es wäre, die zu leiden hat, würde ich ja noch um des häuslichen Friedens willen nachgeben können. Aber es geht nicht um mich. Es geht um Helen. Helen *muß* die Freiheiten haben, die einem Mädchen in ihrem Alter zustehen, sie *muß!* Wenn ich daran denke, wie ich unter Mutters Bevormundungen gelitten habe! Nur war ich eben anders, ich hatte die Kraft, mich loszureißen. Ich glaube nicht, daß Helen die hat. In der Beziehung kommt sie mehr nach Derek. Jedenfalls ist es deshalb um so wichtiger, daß ich die Stellung halte – gewissermaßen ihre Schlachten für sie schlage, bis sie selbst stark genug dafür ist. Und eben das tue ich. Na ja, du hast mich ja hundertemal dabei beobachtet, Mavis. Aber manchmal bekomme ich dann doch eine richtige Wut, gegen die ich nicht ankomme, und dann denke ich, zum Teufel auch, sie ist doch *mein* Kind; wieso muß es diese Kämpfe überhaupt *geben?* Warum kann *ich* nicht bestimmen, was sie tun darf und was nicht, wie jede andere Mutter auch? Es kommt mir ungeheuerlich vor, daß ihre Großmutter da überhaupt mitreden dürfen soll. Findest du das nicht auch?«

»Doch, natürlich!« pflichtete Mavis ihr vehement bei. »Und ich sehe auch, wie das alles kommt. Nur weil deine Mutter die meiste Hausarbeit tut und sich soviel um Helen gekümmert hat, als sie noch klein war, glaubt sie sich in alles einmischen zu können.

Und sie glaubt ja nicht nur bei Helen immer besser zu wissen, was gut für sie ist. *Mir* würde sie gern sagen, daß ich aus dem Haus soll. Das weiß ich!«

Mavis trank noch ein Schlückchen Kaffee; leidgeprüft und jubilierend lauerte sie hinter ihren Wimpern hervor und erwartete zuversichtlich Claudias Antwort.

»Nein! So eine *Frechheit!*« rief Claudia. »Was untersteht sie sich – eine Freundin von mir – die ich ausdrücklich eingeladen habe! Meinst du – hat sie so etwas *gesagt?*«

»O nein, das nicht.« Mavis badete in Claudias Empörung wie eine Eidechse in der Sonne. »Sie *sagt* nichts – das täte sie nicht, wie du weißt. Es wäre vielleicht besser, wenn sie es sagte, denn dann hätten wir einmal einen gehörigen Krach, der die Atmosphäre reinigt –« dabei hatte man noch nie erlebt, daß Mavis sich auch nur bei der Wäscherei wegen eines abhanden gekommenen Kissenbezugs zur Wehr gesetzt hätte; aber sie hatte Claudias Glauben an die heilsame Wirkung eines gehörigen Krachs voll übernommen und zitierte jetzt – schmeichelhafterweise – diese Philosophie, als ob es ihre eigene wäre. »Aber natürlich würde deine Mutter das nie deutlich aussprechen«, endete sie, der Zustimmung Claudias gewiß. »Dafür ist sie zu repressiv erzogen.«

»Ich weiß – das ist eines der Probleme«, pflichtete Claudia ihr bei. »Und da sie nicht offen und direkt sein kann, muß sie eben gehässig sein. Über Mutters hinterhältige Methoden kannst du *mir* nicht mehr viel erzählen. Aber was *hat* sie denn nun getan? Andeutungen fallen gelassen? War sie häßlich zu dir?«

»Na ja – es ist wahrscheinlich albern von mir«, begann Mavis in der vollen Überzeugung, daß Claudia nichts dergleichen denken würde, »aber – ich hatte heute mittag den Eindruck – also – ich weiß gar nicht, wie ich es nennen soll, aber sie hat mir heute beim Lunch das Gefühl gegeben, daß ich *höchst* unwillkommen bin. Und es ist ja nicht so, als ob sie für mich kochen *müßte*. Ich habe ihr immerzu gesagt, daß ich damit nicht gerechnet habe – ich war so freundlich wie nur eben möglich. Ich weiß nicht, aber mit irgend etwas muß ich sie aufgebracht haben. Irgendwie war es sicher meine Schuld.«

Wieder eine völlig ungefährliche Mutmaßung – selbstzufrieden und erwartungsvoll nippte Mavis an ihrem Kaffee und wartete auf Claudias Widerspruch.

»Es war natürlich *nicht* deine Schuld, Mavis! Ich weiß doch, wie sie ist! Und ich glaube, ich weiß auch, *was* sie so gereizt hat – ich hatte heute morgen eine Auseinandersetzung mit ihr. Nein, Mavis, mit dir oder Eddie hatte das gar nichts zu tun. Sie würde nicht *wagen*, damit wieder anzufangen, nachdem ich ihr das letztemal Bescheid gegeben habe. Nein, es ging nur um den Verkauf der Wiese. Sie wußte natürlich genau, daß sie im Unrecht war, und das hat sie erst recht frustriert, so daß sie es unbedingt an *irgendwem* auslassen mußte. Und ich fürchte, dieser Irgendwer warst diesmal du, meine arme Mavis. Es tut mir ja so leid! Aber was hat sie denn nun getan?«

»Ach – das ist so schwer zu erklären – du *weißt* doch, wie sie sein kann. Irgendwie kalt. Gehässig. Ich konnte tun oder sagen, was ich wollte, es war alles nicht richtig. Als ich etwas über das schöne Wetter sagte, hat sie mir fast den Kopf abgerissen! Natürlich, ich weiß, du hast mich gleich gewarnt, als ich hierherkam, daß sie gegen Frauen in meiner Lage ein bißchen voreingenommen sein würde – aber ich hätte nie gedacht, daß es *so* weitergehen würde! Monat für Monat! Das ist – es ist...«

»Zwanghaft!« half Claudia prompt mit dem richtigen Wort nach. »Natürlich ist das bei ihr zwanghaft. Und darum darfst du deswegen nie gekränkt sein, Mavis, denn sieh mal –«

»Oh, das weiß ich doch, Claudia. Ich bin ja auch nicht gekränkt, kein bißchen! Ich verstehe vollkommen. Da bin ich genau wie du – wenn sie mich auf diese unvernünftige Weise angreift, habe ich nur allergrößtes Mitleid mit ihr. Genau wie du.«

Sie legte eine kurze Pause ein, um ein Schlückchen Kaffee zu sich zu nehmen, und das Schweigen, das darauf folgte, war regelrecht aufgeladen von dem Mitleid, das beide mit Mutter hatten, beide mit einem zufriedenen kleinen Lächeln im Gesicht. Es war wie ein Augenblick religiöser Zwiesprache, so vollkommen war ihre seelische Übereinstimmung.

»Nun. Auf alle Fälle...« Claudia gähnte; sie war plötzlich müde, aber es war eine angenehme, befriedigende Müdigkeit. Der Tag war gut verbracht. »Ich glaube, wir sollten jetzt wirklich zu Bett gehen. Morgen gibt es zu tun. Jedenfalls für mich.«

»O ja, natürlich! Ich darf dich nicht vom Schlafen abhalten!« Mavis erhob sich mit abbittender Geste und begann die Tassen, das Milchkännchen, die Kaffeekanne – jedes Teil für sich – zur Spüle zu tragen. Claudia ging derweil munteren Schrittes von Zimmer zu

Zimmer, schüttelte Kissen auf, leerte Aschenbecher, schloß Fenster.

»Willst du nicht die Haustür verriegeln?« fragte Mavis besorgt, als Claudia gerade nach oben gehen wollte.

»Warum – nein«, sagte Claudia. »Das sollte ich heute lieber lassen – nur für den Fall, daß Helen doch noch nicht da ist.«

»Aber du hast doch vorhin gesagt, sie *ist* da!« protestierte Mavis – was Claudia ein bißchen dumm fand.

»Doch – ja. Ich glaube ja auch, daß sie hier ist. Ich bin mir fast sicher. Aber es könnte eben doch sein, und ich fände es ausgesprochen ärgerlich, noch einmal aufstehen zu müssen, um sie ins Haus zu lassen, nicht? Ganz zu schweigen davon, daß Mutter aufwachen würde, wenn sie läuten müßte, und dann würde sie sehen, wie spät es ist, und die restliche Nacht mit lüsternen Spekulationen verbringen! Sie weiß doch, daß Helen mit Clive fort war, und da kann man sich ausmalen, was ihre verklemmte Phantasie daraus machen wird, wenn sie Helen nach Mitternacht heimkommen hört. Ich würde noch lange was zu hören bekommen – und die arme Helen auch. Darum meine ich, wir sollten fünfe gerade sein lassen und hoffen, daß Helen daran denkt, leise zu sein, wenn sie kommt. Das wird sie wohl auch – schließlich kennt Helen ihre Großmutter, und wenn sie mit der guten Alten noch so süß tut!« Claudia lachte leise und wandte sich wieder die Treppe hinauf; doch wieder rief Mavis sie zurück.

»Aber Claudia«, drängte sie, nach wie vor unruhig in der Diele stehend, »könntest du nicht mal in Helens Zimmer gehen und *nachsehen*, ob sie da ist? Dann könnten wir wie immer die Tür verriegeln. Es wäre mir soviel lieber. Bitte!«

»Was denn, damit Helen meint, *ich* spioniere ihr auch noch nach, genau wie ihre Großmutter? Nein danke, Mavis, nicht einmal dir zuliebe! Außerdem würde Mutter mich auf jeden Fall in Helens Zimmer gehen hören und gleich daraus schließen, daß ich mir Helens wegen heimlich genauso Sorgen mache wie sie! Nein, mit dieser Feder soll sie sich nicht den ganzen Rest unseres Lebens schmücken! Also komm jetzt lieber und geh zu Bett, anstatt da so herumzuzappeln. Worum machen wir uns denn überhaupt Sorgen? Die Tür ist schon oft unverriegelt geblieben.«

Mavis sah zögernd zu ihr empor. Wenn es so etwas wie ein farbloses Erröten gäbe, wäre das genau die richtige Beschreibung für die Veränderung gewesen, die sich in ihrem weißen, erschöpften Gesicht abspielte.

»Aber *heute nacht,* Claudia! Nur heute nacht! Ich meine – dieser junge Mann von heute abend, nachdem er doch jetzt unsere Adresse kennt...«

»*Mavis!* Ich verstehe wirklich nicht, wie du so dumm sein kannst. Wozu sollte er denn hierherkommen? Sogar Verbrecher brauchen doch ein Motiv; also, wenn du nicht zufällig die Kronjuwelen in deiner Hutschachtel versteckt hältst und es ihm obendrein auch noch gesagt hast...! Ich meine – *wirklich!*«

Mavis schrumpfte regelrecht in die mitternächtlichen Schatten der Diele. Man sah, wie entsetzt sie darüber war, daß ihre zur Unzeit vorgebrachten Ängste die Verständnisinnigkeit zerstört hatten, die heute abend beim Kaffee so harmonisch zwischen ihr und

Claudia geflossen war. Geschah ihr recht; sie mußte lernen, ein bißchen härter zu sein, fand Claudia, dann lenkte sie ein.

»Schon gut, Mavis. Kopf hoch«, rief sie leise übers Treppengeländer. »Ich verspreche dir, daß dir nichts geschehen wird.«

Es war über eine halbe Stunde später, und Claudia war gerade beim Einschlafen, als ein ganz, ganz leises Geräusch in ihr Unterbewußtsein drang. Unten ging irgend etwas vor; ein leises Kratzen; ein Knarren; ein metallenes Knirschen, dann leise Schritte auf der Treppe.

Menschenskind! Diese alberne Mavis mußte sich hinuntergeschlichen und doch noch die Haustür verriegelt haben! Und wenn Helen nun doch nicht im Haus war – was dann? Schläfrig und gereizt ließ Claudia sich das Problem durch den Kopf gehen. Nun müßte sie natürlich noch einmal hinuntergehen und den Riegel wieder öffnen... wie ärgerlich... wie lästig... warum *mußte* Mavis nur so albern sein?... Die Gedanken wälzten sich in ihrem Gehirn, verknäuelten sich, verschwanden und erschienen wieder wie Wäschestücke im Guckloch einer Waschmaschine... und keine fünf Minuten später war Claudia eingeschlafen, nachdem sie zuletzt gedacht hatte: ›Hoffentlich denkt Helen daran, niemanden zu stören!‹

Kapitel 7

Claudia hätte sich keine Sorgen zu machen brauchen; Helen war genauso daran interessiert, heute abend unbemerkt ins Haus zu kommen, wie Claudia es ihretwegen nur hätte sein können. Sie hatte sich sogar die Mühe gemacht, die Haustür ganz und gar zu meiden, und war statt dessen von hinten über die Wiese gekommen, hatte sich zielbewußt und wachsam wie all die andern Geschöpfe der Sommernacht im Schutz der Hecke angeschlichen. Das hohe Gras war schon von Tau getränkt, und die feuchten, steifen Wurzeln fühlten sich unter den Kreppsohlen ihrer Sandalen quietschnaß an. Aber sie quietschten nicht, und wenn schon, hätte sie das inmitten der Myriaden anderer kleiner Quietscher und Quiekser der Nacht wohl kaum verraten können; überhaupt hörte höchstwahrscheinlich keiner die nächtlichen Geräusche so wie sie. Mit ihren fünfzehn Jahren konnte sie noch das Quietschen der Fledermäuse hören, wenn sie über der Hecke hin und her huschten. »Wenn du erst erwachsen bist«, hatte Oma einmal zu ihr gesagt, »hörst du so etwas nicht mehr. Dann sind deine Ohren für hohe Töne weniger empfindlich –« Und seit damals hatte das Quietschen der Fledermäuse in Sommernächten für Helen etwas zauberhaft Schönes, so schmerzlich schön, daß weder Worte noch Tränen da auch nur im entferntesten herankamen. Nur manchmal, im Englisch-Unterricht bei Miss Landor, schien die Antwort momentan in Reichweite zu sein:

Sie wandelt in Schönheit,
Schönheit die muß sterben...

Helen schlich weiter durch das hohe Gras und die reglosen, geschlossenen Butterblumen. Die Lautlosigkeit ihrer Bewegungen schien jetzt weniger eine Vorsichtsmaßnahme gegen das Entdecktwerden zu sein als ein Tribut an die Schönheit der Sommernacht und an das Gedicht, das in ihrer Seele brauste und brandete – nein, eigentlich mehr in ihrer Kehle, nicht der Seele...

Trotzdem *mußte* sie vorsichtig sein. Es hätte nichts Gutes gebracht, sich um diese Stunde beim Heimkommen erwischen zu lassen. Am Gartentörchen hielt Helen inne und kontrollierte die nach hinten liegenden Fenster.

Das ganze Erdgeschoß war dunkel. Soweit also alles in Ordnung. Sie konnte durch die Hintertür ins Haus schlüpfen und sich auf ihr Zimmer schleichen, und keiner würde etwas über ihren Ausgang von heute abend erfahren. Niemand würde ihr Fragen stellen können – nichts.

Aber als Helen sich der dunklen Rückseite des Hauses näherte, begannen sich leise Zweifel zu regen. Zwar waren die hinteren Zimmer – Küche, Eßzimmer, Vaters Arbeitszimmer – alle dunkel, aber wie sah es vorn aus? Wenn sie nun aus irgendeinem Grund heute abend alle im Wohnzimmer saßen – Besuch oder so – und bisher schlicht vergessen hatten, in der Diele oder im Flur das Licht einzuschalten? Und angenommen, gerade in dem Moment, wenn sie durch die Diele zur Treppe schlich, ging mit viel Lärm, Licht und Theater die Wohnzimmertür auf? Und zu dem üblichen Theater käme noch das Gequengel, warum sie sich denn so heimlich ins Haus schleiche; und die Besucher würden sich alle mit breitem Grinsen darum versammeln, so daß um ihretwillen die Mißbilligungen und Fragen in die Form anzüglicher Witzchen gekleidet werden müßten; aber die blitzenden Augen und schmalen Lippen würden ihr sagen, daß die eigentliche Auseinandersetzung noch bevorstand.

Nein. Manche Risiken sind es einfach nicht wert, eingegangen zu werden. Und für jemanden, der das Haus von klein auf kannte, gab es ja genug andere Möglichkeiten.

Die Leiter war seit letztem Herbst nicht mehr benutzt worden. Seitdem lag sie in voller Länge verlassen und vergessen unter dem Küchenfenster an der Wand. Als Helen sie mit einem kleinen Ruck aus ihrem weichen Erdbett riß, verströmte der Goldlack, den sie dabei in seiner Ruhe störte, einen geradezu betörenden Duft in die Nachtluft. Sie bekam die Leiter frei und bugsierte sie lautlos in eine aufrechte Stellung. Die Leiter war ziemlich schwer, aber Helen, die seit Jahren ihrer Großmutter beim Äpfel- und Pflaumenpflücken half, war geschickt. Und Jahr für Jahr brauchte sie nur das rauhe Holz der Sprossen zu berühren, schon war diese Geschicklichkeit wieder ganz da, und so konnte sie jetzt das unhandliche Ding mit einem wundervollen Gefühl der Macht leicht und sicher aufrichten und zielsicher und immer noch lautlos ans Sims des offenen oberen Flurfensters lehnen.

Leichtfüßig, ein wenig außer Atem, aber triumphierend, stieg sie hinauf, kletterte übers Fenstersims und stand bald sicher auf dem oberen Flur, keine zwei Schritte von ihrer Schlafzimmertür. Noch näher war die Tür zu Omas Zimmer, und der weiße Lichtschimmer, der darunter hervorschien, sagte ihr, daß Oma darin war. Aber das machte ja nichts. Oma würde *nicht* schockiert sein, daß ein Mädchen, das mit einem Freund ausgegangen war, schon um zwanzig nach neun nach Hause kam; sie würde es sogar recht und billig finden, daß ein junges Mädchen um diese Zeit wieder im Haus war. Wenn Helen doch nur sicher gewesen wäre, daß ihre Mutter ausgegangen war, würde sie jetzt auf der Stelle hingehen und Oma vollständig über den Abend berichten – denn Clive war wirklich so *unmöglich* gewesen, daß sie jetzt gut eine mitfühlende Seele hätte brauchen können. Aber wenn Mama irgendwo unten war, würde sie es gewiß hören – Omas gackerndes Lachen scholl immer durchs ganze Haus, auch wenn sie sich wie ein Schulmädchen die Hand vor den Mund hielt, um es zu unterdrücken. Und was das anging, wußte Helen, daß auch ihre eigene Stimme, wenn sie sich amüsierte oder aufgeregt war –

»Helen? Bist du das?«

Margarets Stimme aus dem erhellten Zimmer erledigte das Problem. Sie öffnete die Tür und steckte den Kopf hinein. »Hallo, Oma. Bist du beschäftigt? Ich war mal wieder unkrauten.«

Eigentlich benutzten diesen Ausdruck nur Helen und Sandra untereinander, aber aus irgendeinem Grund erschien er ihr auch zulässig, wenn sie sich mit Oma unterhielt. Nicht daß Oma ihn besonders schön gefunden hätte – sie fand es nicht einmal gut, daß Helen unattraktive junge Männer überhaupt als Unkraut bezeichnete, geschweige daß sie aus diesem unfreundlichen Hauptwort auch noch ein Verb bildete. Aber Omas maßvoller Tadel für solche Redensarten war in keiner Weise destruktiv; im Gegenteil, dadurch bekamen derartige Wörter für Helen noch eine zusätzliche Würze, an der sich irgendwie beide freuen konnten.

»Du meinst, du warst wieder mit diesem Jungen aus? Diesem Clive Dingsda? War's ein schöner Abend?«

Oma sah mit boshaftem Lächeln über ihr Nähzeug. Sie wußte – und das sah man ihr an –, daß Helen *keinen* schönen Abend gehabt hatte, und konnte es kaum erwarten, alles zu hören, aber sie überspielte ihre Neugier mit der herkömmlichen, gesitteten Frage, ob es ein schöner Abend war. Die Frage hatte etwas Tröstliches; die Geschichte bekam dadurch etwas völlig Neues und gehörte Helen ganz allein. Mama hätte sich gleich darangemacht, allem eine Deutung zu geben, damit Helen nur ja genau verstand, warum sie so und nicht anders empfand. Und irgendwie wäre im Verlauf des Ganzen die Geschichte nicht mehr Helens Geschichte gewesen – auch nicht die Geschehnisse, nicht die Gefühle – nichts. Alles wäre untergegangen in Mamas Klugheit; von dem ganzen Abend wäre nichts mehr übrig gewesen als ihre Interpretationen.

Allerdings hätte Mama natürlich erst gar keine Fragen nach dem Abend gestellt; sie hielt nichts davon, sich in die Privatsphäre eines Teenagers zu mischen. Oma tat das ganz ungeniert. Helen kringelte sich mit dem schönen, heimeligen Gefühl, eine Quelle begehrter Informationen zu sein, in Omas großen, gemütlichen Sessel – in den Oma selbst sich nie setzte, weil die

Armlehnen beim Nähen oder Stricken ihren Ellenbogen im Weg waren – und begann mit der Schilderung des Abends – so lustig wie möglich, aber ohne zu verschweigen, wie fürchterlich er gewesen war.

Denn es war wirklich ganz fürchterlich gewesen. Clive hatte sich in letzter Zeit angewöhnt, sie jeden Mittwoch von der Schule abzuholen, statt irgendeinen Treffpunkt in der Stadt mit ihr zu vereinbaren; und dieses neue System hatte für Helen zwei Nachteile – nein, drei: erstens fing dadurch alles unmöglich früh an – um Viertel nach vier, und nachdem sie dann volle drei Stunden in seiner Gesellschaft verbracht hatte, ohne sich irgendwie befreien zu können, war es erst Viertel nach sieben, und vor ihr lag häßlich drohend noch der ganze Abend. Zweitens bedeutete es, daß sie nicht erst nach Hause gehen und sich umziehen konnte; und obwohl ihr Clive unter viel verlegenem Drucksen erklärt hatte, sie sehe in Schulkleid und Sandalen ebenso hübsch aus, konnte sie natürlich nicht glauben, daß er das wirklich meinte; oder wenn er es meinte, mußte er (wie Sandra ihr im Laufe einer ihrer langen Diskussionen über dieses Problem klargemacht hatte) ein Irrer sein, und wer möchte schon jeden Mittwochnachmittag und -abend in Gesellschaft eines Irren verbringen!

Der dritte Einwand war weniger faßbar, aber für Helen von überragender Bedeutung. Sie wollte nicht, daß Clive an irgendeinem Punkt in ihr Schülerdasein eindrang. Helen liebte die Schule, und in diesem Jahr war aus der Liebe schon fast ein Rausch geworden. Die brandneuen Fächer – Griechisch, Chemie, römische Geschichte; die polierten Parkettböden, die sie nach all den Jahren zum erstenmal plötzlich bewußt wahrzunehmen schien; das sonderbare Dämmern der Erkenntnis, daß sie auf einmal Algebra begriff; die Englischstunden bei Miss Landor; diese lustige, lebhafte Bande, von der sie und Sandra jetzt die Anführerinnen waren; und nun im Sommertertial kam zu alledem noch der Duft gemähten Rasens auf dem Tennisplatz hinzu, das verzauberte *Ping* der Bälle... all das verschmolz zu einer Welt von solch geschlossener, magischer Glückseligkeit, daß es Helen mit einer ganz besonders intensiven Abneigung erfüllte, wenn sie Clive, der mit alledem nichts zu tun hatte, vor dem Fahrradschuppen auf sie warten und verlegen von einem Fuß auf den andern treten sah.

Dann lehnten sie und Sandra sich nach Beendigung der letzten Nachmittagsstunde aus dem Fenster der vierten Klasse hoch oben im Schulgebäude und schmiedeten die raffiniertesten, leider undurchführbaren Pläne, wie Helen ihren Verabredungen mit Clive ein Ende machen könnte.

»Ich gehe runter und sage ihm, du wärst heute nicht in der Schule gewesen und wahrscheinlich krank«, schlug Sandra hoffnungsvoll vor; aber dann würde Clive sie ja nur zu Hause anrufen, und sie müßte sich am Telefon krank stellen – mein Gott, und dabei würde sie sich so *unsicher* fühlen, daß sie es nie überzeugend hinkriegen würde. Und bei ihrem nächsten Treffen würde er dann fragen, ob es ihr wieder besser gehe – brrr!

»Sag ihm, deine Mutter sei der Meinung, du gingst zuviel aus«, riet Sandra ein andermal; doch noch während sie die Worte sprach, wußten beide schon, wie aussichtslos das war. Helens Mutter *liebte* es doch, wenn sie ausging; seit Helens dreizehntem Lebensjahr hatte sie sich sogar Sorgen gemacht, weil sie nie eine richtige Verabredung hatte, keinen Freund. Als Clive dann daherkam, ein Schüler der sechsten Klasse des benachbarten Jungengymnasiums, war das für Mama wie eine Erhörung ihrer Gebete gewesen. Ja, wenn Helen nicht gewußt hätte, daß Mama eine Rationalistin durch und durch war, hätte sie sogar genau das vermutet – daß sie ausdrücklich um Clive gebetet und Gott ihr Gebet erhört habe, beide ohne Helen überhaupt um ihre Meinung zu fragen. Manchmal kam es ihr so vor.

Aber es war natürlich nicht wirklich Mamas Schuld; Helen hatte sich das selbst eingebrockt. Helen, nicht Mama, hatte nicht geistesgegenwärtig genug »Nein danke« gesagt, als er sie zum erstenmal fragte, ob er sie vom Bus nach Hause begleiten und ihre Bücher tragen dürfe; Helen, nicht Mama, hatte es dann versäumt, mit einem Dankeschön schnell ins Haus zu verschwinden, sondern hatte es zugelassen, daß er halb drinnen, halb draußen vor dem Haus herumstand und in regelmäßigen Abständen schluckte und sagte: »Also, dann denke ich –.« Bis Helen endlich (hinterher konnte sie sich um keinen Preis der Welt mehr erinnern, wie das zugegangen war) eingewilligt hatte, am kommenden Mittwoch mit ihm auszugehen, und von da an war ein Mittwoch auf den andern gefolgt, war Mama von einem Entzücken ins andere gefallen und hatte allerlei Nettigkeiten über Clive zu sagen gewußt, sooft sie das Gespräch auf ihn bringen konnte, aber sie vermied es demonstrativ, Helen irgendwie nach ihren Treffen mit ihm auszufragen; auf die nahm sie nur Bezug, indem sie beiläufig erwähnte, sie werde die Haustür unverriegelt lassen, damit Helen heimkommen könne, wann sie wolle, ohne jemanden aufzuwecken.

»Und weißt du, Oma, was das Schlimme ist?« schloß Helen ihren Bericht. »Daß wir jetzt *zweimal* ins Wimpy müssen! Es war ja nicht so schlimm, als ich mich noch um sechs mit ihm traf – bis wir dann unsere Hamburgers hinter uns hatten und er mich gefragt hatte, ob ich noch einen Kaffee möchte, und ich gesagt hatte, nein, ich möchte keinen mehr, und er gesagt hatte, ach was, komm, warum denn nicht? und ich gesagt hatte, ich weiß nicht, ich mag nur einfach keinen mehr, und er gefragt hatte, ob ich was dagegen hätte, wenn er sich noch einen holt, und ich gesagt hatte, natürlich nicht, geh nur und hol dir noch einen, und er wieder an der Kasse warten mußte... na ja, weißt du, da war es dann nicht mehr so *entsetzlich* früh am Tag, und wir konnten uns gemütlich auf den Weg machen, um nicht *allzu* früh am Kino zu sein. Aber jetzt holt er mich von der Schule ab, und wir gehen gleich ins Wimpy – sonst kann man ja nirgends hin – und um fünf sind wir fertig, gerade rechtzeitig zur ersten Vorstellung. Und dann kommen wir so gegen acht wieder aus dem Kino raus – wenn es noch *hell* ist, Oma! Es ist schrecklich, es war so ein Schock für mich, daß ich das Gefühl hatte, die Zeit sei absichtlich stehengeblieben und wir müßten das Ganze noch mal von vorn durchmachen! Und richtig, wir *sind* wieder ins Wimpy gegangen, und es war so schlimm wie noch nie, denn jetzt mußten wir ja nicht mehr rechtzeitig für irgendwas fertig sein. Das zog und zog sich, und kein Ende in

Sicht. Bis in alle *Ewigkeit,* Oma! Stell dir das doch mal vor!«

Helen schlängelte sich herum und grub theatralisch das Gesicht in die dicke, staubige Sessellehne, während Margaret ein Stück Baumwollfaden abriß und blinzelnd unter der Lampe ihre Nadel neu einfädelte.

Ihr Schweigen dauerte an, und Helen verrutschte ein wenig, um unter dem Ellbogen hervorlauern zu können. Sie sah ihre Großmutter lächeln und fühlte zur Antwort ein Lächeln, fast ein Kichern, über das eigene Gesicht zucken. Schnell verbarg sie es wieder in der Sessellehne.

»Also wirklich, Oma, es *ist* fürchterlich«, protestierte sie; dabei hatte ihre Großmutter doch gar nicht widersprochen.

»Ich glaub's dir ja gern, mein Kind.« Margaret lächelte noch breiter. »Es klingt geradezu entsetzlich. Ich verstehe gar nicht, warum du das machst. Warum *gehst* du denn mit ihm aus, Helen?«

»Darum.« Helen hatte nicht ungezogen sein wollen, ihr fiel nur einfach keine Antwort ein. Weil Mama sich so darüber freute, so sehr dafür war? Weil es solche Kränkungen, solche Peinlichkeit bedeuten würde, jetzt Schluß zu machen? Keiner dieser Gründe erschien ausreichend, gemessen an ihrem Leiden. »Ich weiß es nicht«, sagte sie endlich. »Was würdest *du* denn tun, Oma?«

»Ich würde nicht mehr mit ihm ausgehen«, sagte Margaret so bestimmt, wie Helen es von vornherein erwartet hatte. »Wozu soll das schließlich gut sein, Helen? *Du* hast nichts davon; und was ist mit ihm? Ich meine, bist du sicher, mein Kind, daß es ihm gegenüber fair von dir ist, einfach so weiterzumachen? Es ist ja offensichtlich, daß er dich recht gern haben muß –«

»Aber das *hat* er ja nicht, Oma! Das ist es doch! Zumindest glaube ich das. Ich wüßte nicht, wie er mich gern haben könnte, wo ich so *langweilig* bin, wenn wir zusammen sind, wirklich, du kannst dir das gar nicht vorstellen. Ich bin genauso schlimm wie er. Er lädt mich nur immer wieder ein, weil es ihm genauso schwerfällt, nicht zu sagen: ›Also, dann bis nächsten Mittwoch‹, wie es mir schwerfällt, nicht zu sagen: ›Gut, von mir aus gern.‹ Das ist so etwas, da hat man wenigstens was zu sagen, wenn man sich verabschiedet. Ihm fällt nichts anderes ein und mir auch nicht.«

Margaret steckte nachdenklich das Ende ihres Fadens in den Mund.

»Warum bringst du ihn nicht manchmal mit nach Hause?« schlug sie vor. »Dann könnten wir ihn alle kennenlernen und dir vielleicht helfen, irgendein Gespräch in Gang zu bringen. Das ist nämlich euer Problem; ihr wißt alle beide nicht, worüber ihr reden sollt. Als ich jung war, haben Mädchen noch *gelernt*, Konversation zu machen. Das gehörte einfach zur Erziehung.«

»Als du jung warst, gab's keine Jungen wie Clive«, sagte Helen zuversichtlich. »Damals waren alle Jungen stark und gebieterisch, und da gab es alle diese schönen Jane-Austen-Vorschriften, wie man sich zu benehmen hatte und wie er sich zu benehmen hatte und das alles. Für euch muß das furchtbar leicht gewesen sein.«

»O nein, mein liebes Kind, das war es nicht! Du hast

ja keine Ahnung! Wir hatten genau so viele Probleme.« Margaret legte ihr Nähzeug hin und runzelte die Stirn, so sehr mußte sie sich konzentrieren, um sich die eine oder andere jener gräßlichen Episoden ins Gedächtnis zurückzurufen, die gewiß die Sorgen ihrer Enkelin weit in den Schatten stellen würden. »Ich kann mich noch besonders gut an einen Jungen erinnern – das heißt, er war eigentlich schon ein junger Mann, älter als dein Clive, und ich war auch älter als du jetzt – damals *waren* wir eben älter – also, jedesmal wenn dieser junge Mann mich abholen kam, fragte er mich, was ich denn gern tun möchte; und ich traute mich nie, etwas vorzuschlagen, weil ich nicht wußte, wieviel Geld er anlegen wollte. So standen wir dann herum, und ich sagte: ›Worauf du Lust hast‹, und er sagte: ›Nein, ich möchte tun, worauf *du* Lust hast‹ bis... bis...« Margaret schüttelte hilflos den Kopf, von der langen Erinnerung im Stich gelassen. »Ich weiß gar nicht mehr, *wie* es eigentlich ausgegangen ist... wenn ich zurückdenke, habe ich das Gefühl, daß ich ewig und drei Tage in meinem besten Kleid in der Nachmittagssonne gestanden und gesagt habe: ›Worauf du Lust hast‹, während er mit dem Riegel am Törchen spielte.«

Helen lachte. »Aber Oma, warum hast du denn nicht vorgeschlagen, spazierenzugehen oder irgendwas anderes, was kein Geld kostete?«

»Ach ja, mein Kind, ich war damals wohl ziemlich dumm und unerfahren und dachte, er würde es vielleicht etwas direkt von mir finden – und anmaßend auch – wenn ich etwas vorgeschlagen hätte, was bedeutete, daß wir die ganze Zeit miteinander allein sein würden. Ich dachte, das würde sich so anhören, als ob ich mich selbst für so eine unterhaltsame Gesellschaft hielte, daß es ihm Spaß machen müßte, einen ganzen Nachmittag mit mir spazierenzugehen. Ich hatte Angst, ihn fürchterlich zu langweilen, wenn er mich erst richtig kennenlernte. Ach, mein Kind, wie dumm wir doch alle beide waren!«

Margaret lächelte erinnerungsselig. Offenbar hatte sie schon wieder ganz vergessen, wie vorbildlich junge Mädchen zu ihrer Zeit erzogen wurden und mit jungen Männern Konversation zu machen verstanden. Helen mußte auch lächeln.

»Ach, Oma, ich kann mir sehr gut vorstellen, wie du dir vorgekommen sein mußt. Ich wäre ganz bestimmt genauso gewesen. Wie hieß er denn? Und was ist aus ihm geworden?«

Margaret schüttelte, immer noch lächelnd, den Kopf.

»Das habe ich vergessen, mein Kind, völlig vergessen. Und ich frage mich, wie lange du dich wohl an den Namen Clive erinnern wirst. Lange genug, um deinen Kindern davon erzählen zu können? Und deinen Enkeln?«

Helen versuchte in die Zukunft zu sehen, die jenseits der Schulzeit und des Abschlußexamens so blank und leer war wie eine Mauer. Gewiß würde sie sich an alles erinnern, und zwar aus dem einfachen Grund, weil es jenseits dieser Mauer nie mehr etwas geben konnte, was so wichtig war. Einen Augenblick hatte sie das Gefühl, nur noch diese drei Jahre Leben vor sich zu haben; sie war älter, viel älter als ihre Großmutter, die mindestens noch zehn, vielleicht zwanzig

Jahre dieses Lebens, das sie jetzt führte, vor sich hatte. Die schreckliche Traurigkeit, die Kürze des Lebens und der Kindheit formten einen Kloß in ihrem Hals, und sie konnte sich vorstellen, Clive in der Erinnerung endlich liebzuhaben, so schwer auch das Hier und Heute mit ihm war.

»Ich glaube schon, daß ich mich an ihn erinnern werde«, sagte sie. »Aber ich muß darauf achten, daß ich mich auch erinnern werde, wie schrecklich er war. Es würde *so* ein Trost für meine Töchter sein, wenn sie einmal selbst mit schrecklichen Jungen ausgehen müssen. Soll ich uns eine Tasse Tee machen, Oma? Oder ist Mama schon zu Hause?«

Margaret wußte genau, was Helen mit diesen beiden scheinbar unzusammenhängenden Alternativen meinte; und einen Augenblick hatte sie das Gefühl, das Mädchen dafür rügen zu müssen. Mochte noch soviel unausgesprochenes Einverständnis zwischen ihnen bestehen, so durften sie und Helen doch niemals aussprechen, daß Claudias Gegenwart die besondere Atmosphäre ihres abendlichen Teestündchens nachhaltig stören würde. Doch zu ihrer eigenen Erleichterung entschied sie, daß sie es diesmal noch durchgehen lassen könne, denn Helen hatte ja nichts direkt *gesagt* – oder? – Na ja, jedenfalls nicht ausdrücklich.

»Nein, deine Mutter wird heute erst sehr spät nach Hause kommen«, sagte Margaret. »Und – äh – Mavis auch.« Monatelang hatte Margaret sich störrisch geweigert, den Hausgast beim Vornamen zu nennen – sie glaubte, solange sie »Mrs. Andrews« zu ihr sagte, könne sie sich das Gefühl bewahren, daß die Frau eine Fremde im Haus war, die hier eigentlich nichts zu suchen hatte. Aber nachdem Claudia ihr wegen der Bezeichnung »Mrs.« glattzüngige Heuchelei vorgeworfen hatte und sie selbst fand, daß »Miss« unnötig direkt auf den ledigen Status des Mädchens hinwies, hatte sie schließlich eingelenkt. »Mavis« schien die einzige Lösung zu sein.

Helen kehrte schon bald mit dem Teegeschirr und einer Dose Kekse zurück, und während sie tranken und knabberten, redeten sie weiter über Margarets längst verflossene Freunde und Helens Aussichten, doch einmal einen zu finden, den sie wirklich mochte. Margaret versicherte ihr, daß dies eintreten werde, wenn sie neunzehn sei, und keinen Tag früher; das fand Helen ausgesprochen tröstlich. Es nahm ihr hier und heute eine schwere Verantwortung von den Schultern.

Anschließend legten sie ein paar Platten auf – abwechselnd Popmusik und sentimentale irische Balladen, jeweils ausgesucht zuerst von Helen, dann von Oma. Komisch, dachte Helen, daß es soviel angenehmer ist, mit Oma Popmusik zu hören – obwohl sie doch oft recht bissige Kommentare zu dem einen oder andern Song abgab und sich manchmal sogar die Ohren zuhielt –, als mit Mama, die Popmusik großartig fand und Helen immer wieder dazu anhielt, sich die neuesten Hits zu kaufen. Komisch auch, daß Oma, der so vieles daran mißfiel, trotzdem die Stimmen aller gegenwärtigen Sänger erkannte und beim Arbeiten oft die neuesten Melodien vor sich hin summte, während Mama sich bei aller Bewunderung und Befürwortung offenbar nie einen Namen oder eine Melodie merken konnte.

Kapitel 8

Das verzückte Singen und Zwitschern der Vögel weckte Margaret noch früher auf als sonst, und im nächsten Moment war sie aus dem Bett und riß das Fenster auf, beugte sich im Nachthemd hinaus und sog in tiefen Zügen die sommerlich dunstige Morgenluft ein. Alles lag unter einem goldsilbernen Dunstschleier, der einen richtigen, warmen Sommertag versprach, und Margaret, die Ellbogen aufs Fenstersims gestützt, plante ihr Tagesprogramm so, daß sie möglichst viel davon haben würde. Zuerst kamen natürlich die Hühner. Noch bevor es sieben Uhr und jemand außer ihr auf war, würde sie ihnen durch den unberührten, jungfräulichen Morgen ihr Futter gebracht haben; dann würde sie neben dem Gehege stehen und ihnen zusehen, wie sie es so gierig aufpickten und hastig hinunterschlangen, daß es ihnen richtig die Hälse aufblähte. Im Winter rührte Margaret ihnen das Futtermehl immer mit heißem Wasser an, damit sie den Tag mit etwas Warmem und Sättigendem im Bauch beginnen konnten. Jetzt, obwohl schon Mai, tat sie das auch noch, teils weil es morgens doch noch recht kühl war, teils mußte sie sich aber auch eingestehen, daß sie es gern für sie tat, ihnen gern dieses extra bißchen Liebe von ihren Händen gönnte. Sie liebte auch den nahrhaften, sättigenden Geruch des heißen Futtermehls, wenn sie es mit dem großen Holzlöffel umrührte und stampfte und mit geübtem Augenmaß noch ein paar Tropfen kochendes Wasser dazugab, bis die letzte mehlig-helle Spur in die dicke, dunkle Masse eingegangen war. Heute früh konnte sie ihnen als Zugabe noch ein paar kleingeschnittene Speckschwarten hineinrühren; darauf waren sie immer ganz wild. Margaret konnte es kaum erwarten, den Tag zu beginnen, und ein paar Minuten später war sie schon vollständig angezogen, hatte ihre Gummistiefel an den Füßen und stand emsig rührend in der Küche.

Ihr Ärger war riesig, als sie auf der Treppe Schritte hörte. Diese frühe Morgenstunde gehörte *ihr* – in dieser Zeit durfte sie damit rechnen, allein zu sein und alles so machen zu können, wie es ihr behagte, schwelgen zu können in der Gesellschaft ihrer eigenen zufriedenen Gedanken und Pläne für den kommenden Tag. Und jetzt kam da, kaum Viertel vor sieben, irgend so eine Person die Treppe herunter! Margaret drehte sich um und blickte zur Küchentür wie ein in die Enge getriebenes Tier. Dabei hatte sie, und das war noch das schlimmste, nicht einmal ein Recht, diese Person anzufahren, wenn sie in die Küche kam, oder sie auch nur zu fragen, was sie hier zu suchen habe. Es wußte ja niemand, daß dieses Stückchen Tag *ihr* gehörte, ihr Privatbesitz war. Niemand hatte es ihr zugeteilt; wer immer da kam, würde sich im selben Recht wähnen wie Margaret – sich ob seines frühen Aufstehens womöglich noch so richtig tugendhaft vorkommen.

»Oh – Mrs. Newman – !«

Mavis. Ausgerechnet. Mavis, die nie vor elf Uhr richtig auf war! Die blanke Überraschung ließ Margarets Feindseligkeit ins Leere gehen; sie sah den Störenfried nur mit großen Augen an und stand erstarrt, den mit dunklem Futtermehl verklebten Holzlöffel reglos über der Schüssel.

»Oh, Mrs. Newman, ist Claudia –? Ich meine, ich hatte jemanden in der Küche gehört und – da dachte ich, es ist Claudia –«

Mavis rieb sich die Augen und sah so richtig kindisch und albern aus. Warum konnte sie eigentlich nie etwas richtig erklären? Die Worte purzelten immer wild durcheinander über den Rand ihrer Gedanken wie Reiskörner aus einem Gefäß, und als Zuhörer mußte man sich dann einen Sinn daraus zusammenreimen, so gut es ging.

»Claudia steht frühestens in einer Stunde auf«, sagte Margaret abwehrend. »Ihr Wecker steht immer auf halb acht, selbst wenn Derek hier ist. *Ich* bin die einzige, die um diese Zeit je auf ist. Da versorge ich nämlich die Hühner, mache das Frühstück...«

Mavis hörte natürlich überhaupt nicht zu. Vermutlich war sie nur mit einem bestimmten Gedanken im Kopf heruntergekommen, und der ließ für anderes keinen Platz mehr übrig, für keinen anderen Gedanken, keine Wahrnehmung irgendwelcher Art, bis Margaret ihn aus ihr herausgezogen und sich damit auseinandergesetzt hatte.

»Was gibt's denn?« fragte sie resigniert. »Was wollten Sie von Claudia?«

»Die Leiter!« stieß Mavis hervor, und ihr Gesicht konnte man sich dümmer nicht mehr vorstellen. »An der Hauswand lehnt eine Leiter. Die war gestern abend noch nicht da, das weiß ich ganz sicher.«

Margaret fragte sich, was man jetzt eigentlich von ihr erwartete. Und warum. Worauf wollte Mavis hinaus?

»Na – die wird dann wohl jemand für irgendwas benutzt haben«, antwortete sie, was nicht sehr viel weiterhalf. »Claudia weiß sicher Bescheid. Ich verstehe nicht, wieso *Sie* sich deswegen Sorgen machen, und das so früh am Morgen! Warum gehen Sie nicht wieder zu Bett? Entschuldigung«, fuhr sie fort, »darf ich mal eben vorbei?... Die Hühner...« Sie drängte sich mit der dampfenden Schüssel an Mavis vorbei, die reglos in der Tür stand. Das Mädchen mußte tatsächlich eine Schlafwandlerin sein, so dumm war sie, und so langsam!

Erst als ihr der Dampf aus der Hühnerschüssel ins Gesicht stieg, ließ Mavis Leben erkennen. Sie trat sogar recht flink beiseite, blinzelte und schüttelte ihr strähniges Haar, als ob Wespen darin wären.

»Nein – es ist – entschuldigen Sie bitte!« sagte sie, offenbar schon nach dieser kurzen, fruchtlosen Unterhaltung wieder über irgend etwas beleidigt. »Ich dachte nur, wir sollten vielleicht mal feststellen, wie sie dahin gekommen ist. Sie steht nämlich direkt am Fenster, als wenn da in der Nacht jemand eingestiegen wäre! Kommen Sie nur, Mrs. Newman, damit Sie es mit eigenen Augen sehen!«

Zu Margarets Ärger begleitete Mavis sie über den Gang bis zur Hintertür hinaus. Dabei hatte Margaret sie doch spätestens abzuschütteln gehofft, sowie sie in die kalte Morgenluft hinaustrat.

»Sehen Sie nur, Mrs. Newman!« sagte sie dabei immerzu, »sehen Sie nur – da drüben. Direkt unter dem Fenster zum oberen Flur! Kommen Sie mit, ich zeige sie Ihnen...«

Als ob ich blind wäre! dachte Margaret unwirsch;

ich sehe doch, wo die Leiter steht; und sie schaute Mavis verdrießlich nach, wie sie mit ihren hochhackigen, mit schütterem Fell besetzten Pantoffeln klappernd über den unebenen Ziegelweg in den Morgendunst stolperte.

»Da – sehen Sie, Mrs. Newman!« rief Mavis, beharrlich wie ein kleines Kind. »Was hat sie da verloren? Was meinen Sie, wer da versucht hat, ins Haus zu kommen?«

Ihre einfältige Angst brachte Margarets Wut auf den Siedepunkt.

»Das war bestimmt ein Vampir, der Ihr Blut saugen wollte«, erklärte sie genüßlich. »Sicher wollte er Ihnen den Hals von einem Ohr bis zum andern aufschneiden...«

Sofort ließ Mavis ihr Lachen durch den Nebeldunst klirren. O ja, sie begriff einen Scherz jetzt schon recht schnell, und das sollte Margaret auch merken.

»Huch, Mrs. Newman!« war das einzige, womit sie den Witz zu parieren wußte, und schon kam sie wieder über den Ziegelweg zurück – aber lange bevor sie die volle Distanz bewältigt hatte, war Margaret geflüchtet – durch den Garten, zum Tor hinaus und auf die stille, taunasse graue Wiese, die mit all ihren verborgenen Blumen und Insekten das Aufgehen der Sonne erwartete.

Die Leiter kam beim Frühstück wieder zur Sprache, und zu Margarets Befriedigung stellte Claudia sich dazu genauso wie sie selbst.

»Aber Mavis, ich weiß gar nicht, warum du dich darüber so aufregst«, sagte sie. »Wahrscheinlich steht sie da schon die ganze Zeit, seit die Männer hier waren, um die Dachrinnen zu reparieren.«

Über diesen letzten Satz mußte Margaret sich ein wenig wundern. Es sah Claudia nicht ähnlich, sich in simplen Tatsachen zu irren; und die Leiter war gestern mit Bestimmtheit *nicht* dagewesen, auch nicht zu irgendeinem früheren Zeitpunkt in diesem Jahr.

»Aber sie *war* gestern nicht da, Claudia«, beharrte Mavis. »Ich *weiß*, daß sie nicht da war, denn –« und dann stockte sie so plötzlich, daß alle aufsahen, mitten im Satz. Alle außer Claudia, heißt das; die sah unschuldsvoll auf ihren Teller und schenkte der Marmelade auf ihrem Toastdreieck eine übergebührliche Aufmerksamkeit, wie Margaret fand. Hatte sie Mavis unterm Tisch einen Tritt gegeben, damit sie den Mund hielt? Typisch Claudia – alle Anwesenden in so ein verwinkeltes, undurchschaubares diplomatisches Labyrinth zu führen, dessen Ausgang nur sie kannte.

In diesem Augenblick schien Helen sich zu einem Entschluß durchgerungen zu haben. »Mama!« platzte sie los. »Ich – das war –«

Wie der Blitz wandte Claudia sich ihrer Tochter zu und sah sie mit einem strahlendweißen Zahnpastalächeln an. »Was ist denn, mein Liebes?« unterbrach sie Helen rasch. »Aber nun sieh doch nur mal auf die Uhr, Kind! Du solltest dich jetzt wirklich für die Schule fertig machen.«

»Gut, ja.« Helen verließ mit einem ebenso erleichterten wie erstaunten Gesicht ganz rasch den Tisch, und noch ehe die übrigen dazu kamen, auf die Geschichte weiter einzugehen, begann Claudia mit heller Stimme von der neuesten Benzinpreiserhöhung zu reden und welche Auswirkungen das vielleicht auf die

Verkehrsstauungen auf der Hauptstraße haben könnte.

Möchte nur wissen, was sie im Schilde führt, dachte Margaret; wenn Helen die Leiter aufgestellt hat, warum hindert Claudia sie mit Macht daran, es zuzugeben? Vielleicht glaubt sie, Helen sei gestern abend sehr spät nach Hause gekommen, als schon alle Türen abgeschlossen waren, und ich würde deswegen Theater machen? Aber Helen war doch *früh* zurück – ... ach so, dann war es *das* ...! Langsam begann Margaret die volle Wahrheit zu begreifen, und fast hätte sie laut losgelacht, aber da ihr die beiden andern in ihren Nöten leid taten, verkniff sie sich ihre Belustigung, beendete so schnell wie möglich ihr Frühstück und ging nach oben; sollte Claudia nun Mavis' nervöse Ängste wegen der Leiter auf ihre Weise beschwichtigen.

Die Stimmen unter ihr im Eßzimmer tönten noch eine ganze Weile weiter, mal lauter, mal leiser; dann ging eine Tür auf, schloß sich wieder; bald darauf eine zweite; Schritte eilten dahin und dorthin, Stimmen riefen; die morgendlichen Vorbereitungen auf Schule und Büro nahmen ihren Lauf. Der Lärm steigerte sich zum Höhepunkt – und urplötzlich füllte wieder Stille das Haus – eine Stille, die an diesem Morgen noch schöner war denn je, denn Claudia hatte aus irgendeinem wunderschönen Grund, den zu begreifen Margaret sich nicht die Mühe gemacht hatte, Mavis für heute mit ins Büro genommen.

Vor ihr lag der ganze herrliche Morgen, und Margaret konnte ihre Arbeit ganz so tun, wie es ihr paßte, ohne daß Mavis sich im Haus herumtrieb, das frisch gesäuberte Bad vollplanschte, überall ihre Lockenwickler verlor und halbherzig bei dem und jenem zu helfen anbot. Während draußen langsam die Sonne in ganzer Pracht durch den Dunst brach, machte sich Margaret, als wollte sie es dem Sommertag gleichtun, drinnen an die Aufgabe, das Haus in seinem schönsten Glanz erstrahlen zu lassen. Zuerst polierte sie die Messingleuchter und sonstigen Zierat im Eßzimmer; sie wienerte den langen Tisch und die gedrechselten Rückenlehnen der alten Stühle, alt schon zu ihrer Kinderzeit; dann ging sie weiter in die Diele und putzte die Steinfliesen, wischte das Treppengeländer ab und wollte sich gerade an die roten Fliesen bei der Haustür machen, als das Telefon klingelte.

Das wird Claudia sein, dachte sie, plötzlich verzagt; Claudia, die mir sagen will, daß Mavis nun doch zum Mittagessen wieder nach Hause kommt. Der Tag, mein schöner Tag, ist futsch. Ich werde mich nicht mit einer Tasse Kaffee und einem Sandwich in den Korbstuhl unter dem Goldlack setzen können; ich werde weder den Bienen lauschen noch in meinem Buch aus der Leihbücherei lesen und einfach zwischen Mittagessen und Fünfuhrtee faul in der Sonne liegen können...

Als sie den Hörer abnahm und eine fremde Stimme hörte, war ihre Erleichterung so groß, daß der unbekannte Anrufer sich richtig gewundert haben muß. Seine Stimme klang sogar ein wenig erschrocken. »Ist dort Langley 2344?« fragte er zweimal und jedesmal zweifelnder, als könne er an ihr Ja nicht so recht glauben; und dann: »Wohnt bei Ihnen eine Mrs. Claudia Wilkinson?«

»Ja. Aber sie ist im Moment nicht zu Hause. Kann

ich ihr etwas ausrichten?« fragte Margaret, und noch immer jubelte ihr Herz dem Fremden entgegen, nur weil sein Anruf nichts damit zu tun haben konnte, daß Mavis zum Mittagessen kommen werde. »Oder kann ich selbst etwas für Sie tun? Ich bin ihre Mutter«, fügte sie für den Fall, daß es ihm irgendwie weiterhalf, geschwätzig hinzu. »Ich wohne hier.«

»Ihre *Mutter*. Oh.« Die Stimme klang jung, verlegen, ungeübt im Umgang mit den Schwierigkeiten der Etikette. Es schloß sich eine recht lange Pause an. Dann: »Also. Vielleicht – äh – meinen Sie, ich könnte heute abend wohl bei ihr reinschauen? So gegen halb neun? Ist sie dann zu Hause?«

»Hm – ja – ich glaube schon. Sie hat mir nichts davon gesagt, daß sie noch fortgehen wollte«, antwortete Margaret unsicher. »Soll ich versuchen, sie im Büro zu erreichen – ihr zu sagen, sie soll Sie zurückrufen?«

»O nein, nein!« Die Stimme klang ganz aufgeregt. »Nein, ich – wissen Sie, ich habe eigentlich kein Telefon. Nein, ich werde es lieber einfach riskieren. Darf ich? Darf ich um halb neun kommen, und wenn sie nicht da ist – äh – einfach wieder gehen? Ist Ihnen das recht?«

»Nun ja, wir würden uns natürlich freuen«, sagte Margaret leicht verwirrt. »Das heißt, wenn es *Ihnen* nichts ausmacht, den Weg womöglich umsonst zu machen. Wohnen Sie weit von hier?«

»Hm, na ja.« Wieder schien er ein wenig verlegen. »Nicht direkt. Nein, so weit ist es gar nicht. Das macht mir nichts aus.«

»Schön, dann freuen wir uns auf Ihren Besuch, Mr. – äh –« und erst jetzt, gerade als beide schon auflegen wollten, fiel Margaret ein, daß sie den Namen des jungen Mannes noch gar nicht erfahren hatte.

»Augenblick – wie war noch Ihr Name?« fragte sie entschuldigend; und als sie nicht richtig verstand, was er sagte, fragte sie ein zweites Mal. Maurice irgendwas. Oder war es irgendwas mit Morris? Sie konnte unmöglich ein drittes Mal fragen, also sagte sie: »Auf Wiederhören, Mr. – äh –« und legte auf, während sie die beiden in Frage kommenden Namen mit einer der Bürobekanntschaften in Verbindung zu bringen versuchte, von denen Claudia gelegentlich sprach. Aber ohne Erfolg. Nun gut; das würde sie bald wissen. Sie nahm den Hörer wieder ab und wählte Claudias Dienstnummer.

Die Freude, mit der Claudia die Nachricht entgegennahm, erschien Margaret ein wenig übertrieben. Sie war ihr nicht ganz geheuer. Wer *konnte* das nur sein, daß die sonst so kühle Stimme ihrer Tochter mit einemmal so aufgeregt klang?

»Wer *ist* das denn, Claudia?« fragte sie, selbst auf die Gefahr hin, als neugierig gescholten zu werden. »Hast du uns schon einmal von ihm erzählt?«

»Oh – das kann ich dir am Telefon nicht gut sagen«, antwortete Claudia hastig, wobei in ihrer Stimme aber noch immer diese unerklärliche Erregung schwang.

»Es ist ein bißchen kompliziert... ich erzähle es dir heute abend. Und, Mutter –« jetzt änderte sich ihr Ton, und in die Freude mischte sich etwas Beschwörendes – »du *versprichst* mir doch, daß du keine Umstände machst, ja? Bitte, versprich es mir!«

Sie will ihn wohl einladen, über Nacht zu bleiben, dachte Margaret düster; und dann wird er nie mehr weggehen, *nie mehr.* Wie Mavis. Wie vor zwei Jahren dieser Doktorand mit dem Magengeschwür, dem die Frau mit einem Schauspieler durchgebrannt war, nur daß der Himmel sie in seiner Barmherzigkeit, von Schauspielern geheilt, zu ihm zurückkehren ließ, bevor seine Diät, seine Schlaflosigkeit und seine Ansichten über den American Way of Life Margaret vollends in den Wahnsinn trieben. Warum konnte Derek nicht mal ein Machtwort sprechen? War er nun ein Mann oder eine Maus? Natürlich eine Maus, nur daß er es »absolutes Vertrauen zu Claudia« nennen würde. Und er war sowieso noch mindestens bis Ende des Monats fort, und zweifellos hatte Claudia sich das Ganze nur deswegen gerade jetzt ausgedacht, um ihn vor vollendete Tatsachen stellen zu können. Daß dieser scheinbar so harmlose Anruf mit irgendeiner Intrige Claudias zu tun hatte, stand für Margaret jetzt außer Zweifel. Und sie würde *nicht* versprechen, keine Umstände zu machen.

»Ich weiß nicht, was du meinst, Liebes«, antwortete sie freundlich. »Aber du kannst mir ja alles erzählen, wenn du nach Hause kommst. Ich nehme doch an, daß er gegessen haben wird, wenn er um halb neun kommt, ja...?«

Das Gespräch versandete in Belanglosigkeiten; und als Margaret den Hörer auflegte und das Problem für mindestens weitere sechs Stunden auf die lange Bank schob, fühlte sie die ganze Freude über den Sonnenschein und das stille Haus in ihre Seele zurückströmen. Es war fast halb eins, Zeit zum Lunch. Sie machte sich aus knusprig-krustigem Weißbrot und Rinderbraten mit viel Senf ein schönes Sandwich zurecht, brühte sich eine Tasse Kaffee auf, wie sie ihn liebte, nämlich mit frischem Rahm, den sie genüßlich von der Milch von heute morgen abschöpfte, und trug das Tablett liebevoll in die stille, strahlende Mittagssonne hinaus wie eine in ihren Schlag heimkehrende Taube, ein in sein angestammtes Element zurückgleitendes Wesen.

Kapitel 9

Der also auch. Er litt auch an Schlaflosigkeit, beziehungsweise am Gedichteschreiben, was aus Margarets Sicht aber praktisch auf dasselbe hinauslief. Sie saß still und unaufdringlich in einer Sofaecke und hörte zu, wie dieser sonderbare junge Mann, während der Kaffee auf dem Tischchen neben ihm kalt wurde, Claudia einen Vortrag über die Gedanken hielt, die ihm morgens um zwei so durch den Kopf gingen.

Diese Gedanken hätten Margaret schon zu einer normalen Zeit nicht gefallen, und für nachts um zwei sagten sie ihr um so weniger zu. Nach ihrer Erfahrung gehörte es zu solchen Gedanken, daß man sich einen schwarzen Kaffee nach dem andern kochte und den ganzen Küchentisch bekleckerte; sie war nur froh, daß den Gast bisher noch niemand eingeladen hatte, über Nacht zu bleiben. Gewiß würde sogar Claudia nach allem, was sie über die Vergangenheit des jungen Mannes wußte, da eine Grenze ziehen.

Er entsprach nicht Margarets Vorstellung von einem Mörder. Sie hatte – was nach Claudias schockierenden Enthüllungen nur zu verstehen war – den Besucher den ganzen Abend heimlich beobachtet und kannte sein Gesicht inzwischen auswendig; und irgendwie war es nicht das Gesicht, das sie erwartet hatte. Was *hatte* sie denn erwartet? Wie *sollte* ein Mörder aussehen? Und in welcher Weise blieb dieser junge Mann hinter dem herkömmlichen Bild zurück – oder übertraf es vielleicht? Lag es an seinem teigigen, unsportlichen Aussehen, hinter dem man meist eine monotone sitzende Tätigkeit vermutete – wozu man Gewaltverbrechen sicher nicht zählen konnte? Oder sah er zu jung aus? Aber zu jung wofür? Es war doch bekannt, daß ein erheblicher Teil aller Kriminellen kaum über zwanzig war. Zu jung auf alle Fälle für diesen adretten, seriösen marineblauen Anzug. Er hätte einen ausgefransten Rollkragenpullover und Blue jeans tragen sollen! Aber noch während Margaret dieser Gedanke durch den Kopf ging, veränderte der junge Mann auf einmal seine Sitzhaltung, beugte sich vor – und wie er so vorgebeugt dasaß, das Licht direkt im Gesicht, und so aufmerksam in Claudias Gesicht sah, wirkte das seine plötzlich gar nicht mehr so jugendlich. Der Eindruck kam nicht durch Falten oder Krähenfüße oder etwas ähnlich Einfaches zustande; eher durch ein stumpfes, trübes Aussehen wie von vergeudeten Energien – und das stand in einem eigenartigen Widerspruch zu dem fast unnatürlichen Strahlen seiner blauen, flinken Augen. Und etwas Verschlagenes lag auch darin, das einem nur ab und zu auffiel, wenn man ihn unablässig beobachtete; es blitzte für die Dauer einer Sekunde auf, wenn diese blauen Augen zur Seite blickten; es zuckte für einen Moment um seinen Mund, wenn er irgendein ganz gewöhnliches Wort sprach. Oh, es war nur so flüchtig, so unbestimmbar... Und jetzt war er wieder ganz der arglose, ernsthafte junge Student, der seine Meinung über den Existentialismus und alle die veralteten, sinnlosen Ideen kundtat, die sich die Menschheit just bis zu dem Augenblick in der Geschichte ausgedacht hatte, da er, Maurice, die *seinen* zu verkünden begann.

Und Claudia die ihren, versteht sich. Man sah Claudia an, wie sie es genoß. Ihr höchstpersönlicher Mörder; und Schmeicheleien obendrein. Kein Wunder, daß sie ein Gesicht machte wie die Katze vor der frisch ausgeleckten Sahneschüssel. Sie hatte die Deckenlampe noch nicht angeknipst, nur das kleine Stehlämpchen neben dem Bücherschrank, und wie sie so nach vorn gebeugt auf ihrem Hocker saß, das Gesicht im Schatten, nur das schimmernde Haar im Lichtkegel, kam sie einem vor wie eine Statue und die Güte in Person. Kein bißchen albern und eingebildet. Es war für Margaret eine gelinde Überraschung, sie so zu sehen; halb erfreut und halb verwirrt fragte sie sich, ob sie ihre Tochter überhaupt richtig kannte; ob sie Claudias Interesse an diesem jungen Mann vielleicht völlig falsch eingeschätzt hatte?

Er sprach jetzt von seinen Gedichten, zitierte unverzeihlicherweise daraus, und Margaret unterdrückte ein Gähnen. Seine Gedichte waren nicht annähernd so interessant wie seine Unterhaltung, und die abgehackte, bewußt antimelodische Art, wie er rezitierte, verdunkelte das bißchen Sinn, das sie sonst vielleicht gehabt hätten, noch mehr. Margaret nahm an, daß auch Claudia sich langweilte, denn obwohl sich an ihrer verzückten Miene, ihren kurzen Äußerungen von Interesse und Mitempfinden nichts gegenüber vorhin änderte, kamen sie der scharf beobachtenden Margaret jetzt doch ein wenig gezwungen vor. In ihrer nach wie vor aufmerksamen und graziösen Pose lag jetzt mehr Ruhelosigkeit als Versunkenheit.

Aber es war nicht so einfach, ein Gespräch, in dem es nach stillschweigender Übereinkunft so viele alltägliche Themen zu vermeiden galt, in andere Bahnen zu lenken. Claudia hatte Margaret zuvor sehr ausführlich und nachdenklich darüber aufgeklärt, welche Fragen sie dem Gast nicht stellen dürfe, um ihn nicht in Verlegenheit zu bringen. Sein Nachname – seine Adresse – seine Freunde – seine Familie – seine Arbeit – das war alles tabu; und damit fiel der Bann ganz automatisch auf eine ganze Reihe harmloser Themen, weil sie mit den aufgezählten Punkten ganz entfernt etwas zu tun haben könnten. Hobbies? Solche setzten ein halbwegs geregeltes Leben voraus, und das hatte er vermutlich nie gehabt. Theater? Kino? Wer sieben Jahre im Gefängnis gesessen hatte, konnte davon nicht viel mitbekommen haben. Bücher? Bekam man im Gefängnis außer der Bibel und ähnlicher Erbauungslektüre überhaupt etwas zu lesen? Heutzutage vielleicht ja, aber Margaret wußte es eben nicht und wollte lieber nichts riskieren. Wenn hier eine von ihnen ins Fettnäpfchen trat, dann doch lieber Claudia.

»Sehen Sie«, sprach der junge Mann, wie festgenagelt auf seinen Gedichten, »ich behaupte ja nicht, daß sie etwas taugen. Ich glaube es gar nicht. Sie sind womöglich ganz abscheulich – sagen Sie das nur ruhig, wenn Sie es meinen, ich werde nicht beleidigt sein. Aber ich glaube, eines *müssen* Sie zugeben, nämlich daß sie kein Abklatsch von irgend etwas anderem sind. Oder doch?«

Claudia, so um ihre persönliche Meinung angegangen, war augenblicklich wieder voll da.

»Das sind sie nun wirklich nicht!« versicherte sie mit Nachdruck. »Ich finde sie absolut originell – frisch –«

»Denn es *haben* schon Leute gesagt«, fuhr der Dichter störrisch fort, »man spüre stark den Einfluß Patmores. Das finden *Sie* aber nicht, oder? Soviel Sie bisher gehört haben?«

Er wirkte gespannt und ängstlich, wie er sich wieder vorbeugte, um Claudias Urteil entgegenzunehmen, als ob ihm sehr ernsthaft daran gelegen wäre. Margaret, die ihre Tochter krampfhaft überlegen sah, wer wohl Patmore sein könne, fand seine Ängstlichkeit ein wenig pathetisch.

»Aber *nein*, Maurice! Nicht im mindesten!« rief Claudia nach so kurzem Zögern, daß nur ihre Mutter es bemerkte, im Brustton der Überzeugung. »Wer auf so einen Gedanken auch nur kommt, kann Ihre Gedichte gar nicht verstanden haben! Sie und Patmore –!« Claudia stieß ihr kurzes Lachen aus, das die Absurdität dieses Vergleichs betonen sollte. »Aber da besteht doch nicht die entfernteste Ähnlichkeit! Der Stil ist so anders – der Rhythmus – die ganze Einstellung zum Leben, zur Natur des Menschen...«

Margaret wußte nicht, ob sie die glattzüngige Heuchelei ihrer Tochter bewundern oder verabscheuen sollte. Aber *war* es Heuchelei im eigentlichen Sinne? Im Grunde wollte Claudia dem Jungen doch nur eines sagen: ›Sieh mal, ich bin voll und ganz auf deiner Seite. Weil du ein Ausgestoßener der Gesellschaft bist, werde ich für dich gegen deine Feinde kämpfen, seien es selbstgerechte alte Frauen, die Gesellschaft als solche oder gar Dichter, von denen ich noch nie gehört habe. Nieder mit ihnen!‹ Und *das* war aufrichtig gemeint; vielleicht verstand das auch Maurice. Jedenfalls schien er zufrieden, denn er lächelte jetzt und fuhr sich mit den Fingern durch die kurzen blonden Haare.

»Finden Sie das wirklich? Das freut mich aber. Und Sie haben ja auch vollkommen recht. Der Vorwurf ist doch schon deswegen so ausgesprochen unsinnig, weil ich Patmore um die Zeit, als die meisten meiner Gedichte entstanden, überhaupt noch nie gelesen hatte. Das wollen die Leute mir nicht glauben – und es ist auch ein bißchen schwierig zu erklären – aber sehen Sie, in der Lage, in der ich mich befand... ich war doch eine ziemlich lange Zeit meines Lebens so gut wie ohne Bücher. Ich mußte von dem zehren, was ich im Gedächtnis hatte – was ich vor langer Zeit einmal auswendig gelernt hatte und dergleichen. Verstehen Sie mich recht, ich beklage mich nicht. Im Gegenteil. Es gibt mir, wie ich glaube, einen ganz besonderen Sinn für den Wert des Worts –«

Taten ihm diese Eingeständnisse leid? Über sein Gesicht breitete sich, als er stockte, langsam ein leuchtendes Rot aus, und in dem Moment glaubte Margaret wieder diese Verschlagenheit in seinem Blick zu sehen. Es war, als ob er seine Zuhörerinnen irgendwie auf die Probe stellte: der Blick seiner leuchtenden blauen Augen huschte flink wie eine Eidechse von der einen zur andern.

Aber was es auch für eine Probe sein mochte, Margaret wußte, daß sie auf jeden Fall durchfallen würde. Es wurde Zeit für sie, zu gehen, damit wenigstens Claudia die Prüfung mit Glanz und Gloria bestehen konnte. Mit der Entschuldigung, sie habe noch Briefe zu schreiben, stand sie auf und schickte sich an, das Zimmer zu verlassen, wobei sie aus Claudias kurzem Lächeln schloß, daß sie wenigstens einmal alles richtig gemacht hatte: Sie war genau lange genug geblieben und ging jetzt genau im richtigen Moment.

Margaret hatte geradewegs auf ihr Zimmer gehen wollen – sie hatte wirklich Briefe zu schreiben –, aber es sollte nicht sein. In dem Moment, als sie die Wohnzimmertür hinter sich zuzog und in die Diele trat, hörte sie eine aufgeregte Bewegung auf der Treppe – ein Rauschen und Rascheln, dann ein leises, eiliges Tapp-tapp-tapp. Und ein rosa Lockenwickler aus Plastik rollte ihr bis fast genau vor die Füße.

Mavis hatte also gelauscht! Margaret faßte den Lockenwickler an seinem äußersten Ende, hielt ihn angewidert zwischen Daumen und Zeigefinger und nahm die Verfolgung auf. Inzwischen war natürlich wieder alles still, aber Margaret stapfte grimmig die Treppe hinauf, ging bis zu Mavis' Zimmertür und klopfte.

Mavis lag in Morgenmantel und Haarnetz scheinbar gemütlich auf dem Bett; sie war nur ein wenig außer Atem. Nicht mal überzeugend schwindeln kann sie, dachte Margaret verächtlich, als Mavis bei ihrem Eintreten senkrecht in die Höhe fuhr, die Hände fest um den Saum der Bettdecke gekrallt, und ihre Besucherin mit schuldbewußt aufgerissenen Augen ansah.

»Ich glaube, das haben Sie verloren«, sagte Margaret mit boshaftem Vergnügen. »Eben, als Sie die Treppe hinaufrannten. Warum sind Sie nicht einfach gekommen und haben sich zu uns gesetzt, wenn Sie hören wollten, was vor sich ging? Claudia hat Sie dazu eingeladen – sie hat Sie sogar darum gebeten. Das habe ich gehört.«

»Ich weiß. Ich – oh, Mrs. Newman, ist es nicht schrecklich? Können *Sie* nicht etwas dagegen tun? Sie davon abbringen? Sie sind doch ihre Mutter –«

Dieser tränenreiche, direkte Appell raubte Margaret

mit einem Schlag alle Kampfeslust. Zu ihrer eigenen Verwunderung empfand sie fast so etwas wie Mitleid mit dieser armseligen Kreatur, die da wie ein Fisch im Netz ihrer eigenen Dummheit nach Luft schnappte. Margaret trat ganz ins Zimmer und legte den Lockenwickler ohne weiteren Kommentar auf den puderbestäubten Abfallhaufen, der Mavis' Toilettentisch sein sollte.

»Steigern Sie sich doch nicht so hinein«, sagte sie beinahe freundlich. »Claudia hat so etwas doch schon immer getan. Es führt zu gar nichts weiter. Immerzu gabelt sie irgendwelche lahmen Enten auf und –« Sie unterbrach sich, als ihr plötzlich ihre Taktlosigkeit bewußt wurde. Eine ungewohnte Rücksichtnahme auf Mavis' Gefühle ließ sie den Satz umformulieren. »Ich meine, Sie wissen doch selbst, wie Claudia ist. Wenn jemand in Schwierigkeiten steckt, möchte sie immer helfen. Mehr ist das auch nicht bei diesem jungen Mann; sie meint, daß er in irgendwelchen Schwierigkeiten steckt, also lädt sie ihn zu sich ein, um mal zu sehen, was sie für ihn tun kann. Das ist alles. Gar kein Grund zur Aufregung.«

Margaret sprach mit einer Sicherheit, die sie selbst nicht empfand, und das mußte Mavis gespürt haben.

»Aber Mrs. Newman, haben *Sie* denn keine Angst? Wirklich nicht? Ich meine, er muß doch allem Anschein nach ein Verbrecher sein und hat jahrelang im Gefängnis gesessen! Womöglich ist er ein Mörder – ich bin ganz sicher, daß Claudia das auch selbst glaubt, sie hat es sogar so gut wie gesagt! Oh, Mrs. Newman, das ist nicht *mein* Haus, *ich* kann nichts dazu sagen, aber *Sie* könnten! Warum sagen Sie Claudia nicht, daß sie ihn nicht hierher einladen darf?«

Mavis wrang beim Sprechen den Saum der Bettdecke mit den Händen zusammen; wenn sie so weitermachte, würde das Bettzeug im Nu wieder verdreckt und zerknittert sein, und Margaret hatte es vorige Woche erst gewaschen und gebügelt. Sie wußte nur nicht, wie sie Mavis beruhigen sollte.

»Meine liebe Mavis, wie könnte ich denn?« wandte sie ein. »Es *ist* zwar gewissermaßen mein Haus, ja – aber Claudia ist eine erwachsene Frau. Ich kann ihr nicht ins Leben hineinreden, oder? Ich habe sowenig das Recht wie Sie, ihre Freunde für sie auszusuchen.«

Das stimmte natürlich aufs Wort, aber Margaret wußte, daß sie durchaus irgendwie Einspruch hätte einlegen *können,* als Claudia ihr erstmals eröffnet hatte, daß ein nicht ganz geheures Geheimnis den erwarteten Gast umgab. Sie hatten in der Küche gestanden; Claudia war gerade von der Arbeit zurückgekommen, geschniegelt und gestriegelt in ihrem schwarz-weißen Kostüm und so richtig groß in ihren hohen Absätzen, während Margaret in ihrem geblümten Kittel am Tisch saß und Petersilie schnitt. Claudias aufgeregte Worte waren ihr wie Maschinengewehrfeuer um die Ohren geflogen. Ihr leidenschaftliches Plädoyer für Maurices Besuch heute abend hatte nämlich ebenso aggressiv wie begeistert geklungen. Ihr Geständnis – vielmehr ihre Prahlerei damit – daß er sich als verurteilter Mörder entpuppen könnte – hatte sie Margaret fast wie einen Fehdehandschuh vor die Füße geworfen. Sie war zum Kampf gerüstet und erwartete Widerspruch. Und das wäre auch für Margaret der richtige und natürliche Augenblick gewesen, diesen Widerspruch anzubringen, mit andern Worten: ein Mordstheater zu machen.

Warum hatte sie es nicht getan? Wenn sie ehrlich war, nur weil Claudia es erwartet, es sich sogar gewünscht hatte. Ja, Claudia hatte *gewünscht,* ihre Mutter würde die ihr zugedachte Rolle der engstirnigen, altmodischen Frömmlerin spielen; um so heller hätten Claudias Großmut und Emanzipiertheit strahlen können.

Und darum hatte Margaret sich aus reiner Bosheit geweigert und sich diese Rolle nicht so ohne weiteres, gewissermaßen ohne ihre Zustimmung, andrehen lassen. Aus besonders hinterhältiger Bosheit hatte sie den hochtrabenden Sprüchen ihrer Tochter – daß die Gesellschaft der eigentliche Verbrecher sei, daß Schuld auf unser aller Schultern liege und niemand das Recht habe, den ersten Stein zu werfen – ergeben zugestimmt.

Margaret sah ohnehin nicht ein, wieso ausgerechnet *sie* den Stein werfen sollte; schließlich hatte sie noch das Abendessen herzurichten und die Hühner für die Nacht einzusperren – und hatte nach diesem wunderschönen Sonnentag auch gar keine Lust zum Streiten. Außerdem hatte sie ganz, ganz tief drinnen eigentlich nichts von alledem geglaubt. Sie glaubte es noch immer nicht. Viel wahrscheinlicher, als daß Maurice ein hartgesottener Verbrecher war, hatte Claudia nur ihre Phantasie mit sich durchgehen lassen. Er sah nicht so aus, benahm sich nicht so; überhaupt schien er nur wieder einer dieser ichbezogenen Schwätzer zu sein, die Claudia immerzu anschleppte. Vielleicht ein bißchen weniger langweilig – von seinen Gedichten abgesehen – und auf jeden Fall intelligenter. Oder schlauer. Oder noch etwas? Sie erinnerte sich jetzt, daß ›verschlagen‹ das Wort war, an das sie dauernd gedacht hatte, als sie ihn da unten im Wohnzimmer beobachtete.

Na schön. Er war also verschlagen. Was weiter? Vermutlich war er auch unehrlich; und selbstsüchtig und faul und eingebildet. Aber das machte ihn noch nicht zum Mörder oder überhaupt zu einem sonstwie gearteten Kriminellen.

Solche Eigenschaften galten allgemein noch als normal.

Aus all diesen Spekulationen pickte Margaret sich jetzt diejenigen heraus, mit denen sie Mavis, die gespannt und erwartungsvoll dasaß wie ein Kind, das getröstet werden will, am ehesten beruhigen könnte.

»Sie sollten sich wirklich etwas zusammennehmen, Mavis«, mahnte sie. »Es gibt keinen Beweis dafür – gar keinen –, daß dieser junge Mann ein Verbrecher ist. Claudia vermutet das nur – sie neigt ja schon immer zum Dramatisieren –, und sie kann sich gründlich irren.«

»Aber Mrs. Newman, es *gibt* einen Beweis«, protestierte Mavis. »Er hat es selbst gesagt. Wenigstens so gut wie. Ich meine alle die Sachen, wie daß er sieben Jahre aus der Welt war. Und jetzt sagt er, daß er die ganze Zeit keine Bücher zum Lesen hatte...«

Mavis unterbrach sich verwirrt, offenbar weil sie merkte, daß sie sich verraten hatte. »Oder so was Ähnliches«, fuhr sie kleinlaut fort, als ob sie damit die Gewißheit, daß sie gelauscht hatte, irgendwie verwischen könnte. Margaret lächelte böse.

»Ich nehme an, auch *er* dramatisiert gern«, sagte sie. »Wahrscheinlich will er damit nur sagen, daß er in einer Familie aufgewachsen ist, in der es keine Bücher gab, weil sein Vater nichts von Bildung hielt und ihn verprügelte, wenn er ihn beim Lesen erwischte. Irgendeine widerwärtige Kindheit dieser Art haben Claudias Schützlinge immer –« Wieder unterbrach sie sich, weil ihr jetzt Mavis' tränenreiche Erzählung von einer Mutter einfiel, die sie nicht in die Ballettschule gehen lassen wollte und sie gezwungen hatte, Zöpfe zu tragen, bis sie sechzehn war.

»An Ihrer Stelle würde ich mir also keine Gedanken mehr über ihn machen«, endete sie. »Sie legen sich jetzt am besten ruhig hin, machen das Licht aus und schlafen. Das tue ich nämlich auch.« Sie wandte sich zur Tür, aber augenblicklich rief Mavis sie mit neuer Angst in der Stimme zurück.

»Oh, bitte nicht, Mrs. Newman! Tun Sie das nicht! Ich meine, Sie sollten aufbleiben, bis wir wissen, daß er weg ist!«

Margaret fand das eigentlich auch und hatte nicht die Absicht gehabt, sich schlafen zu legen, bis sie die Haustür hinter dem Gast hätte zugehen hören. Ebensowenig hatte sie aber auch die Absicht, die Wartezeit hier bei Mavis zu verbringen.

»Na schön«, lenkte sie abweisend ein, »wenn es Ihnen so wichtig ist. Dann gehe ich eben jetzt in mein Zimmer und schreibe noch ein paar Briefe. Es ist schon fast elf, da kann er nicht mehr lange bleiben, es sei denn, daß –«

Sie wünschte, sie hätte den Satz früher beendet, denn Mavis, die nur auf dieses Stichwort gewartet zu haben schien, beendete den Satz sogleich für sie: »Es sei denn, daß Claudia ihn einlädt, heute nacht hier zu schlafen! Oh, Mrs. Newman, davor habe ich ja gerade solche Angst! Platz würde sie nämlich schon für ihn finden, auch wenn ich hier das Gästezimmer belege, denn sie hat doch noch dieses schreckliche Klappbett in Dereks Arbeitszimmer! Und wahrscheinlich tut sie das auch, denn sehen Sie, wenn er doch gerade erst aus dem Gefängnis heraus ist, hat er wahrscheinlich sonst nichts, wohin er gehen kann – oh, Mrs. Newman, ich sehe alles schon so kommen!«

Margaret sah das auch; aber ob sie nun beide exakt dasselbe sahen, war dennoch zweifelhaft. Mavis sah wahrscheinlich eine finstere Gestalt mit bösen Absichten mitten in der Nacht über die Treppen und Gänge des Hauses huschen. Margaret hingegen sah sich ein fünftes Frühstück kochen; und zuerst eine große Suche nach Decken für die Klappliege, denn die waren schon für den Sommer eingemottet. Sie sah auch, daß am Morgen die Milch nicht reichen würde – diese Neurotiker, die Claudia anschleppte, schienen allesamt die Milch nur so in sich hineinzuschütten wie Alkoholiker den Gin. Und wenn sie beim Milchmann noch so viele Flaschen bestellte, es reichte nie; sie holten sich eine nach der andern aus dem Kühlschrank, Tag und Nacht, besonders diese Schlaflosen, die waren am schlimmsten. Margaret erinnerte sich (und die alte, halbvergessene Wut stieg bei dieser Erinnerung in ihr hoch wie Hefeteig)... erinnerte sich an diesen Doktoranden und seine »Imbisse«. Sie erinnerte sich, wie sie abends immer zu Bett gegangen war, nachdem sie als ordentliche Hausfrau schon säuberlich den

Frühstückstisch für den Morgen gedeckt hatte; und jeden Morgen hatte sie, wenn sie herunterkam, alles wieder versaut gefunden von den Spuren der nächtlichen Freßgelage dieses entsetzlichen Menschen. Und was für unmögliche Sachen er aß – im Eifer ihrer frühmorgendlichen Wut pflegte Margaret jeden Krümel zu identifizieren: Ingwerkekse – Sardinen – Erdnußbutter – ekelhafte Malzgetränke – kein Wunder, daß sein Magen so verkorkst war.

Und Claudia ließ nie zu, daß Margaret ihn darauf ansprach, denn das Essen, sagte sie, sei eine Ersatzbefriedigung für ihn, weil seine Frau ihn verlassen habe, und es sei nicht seine Schuld. Aber dann kam seine Frau zurück, und in der gräßlichen Woche, bevor sie sich beide aufmachten, um zu ihrer Mutter zu ziehen, hatte Margaret den Eindruck, daß er mehr aß als je zuvor. Außer der Erdnußbutter und dem ganzen Zeug schien seine Frau ihm auch noch allerlei zu brutzeln, wie Margaret sich schaudernd erinnerte. Ihr hübscher sauberer Herd war die ganze Woche voller verbrannter Fettspritzer gewesen.

Ob dieser Maurice auch so einer war? Margaret und Mavis sahen einander an, einig wie selten, und jede stellte sich auf ihre Weise das Schlimmste vor und überlegte, wie es abzuwenden wäre. Und plötzlich platzte mitten in diese Szene des Heulens und Zähneklapperns Claudia herein. So leicht und beschwingt waren ihre Bewegungen, daß die beiden ihre Schritte auf der Treppe kaum gehört hatten, bevor sie schon im Zimmer war und sie anstrahlte.

»Er geht gerade!« verkündete sie – eine willkommene Botschaft immerhin. »Wollt ihr beide nicht schnell mit hinuntergehen und ihm auf Wiedersehen sagen? Ach, Mavis, du bist schon im Bett. Wie schade! Ich kann gar nicht verstehen, warum du dich nicht zu uns gesetzt hast, wir hatten so einen herrlich interessanten Abend. Besonders nachdem du fort warst, Mutter – da hat er mal richtig sein Herz ausgeschüttet. Ich hatte übrigens recht – er *war* im Gefängnis –« Claudia senkte an dieser Stelle ein wenig die Stimme, die aber immer noch vom Triumph des Abends zitterte und bebte. »Und es war obendrein für etwas ziemlich Schlimmes – ich meine, was die meisten Menschen ziemlich schlimm nennen würden.« Sie verstummte bedeutungsvoll, und das Wörtchen »Mord« schwebte unausgesprochen zwischen ihnen in der Luft. Dann fuhr sie fort: »Er hat mir erklärt, wie das passiert ist, wie er da hineingeraten ist, und mein Gott, ich kann ihn ja so gut verstehen! Ich bin ja so froh, daß ich dieses Gespräch mit ihm geführt habe – ich glaube, es hat ihm ganz enorm geholfen, zu wissen, daß es jemanden gibt, der ihn versteht – jemanden, der nicht schockiert ist; der keine Angst hat, ihn in sein Haus einzuladen, und sich nicht geniert, ihn seinen Freunden vorzustellen! Darum wollte ich doch unbedingt, daß du dabei bist, Mavis, und Mutter auch – damit er weiß, daß ich mich nicht geniere, ihn euch allen vorzustellen. Ich wollte nur, Helen wäre auch hiergewesen! Aber du komm doch jetzt wenigstens mit nach unten, Mutter, und sag ihm freundlich gute Nacht, damit er weiß, daß er zumindest in *meinem* Haus keiner Mißbilligung und Ablehnung begegnet! Mein Gott!« – Claudias Gesicht strahlte jetzt fast überirdisch wie ein altes Heiligenbild – »Mein Gott, und nun wüßte ich mal gern, was Daphne *jetzt* sagen würde! Und Miss Fergusson, diese alte Jungfer! Ich kann es kaum erwarten, ihre Gesichter zu sehen, wenn ich ihnen erzähle, wer er ist, und daß ich ihn einen ganzen Abend hier hatte und mit ihm geredet und ihn behandelt habe wie einen Ehrengast –!«

Claudia mußte ihre Euphorie jetzt etwas dämpfen, denn sie waren schon draußen auf dem Gang; und kurz darauf waren sie unten in der Diele, wo Maurice sich artig für den schönen Abend bei ihnen bedankte.

»Sie müssen aber recht bald wiederkommen, Maurice, wirklich!« rief Claudia. »Sollen wir es jetzt gleich abmachen, da Sie ja – nun, da Sie kein Telefon haben? Wie wär's mit Samstag? Samstag zum Lunch. Oder Sonntag, wenn Ihnen das besser paßt, ich habe das ganze Wochenende frei.«

Nun hätte man erwarten können – sogar Margaret, die das Ganze stumm mißbilligte, hätte es erwartet –, daß dieser junge Mann, der so allein und ohne Freunde frisch aus dem Gefängnis entlassen dastand, diese herzliche Einladung ganz schnell angenommen hätte. Es wirkte irgendwie unpassend, ja ungezogen, daß er statt dessen seinen Taschenkalender zückte und ihn wie ein Geschäftsmann studierte, bevor er antwortete.

»Zum Lunch? Geht leider nicht«, sagte er endlich. »Am Samstag bin ich zum Lunch bei Ihrer Freundin Daphne. Und am Sonntag bei Miss Fergusson und ihrem Vater. Bedaure. Wie wär's dafür an einem Werktagabend?«

Kapitel 10

Eine gut durchgeschlafene Nacht stellte Claudias Sinn für Proportionen einigermaßen wieder her. Ihre Wut auf Daphne und Miss Fergusson war zwar nicht direkt gedämpft, aber schärfer gebündelt und in rationalere Kanäle gelenkt. Gestern nacht war es noch eine blinde, instinktive Reaktion auf einen verheerenden Schlag gewesen. Als Maurice ihr so ruhig ins Gesicht gesagt hatte, daß Daphne und Miss Fergusson ihn ebenso wie sie selbst zu sich nach Hause einluden, war es im Moment wie ein Schlag ins Gesicht gewesen, so schmerzhaft und völlig unerwartet, daß Claudia eine ganze Weile nicht imstande gewesen war, vernünftig darüber nachzudenken. Sie hatte sogar ein paar Minuten lang das Gefühl gehabt, Maurice selbst habe ihr diesen Schlag versetzt, bewußt und mit der Absicht, ihr weh zu tun und sie zum Narren zu machen.

Wie sie aber jetzt in ihrem vorhangverdunkelten Zimmer lag und auf das Klingeln des Weckers wartete, sah Claudia ein, wie wenig vernünftig das von ihr gewesen war, und sie war nur froh, daß ihre natürliche Selbstbeherrschung sie im Augenblick des Schocks nicht im Stich gelassen hatte. Sie war sicher, daß sie sich kein bißchen hatte anmerken lassen, wie tief sie getroffen war; sie hatte in freundlichem Ton lediglich einen andern Termin ausgemacht, zu dem Maurice sie besuchen solle.

Claudia wälzte sich ruhelos auf dem Kissen und versuchte sich ihrer Gefühle klar zu werden. Warum war sie so wütend auf Daphne und Miss Fergusson, die doch nur dasselbe taten wie sie auch – die großmütig und – ja, auch mutig – einem etwas sonderbaren und möglicherweise gefährlichen jungen Mann ihre Freundschaft anboten?

Prompt erscholl die Antwort in ihrem flinken, fähigen Gehirn, klar wie ein Glockenton. Daß es völlig in Ordnung war, wenn *sie* den Don Quijote spielte, bei den anderen aber nicht, lag einfach daran, daß es für die andern völlig untypisch war. Bei ihnen war es aufgesetzt, falsch; und nichts war Claudia so zuwider wie Falschheit. Echte, ehrliche Voreingenommenheit und Engstirnigkeit, die unverblümt zum Ausdruck gebracht wurden, konnte sie verstehen, beinahe sogar respektieren (sagte sich Claudia, obschon abzuwarten blieb, inwieweit dieser neuentdeckte Respekt bis in ihren nächsten Streit mit Mutter hineinwirken würde); diese scheinheilige *vorgespielte* Toleranz und Aufgeschlossenheit aber, dieses falsche Wohlwollen, dieses Rollenspiel, das so gar nicht zu ihnen paßte – genau das konnte sie an Daphne und Miss Fergusson nicht ausstehen. Das war es, was sie so zornig machte. Tolerant und weise und verständnisvoll zu sein und hinter Schlechtigkeit die Schwäche zu sehen – das war Claudias Rolle. Für sie war das eine Art zweite Natur, sie war eben so. Und mit dieser besonderen Gabe konnte sie für Maurice so unermeßlich viel Gutes tun, genau wie für Mavis und die unzähligen andern vor ihr. Sie konnte ihm seine Selbstachtung zurückgeben, seine Integrität; sie konnte ihn rehabilitieren, ihm die Selbstsicherheit zurückgeben, die es ihm möglich machte, wieder erhobenen Hauptes vor die Welt zu treten. Was Daphne und Miss Fergusson hingegen boten, war Falschgeld – als Mitleid verkleidete Neugier – Exhibitionismus in der Maske des Muts. Vor solchen Frauen mußte man Maurice schützen.

Es war nur so zum Rasendwerden, daß es dafür gar keine Möglichkeit gab. Mit dieser traurigen Tatsache mußte Claudia sich nach einigen Minuten ebenso angestrengten wie fruchtlosen Nachdenkens abfinden. Sie konnte in keiner Weise verhindern, daß er zu diesen Frauen zum Lunch ging, konnte ihre Einladung nicht ungeschehen machen. Sie hatten mit ihrer Einmischung alles kaputtgemacht! Das Gestern war seines Glorienscheins schon halb beraubt, und das war mit nichts mehr gutzumachen. Jetzt hätte es gar keinen Sinn mehr, Daphne anzurufen und zu sagen: »Raten Sie mal, wen ich gestern abend zum Kaffee bei mir hatte... er ist ja *so* ein interessanter junger Mann... war eine halbe Ewigkeit hier...« Und keinen Sinn hätte es auch, ihre andern Freundinnen anzurufen, denn sie würden jetzt nur fragen: »Ach, ist das derselbe Mann, den Daphne...?«

Claudia drehte sich noch einmal im Bett um, legte sich auf den Bauch und grub die Fäuste tief ins Kissen. Es war zum Verrücktwerden! Alles ohne Sinn und Verstand kaputtgemacht! Irgendwie *mußte* sie das den beiden doch heimzahlen können!

Schleunigst korrigierte sie diesen kindischen Gedanken, bevor er sich richtig in ihr festsetzen konnte, bevor sie ihn unwiderruflich als den *ihren* anerkennen mußte. Nein, verbesserte sie sich, es mußte einen Weg geben, Maurice noch wirkungsvoller, noch unmittelbarer zu helfen; diese nichtssagenden Einladungen zum Lunch brachten ihn nicht weiter. Brauchte er zum Beispiel Arbeit? Brauchte er irgendwo ein Unterkommen?

Ja, das war es! Das war die Lösung! Weder Daphne noch Miss Fergusson würden *das* überbieten können! Ach ja – Sie hatten ihn bei sich zum Lunch? Wie nett! Er wohnt übrigens bei mir; wir haben ja soviel Platz im Haus, besonders jetzt, wo Derek nicht da ist. Ich habe ihm in Dereks Arbeitszimmer ein Bett aufgestellt – der arme Junge, er war ja so dankbar und konnte es kaum fassen. Er war nämlich schon fast am Verzweifeln, hatte doch nirgendwo eine Bleibe...

Oder hatte er doch eine? Da konnte natürlich noch ein Haken stecken. Angenommen, die Strafgefangenenfürsorge hatte ihm schon ein gemütliches Zimmerchen bei einer mütterlichen Wirtin besorgt, die von seiner Vergangenheit nichts wußte...?

Aber Claudia war nicht die Frau, sich von solch hypothetischen Katastrophen entmutigen zu lassen. Als endlich ihr Wecker klingelte, hatte sie den Kopf schon voller Pläne; und bis sie angezogen und fertig zum Hinuntergehen war, hatte sie sich nicht nur schon überlegt, wann der richtige Augenblick wäre, das Thema gegenüber Maurice zur Sprache zu bringen, sondern auch schon einen Brief an Derek entworfen, der ihn mit der Aussicht, bei seiner Rückkehr einen ehemaligen Sträfling in seinem Haus untergebracht zu finden, vollkommen versöhnen würde. Derek pflegte zwar in solchen Dingen keine Schwierigkeiten zu machen, aber Claudia wußte aus Erfahrung, wie wichtig es war, sie ihm gleich zu Beginn im richtigen Licht darzustellen, ehe Mutter Gelegenheit hatte, ihn zu bearbeiten. Aus dieser Sicht war der Kongreß in Oslo schon ein Segen; wenn sie Dereks briefliche Zustimmung bekam, bevor Mutter Krach schlagen konnte, war die Schlacht schon so gut wie gewonnen. Auf dem Weg nach unten fügte Claudia dem Brief im Geiste noch ein P.S. an, mit dem sie sicherstellen würde, daß Derek einerseits postwendend und per Luftpost antwortete, andererseits nicht anfing, sich Sorgen zu machen, wie er das oft tat, wenn man ihn drängte. Derek mußte ganz, ganz ruhig bleiben.

Inzwischen würde sie selbst zwar mit Maurice Verbindung halten, aber es war besser, wenn er nicht wieder ins Haus kam, bevor Dereks Antwort da war. Es wäre dumm, die Kraftprobe mit Mutter stattfinden zu lassen, ehe sie, Claudia, ihre Klingen geschärft und alle ihre Mannen auf Kampfstation hatte.

Kapitel 11

»Liebste Claudia,
Ich habe mich so gefreut, heute morgen Deinen und auch Helens Brief zu bekommen. Es ist mir wirklich eine große Freude, zu erfahren, daß sie sich in diesem Tertial so gut in Latein macht. Daß sie neulich die zweitbeste Arbeit geschrieben hat, ist ja so ein schöner Erfolg, wenn man bedenkt, wie ihr dieses Fach anfangs schwergefallen ist, als sie zuerst auf diese Schule kam.

Du könntest ihr ausrichten, daß ich ihr herzlich gratuliere und ihr recht bald schreiben werde. Erkläre ihr, daß wir hier ein sehr dicht gepacktes Programm haben und mir zum Briefeschreiben sehr wenig Zeit bleibt; und wenn ich selbst ja auch nur zu gern ein paar der rein gesellschaftlichen Veranstaltungen ausfallen lassen würde, fürchte ich doch, daß unsere Gastgeber das nicht gut aufnehmen würden.

Es war sehr interessant für mich, von diesem jungen Schriftsteller zu hören, mit dem Du Dich angefreundet hast. Nach allem, was Du mir erzählst, scheint er trotz seines unglücklichen Starts ins Leben ein Mensch zu sein, der es wert ist, und ich wüßte nicht, warum er nicht, wie Du vorschlägst, diesen Sommer eine Zeitlang unser Gast sein sollte; das heißt, wenn Du glaubst, daß wir Platz für ihn haben...? Wie Du weißt, meine Liebe, überlasse ich solche häuslichen Entscheidungen voll und ganz Dir!

Das Wetter hier ist weiterhin warm und sonnig, und

wie ich höre, soll es wahrscheinlich noch ein paar Wochen so bleiben – eine erfreuliche Aussicht, falls unser Aufenthalt hier, wie es jetzt aussieht, tatsächlich verlängert werden soll. Um diese Jahreszeit sind die Fjorde...«

An dieser Stelle legten alle Familienmitglieder den Brief erst einmal hin: die letzten drei Seiten blieben ganz und gar ungelesen und glatt. So liebevoll und ausführlich der arme Derek auch die Orte beschrieb, die er bereiste, seinen Schilderungen wurde nie das Interesse zuteil, das sie verdienten, und heute nun blieb noch weniger Aufmerksamkeit für sie übrig als sonst. Margaret faltete den Brief mit zusammengekniffenen Lippen wieder zusammen und reichte ihn ihrer Tochter zurück. Und dann sahen sie einander über den Frühstückstisch an und wußten beide, daß jetzt die Schlacht im Ernst begonnen hatte; daß Claudia, indem sie Dereks Brief zur allgemeinen Lektüre hatte rundgehen lassen, die erste Kriegshandlung begangen hatte, die sich nun zu einem großen Feldzug ausweiten würde.

»Damit die Münze zwei Seiten bekommt«, begann Margaret unheilverkündend, »möchte ich Derek gern meinerseits schreiben und ihm schildern, was hier wirklich vorgeht. Ich möchte –«

»Aber natürlich, Mutter! Er wird sich für deine Neuigkeiten sicher ebenso interessieren wie für unsere«, unterbrach Claudia sie mit höflicher, doch stahlharter Stimme, während sie mit einem kaum wahrnehmbaren Stirnrunzeln zugleich noch einen Hinweis darauf anzubringen wußte, daß sie, Margaret, sich anschickte, vor Helens Ohren einen Familienstreit vom Zaun zu brechen. Genauso hat Claudia die ganze Szene zweifellos geplant, dachte Margaret, genau mit dieser Absicht: daß sie, Margaret, ihre prachtvolle erste Entrüstung zügeln mußte, weil das Publikum dafür nicht ganz das richtige war. Das war doppelt empörend, weil es genau Margarets eigene Empfindlichkeiten waren, nicht Claudias, die zu diesem Zweck eingespannt wurden; Claudia fragte selbst nicht allzuviel danach, was in Helens Gegenwart gesagt wurde, und machte sich immer über Margarets altmodische Skrupel lustig.

Margaret beendete in stummer Wut ihr Frühstück und trieb sich danach in Diele und Treppenhaus herum, um ihre Tochter irgendwann einmal allein fassen zu können.

Aber Claudia war zu schlau für sie. Während sie geschäftig dahin und dorthin eilte, um sich für die Arbeit fertig zu machen, brachte sie es fertig, dauernd Helen im Schlepptau zu haben und mit ihr über alle möglichen Probleme zu diskutieren, zum Beispiel, wie man einen Rock ändern lassen und noch rechtzeitig fürs Wochenende aus der Reinigung zurückbekommen könne; und danach hielt die Vorsehung es für richtig, Mavis einspringen zu lassen – dumm wie immer und noch halb im Schlaf, aber dennoch zielbewußt. Es ging um irgendein Gesichtswasser, das sie vorige Woche gekauft und möglicherweise in Claudias Wagen auf dem Rücksitz liegengelassen hatte. Bis dann feststand – für Claudia sehr schnell, eine Weile später dann auch für Mavis –, daß sich das fragliche Gesichtswasser weder auf noch unter noch neben *irgendeinem* der Wagensitze befand und Mavis von der fraglichen Einkaufsexpedition sogar mit dem Bus zurückgekommen war, hatte Claudia – was Wunder – natürlich keine Zeit mehr und konnte nur auf dem schnellsten Wege zur Arbeit fahren.

Und so kam es, daß der Krach wegen Maurice vertagt wurde, verschoben für die ganze Dauer eines langen heißen Sonnentags, in dessen Verlauf Margarets erste flammende Wut – und sogar ihr Interesse – stündlich schwand, während sie arbeitete und sich sonnte und wieder arbeitete und eine um die andere ihrer vielfältigen Aufgaben und Freuden zu ihrer Zufriedenheit hinter sich brachte. Am Abend war sie so zufrieden, so wohlig müde, daß es ihr nicht in den Sinn kam, sich mit Claudia wegen irgend etwas zu streiten.

Und inzwischen war es ohnehin zu spät, denn Maurice war schon da.

Margaret hatte ihn gar nicht kommen hören. Den ersten Hinweis darauf, daß etwas im Gange war, erhielt sie draußen auf der Wiese, als sie gerade die Hühner für die Nacht einsperrte; und statt eines Geräuschs war es mehr ein Gefühl der Dringlichkeit, das sie aufsehen ließ, als sie gerade Claribels Käfig verschloß. Am Törchen vom Garten zur Wiese stand Helen und machte ihr aufgeregte, aber unverständliche Zeichen.

Margaret rief nicht nach ihr. Helens verschwörerische Art mit ihren stummen Mundbewegungen sagte ihr, daß es sich um etwas sehr Vertrauliches handeln mußte; also gestikulierte und winkte Margaret nur zurück; und als sich daraus schließlich doch keine verständliche Konversation entwickelte und Margaret schon fast vor Neugier platzte, winkte sie ihre Enkelin gebieterisch zu sich. Und nun kam Helen zu ihr gesprungen, wie ein Tier durch das hohe Gras hüpfend, das schon abendgrau war, obwohl die Sonne noch gar nicht ganz untergegangen war und rosiges Licht noch auf den Heckenkronen lag.

»Oma!« keuchte Helen, sowie sie nah genug war für ein atemloses Bühnenflüstern. »Es ist was *Unheimliches!* Papas Arbeitszimmer ist ganz voll Gepäck und andern Sachen, und irgendwer hat die Bettcouch ausgezogen! Was ist da nur los? Wer kommt zu Besuch?«

Helen schien von der Nachricht, die sie da überbrachte, eher fasziniert als betroffen zu sein, und Margaret sagte sich rasch, daß dies ja nur natürlich war. Sie war in einem Alter, in dem man Aufregungen und Durcheinander eher genoß, und bisher hatte sie ja noch keinen Grund zu der Annahme, daß gerade dieser Besuch etwas Unwillkommenes an sich haben könnte. Um die unschuldsvolle Erwartung des Mädchens nicht zu dämpfen, versuchte Margaret ihre eigene Verärgerung – ihr Entsetzen eigentlich – zu verbergen. Ihr selbst war ja ohne jeden Zweifel klar, wer der Besucher sein mußte. Es war aber auch zu arg von Claudia, wirklich! Ledige Mütter, die nicht wußten, was sie wollten, und neurotische Einfaltspinsel gingen ja noch an; aber waren eingestandene Mörder nicht doch etwas anderes?

Margaret, die über den Käfig gebeugt gestanden hatte, richtete sich ächzend auf und sah ihre Enkelin eine Sekunde hilflos an. Wieviel konnte sie ihr sagen? Ihre altmodischen Instinkte sagten ihr, daß die Wahrheit für Helens Ohren nicht geeignet war. Sie hätte das Mädchen über Gebühr schockieren und ängstigen – oder, schlimmer noch, makaber faszinieren können.

Andererseits konnte Unwissenheit gefährlich sein – noch gefährlicher, als die ganze Situation ohnehin schon war, hieß das. Diese Claudia! Man sollte sie über einen Stuhl legen und ihr den Hintern versohlen! So lange, bis sie um Gnade flehte! Wenn Derek am Anfang seiner Ehe doch wenigstens *das* richtig gemacht hätte... oder wenn Margaret es öfter getan hätte, als Claudia noch ein Kind war... Aber es hatte jetzt keinen Sinn, die verpaßten Gelegenheiten zu beweinen. Jetzt galt es mit der erwachsenen Claudia fertig zu werden – der klugen, willensstarken Claudia, die sich selbst inzwischen in eine Stellung fast totalitärer Herrschsucht und Selbstgerechtigkeit befördert hatte. Aber hier war nun zunächst einmal Helen, die vor Neugier platzte und sich zweifellos schon wunderte, daß ihre Großmutter so lange mit der Antwort wartete. Denn Margaret spielte kleinmütig auf Zeit.

»Da muß deine Mutter irgend etwas arrangiert haben«, sagte sie betont beiläufig. »Mir hat sie nichts davon gesagt. Warum fragst du sie nicht selbst? Sie muß irgendwo im Haus sein.«

»Ich weiß. Hab' ich ja, aber sie wollte nicht so richtig mit der Sprache heraus, weil Mavis dabei war. Anscheinend will sie nicht, daß Mavis etwas erfährt oder so. Und da hab' ich gedacht, ich verschwinde lieber, bevor ich noch schlimmer ins Fettnäpfchen trete. Aber ich will dir mal sagen, was *ich* glaube, Oma. Das ist wieder so eins von Mamas Armen Dingern. Wieder ein neues! Meinst du, es ist der, von dem Papa in seinem Brief geschrieben hat – dieser Schriftsteller mit der unglücklichen Vergangenheit? Der kam mir ja wie das ideale Arme Ding vor, dir nicht?«

»Arme Dinger« war eine herrliche Bezeichnung für Claudias gesammelte Schmarotzer und Gescheiterte, aber es war wohl kein sehr respektvoller Ausdruck, und Margaret fand, daß man Respektlosigkeit gegen Erwachsene, und seien diese noch so albern, bei jungen Menschen nicht auch noch fördern sollte. Sie fühlte sich daher verpflichtet, Mißfallen wenigstens zu mimen.

»Du meinst die Menschen, denen deine Mutter zu helfen versucht, mein Kind? Du darfst nämlich nicht vergessen, Helen, daß es wirklich sehr lieb – sehr barmherzig – von deiner Mutter ist, und sie *tut* damit ja auch sehr viel Gutes –«

»Ach ja, ich weiß, Oma!« Helen schlang die Arme um ihre Großmutter; es war halb eine Umarmung, halb ein ungeduldiges Schütteln wie bei einem quengeligen Kind. »Natürlich weiß ich das. Es ist großartig von Mama und so weiter. Aber ich kann es nicht leiden, wenn du meinst, du mußt plötzlich so etepetete sein und die schönste Unterhaltung abbrechen, wo du doch die ganze Zeit dasselbe denkst wie ich. Oder vielleicht nicht? Gib's doch zu, Oma! Gib zu, daß du die Armen Dinger so komisch findest wie nur sonst was. Denk doch nur mal an den, der seine Arbeit aufgegeben hatte, weil er dachte, das Ende der Welt steht bevor, und dann...«

Ungeachtet ihrer hehren Prinzipien mußte Margaret bald so herzhaft lachen wie ihre Enkelin. Sie machte noch rasch ihre Arbeit fertig, füllte die Wasserschüsseln, stellte den Futtertrog wieder auf, der umgetrampelt und halb voll Dreck war; dann gingen sie und Helen zum Haus zurück. Dort lief Helen geradewegs zum Arbeitszimmer ihres Vaters, wohl um zu sehen, ob das fremde Gepäck darin irgendwelche Rückschlüsse auf den künftigen Bewohner zuließ, während Margaret sich grimmig entschlossen auf die Suche nach Claudia machte.

Sie fand sie oben in Mavis' Zimmer. Das Zimmer lag direkt nach Westen, mit Blick in den herrlichen Sonnenuntergang, doch Mavis hatte schon die Vorhänge zugezogen und die ganze Pracht ausgesperrt. Es war das erste, was sie sah, als sie in das überhitzte, unaufgeräumte Zimmer kam, andernfalls hätte sie vielleicht mit Mavis, die mit Leidensmiene auf der äußersten Bettkante saß und ebenso tränenreich wie vergeblich mit Claudia rechtete, aufrichtiges Mitleid gehabt. Aber eine Frau, die den überirdisch schönen Abendhimmel so aussperren konnte, hatte alles verdient, was sie bekam, weshalb sich Margaret in der Erwartung, es werde ein Kampf nach drei Seiten werden, mitten zwischen ihnen im Zimmer aufpflanzte. Hätte sie ihre Gefühle besser unter Kontrolle behalten und mit diplomatischer Klugheit erkannt, daß Mavis ihre (wenngleich schwache und durch Tränen und unzureichenden Wortschatz schon jämmerlich demoralisierte) Verbündete war, der Kampf hätte anders ausgehen können.

»Ah – Mutter – ich bin richtig froh, daß du kommst!« erklärte Claudia mit einem wenig überzeugenden, etwas spröden Unterton in der betont heiteren Stimme. »Ich versuche Mavis die ganze Zeit zu erklären, daß gar nichts dabei ist, wenn wir Maurice hier zu Gast haben – er wird uns keinerlei Scherereien machen –, und Mavis ist überhaupt nicht davon betroffen. Du übrigens auch nicht, Mutter. Es betrifft euch beide nicht. Er ist *mein* Gast. *Ich* werde mich um ihn kümmern.«

Margaret versuchte sich zu erinnern, was sie heute morgen, als sie den Brief des armen, genasführten Derek las, in ihrer ersten schönen Wut eigentlich hatte sagen wollen. Aber es war alles weg, die ganze schöne Tirade für immer verloren. Ihre Argumente waren jetzt verschwommen, die Wogen der Leidenschaft sanft geglättet durch einen einzigen goldenen Sommertag. Übrig war nur noch ein undefinierbares, übellauniges Gefühl der Empörung.

»Wirklich, Claudia, ich finde –«, begann sie und versuchte ihren Standpunkt auf die Schnelle wieder zusammenzubekommen, »– ich finde es wirklich unüberlegt und leichtfertig von dir, dich da so hineinzustürzen. Du kennst den Mann nicht; du weißt nicht einmal genau, was er getan hat. Es könnte ein ganz abscheulicher Mord gewesen sein. Und ihn nun hier *wohnen* zu haben – im Haus! Dann und wann eine Einladung zum Essen wäre ja noch etwas anderes gewesen – obwohl – ich würde meinen – mit einem jungen Mädchen im Haus –«

»Um Himmels willen!« rief Claudia in einem Ton, als wäre sie mit ihrer Geduld bereits am Ende. »Warum muß alle Welt unbedingt Helen da hineinziehen? Warum sollte sie denn in größerer Gefahr sein als alle andern? Warum?«

»Also – ich meine, das liegt doch völlig auf der Hand!« rief Margaret ungehalten. »Ein unerfahrenes junges Mädchen –«

»Das heißt, daß du Angst hast, Maurice könnte sie

vergewaltigen!« fauchte Claudia, und dabei erschienen zwei hellrote, drohende Flecken auf ihren Wangenknochen. »Warum kannst du es nicht aussprechen? Warum kannst du es nicht in schlichte Worte fassen, statt dieser heuchlerischen Schönfärbereien – ›Unerfahrenes junges Mädchen!‹ –« Claudia zitierte Margarets Redewendung in einem gezierten, näselnden Falsett, um damit den Gipfel der altjüngferlichen Verklemmtheit auszudrücken. Nicht sehr realistisch, fand Margaret; sie konnte ihr Lebtag nicht *einer* alten Jungfer mit so einer Stimme begegnet sein. »Na los, sag's doch schon!« forderte Claudia sie heraus. »Sag: ›Ich glaube, daß Maurice Helen vergewaltigen wird.‹ Das willst du doch sagen, nicht? Denn das wird er doch deiner Meinung nach tun!«

»Ich habe nicht die blasseste Ahnung, was dieser junge Mann tun wird oder nicht«, versetzte Margaret. »Und du auch nicht. Nur darum geht es mir ja – daß keiner von uns weiß, was er möglicherweise tun wird oder nicht. Mit Sicherheit wissen wir nur, daß er wegen mindestens *eines* Gewaltverbrechens in der Vergangenheit schon gesessen hat. Wir wissen nicht genau, was das war; wir wissen nicht einmal –«

»Sprich bitte nur für dich«, rief Claudia dazwischen. »*Ich* weiß nämlich zufällig, was er getan hat. Er hat mir alles gesagt – natürlich im Vertrauen, so daß ich eure Neugier leider nicht befriedigen kann. Aber ich kann dir mit Bestimmtheit sagen, Mutter, daß es keine Vergewaltigung war. Jetzt bist du enttäuscht, ja?« zischte sie Margaret giftig an. »Du bildest dir ein, du hättest Angst um Helen, ja? Aber im Unterbewußtsein schwelgst du förmlich in der Vorstellung! Bei Frauen deines Alters ist das doch immer so. Phantasien von nachempfundenen sexuellen Angriffen sind das verbreitetste –«

»Wollen wir uns die klinische Diagnose nicht für ein andermal aufsparen?« fragte Margaret kalt. »Für ein größeres Publikum zum Beispiel – ja, Claudia? Bei mir und Mavis ist das nämlich verlorene Liebesmüh. *Sie* versteht deine langen Wörter nicht, und *ich* verstehe nicht, wie du so dumm sein kannst, folglich sind wir beide allein ein schlechtes Publikum für dich. Aber ich muß sagen, es freut mich zu hören, daß du dir wenigstens die Mühe gemacht hast, *etwas* über den Jungen zu erfahren, bevor du ihn uns zumutest. Deine Narretei kennt also *doch* noch Grenzen! Vielleicht –«

»Ich hätte ihn so oder so eingeladen, ob ich gewußt hätte, was er getan hat, oder nicht!« unterbrach Claudia sie barsch. »*Ich* frage nicht erst, ob auch nur ja nichts schiefgehen kann! *Ich* verlange von einem unglücklichen Mitmenschen keine Referenzen, bevor ich mich herablasse, etwas gegen sein Unglück zu tun...!«

Eine heroische Einstellung, wahrhaft heroisch! Margaret fühlte sich in ihrer Position ein wenig erschüttert. Trotzdem ging das nicht an; es ging wirklich nicht an. Kein normaler, vernünftiger Mensch konnte dazu ja sagen.

»Das ist ja alles schön und gut, Claudia«, begehrte sie noch einmal auf, aber ihr Ton war schon etwas sanfter. »Ich kann jetzt ein bißchen verstehen, was du empfindest, und ich bewundere aufrichtig deinen Mut. Den muß man einfach bewundern. Aber du mußt doch einsehen, Liebes, daß du nicht auf einer einsamen Insel lebst; du lebst in einem ganz normalen

Haus mit anderen Menschen zusammen, die alle ein Recht darauf haben, gefragt zu werden, bevor du so etwas in ihr Leben bringen kannst. Verstehst du das nicht? Du zwingst *uns*, den Mut *deiner* Überzeugungen zu haben, und das ist nicht fair. Wie kämen wir denn dazu?«

»Na ja.« Auch Claudias Ton war schon viel weniger kampflustig. »Das ist natürlich auch ein Standpunkt. Der konventionelle Standpunkt. Aber sicher doch ein schnöder Standpunkt, wenn man bedenkt, was auf dem Spiel steht – das ganze künftige Leben und Glück eines hochbegabten jungen Mannes. Siehst du denn gar nicht, wie ungeheuer wichtig das ist – wie ungeheuer lohnend? Indem wir Maurice die Gewißheit geben, daß er wenigstens in *einem* Haushalt akzeptiert ist – Vertrauen genießt – als ganz normaler junger Mann behandelt wird – geben wir ihm endlich eine echte Chance, eine neue Seite aufzuschlagen – eine nützliche und ehrbare Karriere einzuschlagen und alle seine Gaben und Talente zu nutzen. Hier bei uns zu wohnen – wie ein Familienmitglied behandelt zu werden –, das wird der Wendepunkt in seinem Leben sein. Würdest du das nicht einen Einsatz nennen, der sich lohnt, Mutter? Der ein winziges bißchen Nachdenken und Mühe wert ist – und mehr wird ja von niemandem verlangt.«

Margaret dachte verdrossen an all die andern Wendepunkte in all den andern Leben, an denen mitzuwirken sie gegen ihren Willen genötigt worden war. Weit schien die Wende nie zu gehen; sie hatte diese Unglückswürmer einen nach dem andern alle wieder aus Claudias Einflußbereich hinaustorkeln sehen, noch genauso ichbezogen und untüchtig, noch ebenso auf Versagen und Scheitern programmiert, wie sie zuvor hineingetorkelt waren.

Aber wer konnte das wirklich sagen? Wer konnte, wenn er sie von einer selbstverursachten Krise in die nächste taumeln sah, wirklich sagen, ob sie von nun an nicht doch einen hilfreichen Funken in sich trugen, den Claudias Güte in ihnen entfacht hatte und der ihnen künftig alles ein wenig erträglicher erscheinen ließ, nicht mehr so vollkommen erschreckend?

Margaret schämte sich einerseits ihrer unheroischen Konventionalität, fühlte sich andererseits im tiefsten Innern aber auch vollkommen im Recht. Hin und her gerissen hörte sie den Argumenten ihrer Tochter weiter zu.

»...und es wird ja nicht für lange sein, Mutter; nur eine Woche oder zwei, bis er auf eigenen Füßen stehen kann.«

»Ich hoffe nur, daß er bis zum vierzehnten Juni wieder weg ist«, mischte Mavis sich plötzlich ein – und es war ein regelrechter Schock, plötzlich so entschiedene Worte aus diesem kraftlosen, tränendurchweichten Körper kommen zu hören. »An dem Wochenende fangen doch Eddies Ferien an, und ich könnte *un-mög-lich* zulassen, daß mein Eddie mit einem Verbrecher Umgang hat! Wenn der Mann bis zum vierzehnten nicht wieder weg ist, dann –« Mavis' Stimme wurde immer voller und eindringlicher, während sie zur letzten Drohung ausholte – »wenn er bis dahin nicht weg ist, kann Eddie zu den Ferien überhaupt nicht nach Hause kommen!«

Diese entsetzliche Aussicht schien weder Claudia

noch Margaret gebührend zu erschüttern. Margaret überkam bei Mavis' Worten im Gegenteil sogar jenes merkwürdige, unberechenbare familiäre Zusammengehörigkeitsgefühl gegen den Außenstehenden, das mitunter den schönsten Familienstreit in Wohlgefallen auflösen kann. Es überkam sie überraschend, wie ein schmerzhafter kleiner Stich, und sie war sich völlig sicher, daß es Claudia ebenso erging. Für die Dauer eines Augenblicks waren Mutter und Tochter vollkommen eins.

Und Claudia war's, die sich den so gewonnenen Vorteil sofort zunutze machte.

»Siehst du, Mutter, deshalb habe ich mich ja auch so fest darauf verlassen, daß du in dieser Sache hinter mir stehst. Ich wußte ganz sicher, daß du mich nicht im Stich lassen würdest – vor allem, nachdem Maurice ja schon hier ist – das heißt, jeden Augenblick hier sein wird; er holt nur noch seine restlichen Sachen. Ich finde das großartig von dir –« für Claudia schien die Sache schon erledigt zu sein – »ich war von vornherein überzeugt, daß du es genauso sehen würdest wie ich, wenn die Situation dir erst richtig klar wäre. Aber, Mutter – ich weiß jetzt gar nicht so recht, wie ich das ausdrücken soll – sei bitte nicht gekränkt. Es ist nur – du *wirst* doch nett zu ihm sein, ja? Ich meine, nachdem wir jetzt alle so schön damit einverstanden sind, daß er kommt, wäre es schlimm, wenn doch noch alles dadurch kaputtgemacht würde, daß – äh – also – daß –« Ausnahmsweise schienen Claudia einmal die richtigen Worte zu fehlen. Margaret richtete sich hoheitsvoll auf.

»Und wann bitte, meine liebe Claudia, hätte ich es

gegenüber einem deiner Freunde je an Höflichkeit fehlen lassen –?« An dieser Stelle versuchte sie die Blicke zu ignorieren, die zwischen Mavis und ihrer Tochter ausgetauscht wurden, und endete hoheitsvoller denn je:

»Und zwar ohne *jede* Rücksicht auf meine eigenen Gefühle.«

»Ja, Mutter, das weiß ich doch. Ich weiß, daß du dein Bestes tust – meist.« Claudia schien nicht recht zu wissen, wie sie ihr Anliegen mit dem gebührenden Nachdruck anbringen könnte, ohne dabei etwas zu sagen, was die soeben erst erzielte, noch zarte Einigkeit wieder kaputtmachen konnte. »Ich habe das nur erwähnt, weil – nun – da *war* doch diese Geschichte mit Winnie, nicht wahr? Ich möchte nicht, daß so etwas noch einmal passiert.«

Margaret runzelte die Stirn. Selbst nach viereinhalb Jahren konnte die Erinnerung an Winnie mit ihren Vitaminpillen, ihrer Mutterfixierung und ihren unkleidsamen gekräuselten Blusen noch diese Wirkung auf sie haben.

»Die arme Winnie ist eine langjährige Freundin von mir«, erklärte Claudia jetzt Mavis, die schon vor einer Weile zu weinen aufgehört hatte, um dem Disput folgen zu können. »Sie hatte die Hölle bei ihrem Mann und mußte ihn schließlich verlassen und das Kind mit sich nehmen. Als ich sie kennenlernte, lebte sie bei ihrer Mutter, und mein Gott, das war so eine richtig kannibalische Mutter-Tochter-Beziehung. In Wirklichkeit haßten sie einander, aber die Mutter gehörte zu diesen fordernden, besitzergreifenden Menschen und wollte ihre Tochter, nachdem sie nun wieder bei ihr war, um jeden Preis für sich allein behalten. Die arme Winnie saß in der Falle – ohne jede Möglichkeit, sich daraus zu befreien. Immer wieder hat sie auszubrechen versucht – hat sich ein möbliertes Zimmer genommen oder bei Kost und Logis im Haushalt gearbeitet – aber immer hat diese schreckliche Mutterbindung sie wieder zurückgezogen – diese geheimnisvolle, unwiderstehliche Kraft erwies sich am Ende immer wieder als zu stark für sie. Schließlich ist sie zu einem Psychiater gegangen, und –«

»Und wie sich herausstellte, bestand die ganze geheimnisvolle und unwiderstehliche Kraft darin, daß ihre Mutter fürs Essen aufkam und sich um das Kind kümmerte, wenn Winnie zur Arbeit fort war!« ergänzte Margaret grausam. Claudia sah sie mit eisiger Mißbilligung an.

»Genau das meinte ich vorhin, Mutter! Diese Einstellung von dir hat Winnie ja gerade so gekränkt. Ich glaube nicht einmal, daß es von dir böse gemeint war – ich weiß, man kann von Menschen aus deiner Generation eigentlich nicht erwarten, daß sie die neue, gesündere Einstellung zu solchen Problemen, wie Winnie sie hatte, verstehen; aber könntest du nicht trotzdem wenigstens *versuchen*, nicht zu –«

Ein kurzes, energisches Klingeln an der Haustür beendete abrupt den Disput. Einen Moment sahen die drei Frauen einander an, geeint im Erschrecken; und für den Bruchteil eines Augenblicks wollte es Margaret scheinen, als ob Claudia ebenso große Angst hätte wie alle andern. Das war schlimm – schlimmer als jede noch so große Arroganz und Selbstsicherheit, wie Margaret plötzlich erkannte. Denn wenn sogar Claudia sich bei dieser Quijoterie nicht ganz wohl fühlte, worauf – auf wen – konnten sie alle sich dann noch stützen? Wo gab es noch Sicherheit für irgendwen, wenn sie sich ebenso führerlos wie widerstrebend auf dieses furchtbare, unvermessene Meer begeben mußten? Es war schon schlimm genug, unfreiwillig in der Mannschaft zu sein; aber kaum auf hoher See auch noch feststellen zu müssen, daß ihr Schiff keinen Kapitän hatte und ins Nirgendwo trieb – das war das Grauen schlechthin. Margaret sah in Claudias sturer Selbstgerechtigkeit zum erstenmal eine Stütze, nicht nur Gefahr und Ärgernis. Lieber Gott, betete sie stumm, mach, daß Claudias Dickkopf uns jetzt nicht im Stich läßt; nicht jetzt, in *diesem* Moment; bitte, lieber Gott!

Und Margarets Gebet schien erhört zu werden, denn als Claudia sie beide jetzt um sich scharte, hätte ihre Stimme nicht triumphierender und zuversichtlicher klingen können:

»Er ist da! Das ist er!« rief sie freudig. »Mutter! Mavis! Kommt – kommt mit mir! Kommt und helft mir, ihn willkommen zu heißen!«

Richtiger wäre gewesen: ›Kommt und *seht mir zu,* wie ich ihn willkommen heiße‹, dachte Margaret; aber sie war über Claudias wiedererstandene Aufgeblasenheit zu erleichtert, um sich diesem unfreundlichen Gedanken lange hinzugeben. Und so begaben sie sich zu dritt nach unten, um den neuen Mitbewohner auf der Schwelle zu begrüßen.

Kapitel 12

Es war erstaunlich, wie schnell Maurice sich einzuleben schien; oder vielleicht sollte man zutreffender sagen, wie schnell die durch sein Kommen ausgelösten Gefühlsstürme sich anscheinend wieder legten. Schon nach wenigen Tagen gehörte er mehr oder weniger zur Familie und fiel gar nicht mehr besonders auf. »Maurice!« hörte Margaret sich rufen, als ob sein Name ihr schon immer auf der Zunge gelegen hätte. »Das Abendessen ist fertig!« Oder: »Maurice, gehen Sie in der Mittagspause wieder in die Leihbücherei? Dann könnten Sie mir vielleicht...?« Und ihn ›als einen ganz gewöhnlichen jungen Mann‹ zu behandeln, wie Claudia sie gedrängt hatte – nun, es war nichts leichter als das. Auf Margaret zumindest *wirkte* er wie ein ganz gewöhnlicher junger Mann: überheblich, von sich eingenommen und zur trübsinnigen Selbstbespiegelung neigend, genau wie die andern alle, Gott hab' sie selig. Maurice unterschied sich von den meisten höchstens durch bessere Manieren, denn er sprang immerzu auf, um ihr die Tür zu öffnen oder ihr seinen Stuhl anzubieten. Vor allem aber schien er sogar eine Arbeit zu haben – eine richtige, regelmäßige Arbeit, zu der er morgens um neun das Haus verlassen mußte und von der er abends nie vor sechs zurückkam. Allein schon dafür hätte Margaret ihm, wenn sie an die buntschillernde Kollektion früherer Mitbewohner zurückdachte, nahezu alles verzeihen können. Die meisten seiner Vorgänger hatten überhaupt keine Arbeit gehabt; und die übrigen nahmen vorzugsweise immer solche tristen und schwer zu definierenden Arbeiten an, die man zu Hause nach eigener Zeiteinteilung erledigen konnte. Ihre angebliche Arbeit wurde ihnen in unregelmäßigen Abständen per Post geliefert, und dann schlichen sie übellaunig im Haus herum und erklärten jedem, der ihnen zuhörte, warum sie sich ausgerechnet heute unmöglich dazu aufraffen konnten.

Maurice, von dem man zwischen Frühstück und Abendessen nichts sah und hörte, hob sich gegenüber diesen allen so vorteilhaft ab, daß sie schon bald recht freundliche Gefühle für ihn zu entwickeln begann; und als sich dann auch noch zeigte, daß er seine Abende am liebsten damit zubrachte, in seinem Zimmer zu sitzen und zu lesen – oder mit Claudia über seine Gedichte zu sprechen und sie von ihr abtippen zu lassen, so daß er Margaret also nie zwischen den Füßen herumlief – da mußte Margaret sich schon bald selbst fragen, was sie gegen sein Kommen überhaupt einzuwenden gehabt hatte. Wenn sie sich nun vorstellte, wer sonst da unten auf der Bettcouch liegen könnte, wenn Maurice sie nicht schon in Beschlag genommen hätte! Ein reformierter Alkoholiker vielleicht, der bis morgens um vier oder fünf über sein Problem reden mußte, und das genau unter Margarets Schlafzimmer. Oder eine heulende Geschiedene, deren Ex-Ehemann sie, Margaret, dauernd mit Drohanrufen bei der Arbeit störte. Was Claudias scheinbar hirnverbrannter Plan möglicherweise alles abgewendet hatte, konnte man sich gar nicht ausmalen.

Nur eines gab Margaret im Lauf der Zeit Grund zur Klage über Maurice, nämlich seine zunehmende Bereitwilligkeit – oder vielmehr seine unersättliche Versessenheit –, über seine Tat und die Gefängniszeit zu reden. Margaret fand es geschmacklos, über so ein Thema so frei zu reden; sie hätte diese Charakterseite an ihrem Gast lieber ignorieren dürfen, einfach so tun, als gäbe es sie gar nicht. Nur so konnte man in ihren Augen eine derart unangenehme und peinliche Situation auf zivilisierte Weise meistern. Aber davon wollte Claudia natürlich nichts wissen; sie glaubte so unerschütterlich daran, daß es heilsam sei, ›den Tatsachen ins Auge zu sehen‹ und sich ›die Dinge von der Seele zu reden‹ und ähnliches Unangenehme mehr, daß sie ihn noch dazu ermunterte, sich bei jeder Gelegenheit lang und breit über seine betrüblichen Erlebnisse auszulassen – sogar bei den Mahlzeiten, und das war für Margaret nun wirklich das Letzte. Von allem andern einmal abgesehen, bedeutete es doch, daß auch Helen Zeugin dieser Enthüllungen wurde; und öfter als einmal brachte Helen nach der Schule sogar noch Sandra mit nach Hause, um dieses neuartige Vergnügen mit ihr zu teilen. Da saßen dann die beiden Mädchen mit vorquellenden Augen nebeneinander am Tisch, während das Essen auf ihren Tellern kalt wurde und Claudia alles daransetzte, dem allzu willigen Maurice ein unglückseliges Detail ums andere von den Lippen zu locken.

Sie kannten jetzt alle die Geschichte in den Grundzügen. Er war an einem Bankraub beteiligt gewesen, bei dem ein Bankangestellter einen Schädelbruch erlitten hatte und daran gestorben war, anscheinend infolge eines kräftigen Stoßes, den Maurice ihm beim Kampf auf der Treppe versetzt hatte. Die Strafe war angemessen gewesen, das gab Maurice anstandslos zu;

es war nur richtig, daß er für seine Tat den vollen Preis bezahlte. Unfair war *allenfalls* gewesen, daß ihm als dem Jüngsten der Bande die Aufgabe zugeteilt worden war, sich mit diesem Bankangestellten abzugeben, bis die ganze Beute sicher im Auto verstaut war; das machte es fast unvermeidlich, daß er derjenige war, der möglicherweise geschnappt wurde, während Auto, Geld und die schlauere Hälfte der Bande sich davonmachten.

Margaret mußte zugeben, daß die Geschichte auch schlimmer hätte sein können. Es war wenigstens nichts Perverses, nichts Abartiges daran; und sie nahm an, daß Helen es auf kurz oder lang so oder so irgendwie erfahren hätte. Nein, es waren nicht so sehr die blanken Tatsachen, die sie so ungeeignet für Jungmädchenohren fand, als vielmehr die Art, wie Maurice darüber redete – gewissermaßen mit unbekümmerter Lust wie einer, der eine Abenteuergeschichte erzählte; nicht als ob er sich der ganzen Sache schämte oder Reue empfände oder aus seiner Freiheitsstrafe wenigstens etwas gelernt hätte. Sie fand es unrecht, daß die Mädchen so ein ernstes Verbrechen so von der leichten Seite zu betrachten lernten – und das konnte schließlich nicht ausbleiben, wenn sie seiner Lebensbeichte lauschten wie einem spannenden Abenteuer und ihn mit neugierigen Fragen bedrängten. Vor allem Sandra wurde in ihren Gesprächen mit diesem grausig interessanten jungen Mann richtig keck und vorlaut und scherzte sogar manchmal mit ihm oder lachte herzhaft über irgendeine Episode, die mit seinem Verbrechen oder seinem Leben im Gefängnis zu tun hatte. Das war einfach nicht richtig. *Wenn* die Mädchen sich schon so eine unglückliche Lebensgeschichte anhören mußten, sollte man sie wenigstens dazu anhalten, es mit dem gebührenden Ernst zu tun.

Schuld daran war natürlich eigentlich Claudia. Anstatt Maurice davon abzubringen, seine Erlebnisse zum leichten Tischgespräch zu machen, ermunterte sie ihn noch dazu. Zuerst argwöhnte Margaret ja nur ganz ordinäre Neugier bei ihrer Tochter – selbstverständlich von hehren psychologischen Prinzipien untermauert; erst nachdem Maurice schon drei Wochen da war, stieß Margaret eines Samstagmorgens ganz zufällig darauf, daß mehr dahintersteckte.

Margaret war einkaufen gewesen, und als sie mit dem Wochenendproviant beladen nach Hause kam, sah sie, daß in ihrer Abwesenheit Daphne zu Besuch gekommen war. Daphne und Claudia saßen im Garten, die Köpfe über dem Tischchen zusammengesteckt, an dem Margaret immer so gern ihren Mittagskaffee mit einem Sandwich zu sich nahm. Als Margaret ans Gartentörchen kam und sie sah, dachte sie zuerst, die beiden spielten irgendein Brettspiel wie Schach oder Dame, so versunken saßen sie vornübergebeugt, so sehr schienen sie auf den Sieg, auf den nächsten Zug konzentriert.

Aber sie hatte das Törchen noch nicht geöffnet, da sah sie, daß die beiden natürlich nur redeten; wie dumm von ihr, auch nur eine Sekunde lang angenommen zu haben, jemand wie Claudia habe Zeit zum Spielen. Oder auch Daphne, obschon Daphnes gewohnheitsmäßige Geschäftigkeit von einer etwas anderen Art war als Claudias. Daphne ging nicht arbeiten, da ihr Mann ihr bei seinem Tod vor ein paar Jahren eine auskömmliche Rente hinterlassen hatte; aber nach diesem traurigen Ereignis hatte sie sich auf den Rat ihrer Freundinnen Interessengebiete gesucht. Mit ernstem, wenn auch wahllosem Eifer hatte sie sich der Malerei zugewandt, der Töpferei, guten Werken, Sprachkursen, dem Laientheater, der Kirche, der Stickerei, der Kräuterzucht; und sie hatte – möglicherweise zu ihrer eigenen Bestürzung – gemerkt, daß sie das alles ganz gut konnte und somit keinen stichhaltigen Grund hatte, eine dieser Tätigkeiten wieder aufzugeben. Außerdem hielt Daphne nichts vom Aufgeben; sie war, wie sie es selbst genannt hätte, ausdauernd. Die Strafe für diese schätzenswerte Eigenschaft lag jetzt klar auf der Hand: die arme Daphne war so eingewickelt in ihre Interessen wie ein Kätzchen in ein Wollknäuel. Arglos und leichtfertig hatte sie Aufgaben übernommen, die ihr auf den ersten Blick wie ein leichtes Spiel erschienen. Jetzt sah Margaret sie immer nur mit einem Packen Flugblätter unter dem Arm, oder mit ein paar großen Bildern, die sie zum Einrahmen fortbrachte. Für Margaret war ihr drahtiger kleiner Körper mit dem spärlichen rötlichen Haar, wenn sie so durch die Straßen eilte und ihr meist gerade noch ein »Guten Morgen« zulächeln konnte, bevor sie schwer beladen in der Geschäftsstelle der einen oder anderen würdigen Organisation verschwand, schon ein ganz vertrauter Anblick. Hierher kam sie allerdings nicht oft. Ihre Freundschaft mit Claudia – soweit man es Freundschaft nennen konnte – beruhte weniger auf Sympathie füreinander als auf der Häufigkeit, mit der sich bei ihren jeweiligen lokalen Aktivitäten zufällig ihre Pfade kreuzten.

So hatte es bisher zumindest ausgesehen. Aber das hier sah nun doch mehr nach wirklicher Intimität aus, fand Margaret, die mit ihrem Einkaufskorb noch immer zögernd am Gartentörchen stand. Diese beiden so konzentriert zusammengesteckten Köpfe – die leeren, längst vergessenen Kaffeetassen – so ein offensichtlich intimes Gespräch... Margaret fragte sich, wie sie ihre Einkäufe nur ins Haus bringen könne, ohne zu stören. Worum ging es da nur? Wieder um Maurice? Sicherlich. Margaret erinnerte sich, daß Daphne in den letzten Wochen ein paarmal bei Claudia angerufen hatte, und immer hatte sich das Gespräch um dieses offenbar unerschöpfliche Thema gedreht. Natürlich hätte Claudia ihn bei diesen Telefongesprächen nie verraten – sofern ›verraten‹ im Zusammenhang mit den ›vertraulichen Geständnissen‹, die Maurice selbst so ausgiebig vor einem Publikum von mindestens vier oder fünf Personen ablegte, darunter zwei Schulmädchen, die offensichtlich sehr daran interessiert waren, alles, was sie zu hören bekamen, bis in die kleinste Einzelheit unter ihre siebenhundert Mitschülerinnen zu bringen – sofern ›verraten‹ also überhaupt das richtige Wort war. Nein, Claudia hatte sich alles andere als geschwätzig gezeigt und die aufregenden Neuigkeiten, die (von Margaret ungehört) über den Draht zu fließen schienen, vielleicht nicht gerade abweisend, aber doch mehr oder weniger uninteressiert zur Kenntnis genommen.

»Ja, natürlich weiß ich, daß sie eine Prostituierte war!« sagte Claudia dann mit ihrer klaren, schneidenden Telefonstimme, die durchs ganze Haus scholl. »*Das* hat er mir gleich zu Anfang gesagt. Aber sie hat

seinen Vater verlassen, bevor er drei war, und da...«
Oder: »Ja, natürlich hat er mir das erzählt; aber so gut wie *jeder* Junge von elf oder zwölf Jahren hat doch einmal ein solches Erlebnis gehabt; ich weiß gar nicht, warum Sie das so zu schockieren scheint...«

Trotz dieser Rückschläge mußte die arme Daphne – ausdauernd wie sie war – weiter und weiter gebohrt haben und hatte nun gar einen persönlichen Besuch gewagt... Margaret ließ Vertraulichkeit Vertraulichkeit sein – sofern das Wort überhaupt angebracht war – und beschloß, ihre Einkäufe ins Haus zu bringen, bevor die Butter schmolz und der Kopfsalat welkte. Um die beiden vorzuwarnen, öffnete sie geräuschvoll das Gartentörchen und schlug es laut wieder hinter sich zu.

Beide sahen auf.

»Oh – äh – guten Morgen, Mrs. Newman!« rief Daphne. »Sie nehmen es mir hoffentlich nicht übel, daß ich Sie hier so überfallen habe. Wissen Sie...«

»Aber natürlich nicht. Ich freue mich über Ihren Besuch«, erklärte Margaret. »Sie sollten öfter kommen. Du hast Daphne doch hoffentlich zum Lunch eingeladen, Claudia?« wandte sie sich dann an ihre Tochter. »Er ist in ein paar Minuten fertig – ich habe alles auf dem Herd gelassen, bevor ich wegging.«

»O ja, Mutter, das wäre schön«, sagte Claudia geistesabwesend und offensichtlich ganz woanders mit ihren Gedanken. »Hör mal, Mutter, vielleicht kannst *du* diese Streitfrage für uns entscheiden – Mutter ist doch eine eifrige Leserin der Boulevardpresse«, fuhr sie, an Daphne gewandt, lachend fort. »Sie hält uns mit allen Skandalen auf dem laufenden und wir sie mit der Politik – stimmt's nicht, Mutter?«

Claudias Ton war ungewohnt freundlich und herzlich, weshalb Margaret ihr die üble Nachrede auch gar nicht übelnahm, zumal es die reine Wahrheit war: sie *las* nun einmal gern den *Daily Mirror,* der dabei meist in ihrer sonnigen Küche an der Kaffeekanne lehnte.

»Stimmt durchaus«, bestätigte sie fröhlich; und erfreut darüber, daß sie so in das *tête à tête* einbezogen wurde, stellte sie den Einkaufskorb ab und setzte sich auf den Stuhl, den Claudia ihr mit einer Hand herangezogen hatte. »Was wollt ihr denn von mir wissen, meine Lieben – das heißt, falls ich es selbst weiß. Wie Claudia sagt, lese ich zwar gern den Zeitungsklatsch, aber ich behalte ihn nicht immer so gut im Kopf. Der Geist ist willig, aber das Gedächtnis ist schwach, könnte man sagen!« Und es freute Margaret, wie die beiden andern über den kleinen Witz lachten, dessen Witzlosigkeit vom Sonnenschein und dem schönen Samstagmorgen und den in Maiblüte stehenden Sträuchern überstrahlt wurde.

»Die Sache ist die, Mutter«, erklärte Claudia, jetzt wieder ganz geschäftsmäßig, »kannst du dich erinnern – kannst du dich *eventuell* erinnern –, wie lange dieser Bankraub in der Hadley High Street her ist? Der, bei dem der eine Angestellte getötet wurde, weißt du, und dann gab es diesen Trubel wegen der Sammlung für seine Witwe –«

»– der vermeidbar gewesen wäre«, warf Daphne kundig ein, »wenn man sich damit begnügt hätte, sie über die üblichen Kanäle zu organisieren. Oder wenn die Organisatoren wenigstens dem Geschäftsführer etwas davon *gesagt* hätten, bevor –«

Es gab in puncto Hilfsaktionen und deren Fallstricke nicht vieles, was Daphne nicht wußte; aber dabei war auch immer einiges, was eigentlich keiner hören wollte. So gab sie resigniert, doch ohne Überraschung auf, während die beiden andern die Debatte fortsetzten.

»Ja, natürlich erinnere ich mich«, sagte Margaret. »Gewiß doch. Aber das muß jetzt schon ziemlich lange her sein. Jahre.«

»Ja, ja!« rief Claudia dazwischen. »Das sage ich ja auch. Aber *wie viele* Jahre – das ist eben der Streitpunkt zwischen uns, nicht wahr, Daphne?«

Daphne nickte, und beide sahen Margaret erwartungsvoll an. Margaret hätte so gern Claudias Meinung bestätigt, aus Dankbarkeit für die ungewohnte Freundlichkeit, für diesen schönen Augenblick in der Sonne. Aber welches *war* Claudias Meinung?

»Hm«, versuchte sie Zeit zu gewinnen. »Da muß ich erst mal nachdenken... drei bis vier Jahre, was meint ihr...?«

»Oder vielleicht sogar mehr?« half Claudia im selben Moment nach, als Daphne hocherfreut dazwischenrief: »Genau, das habe ich ja gesagt! Ich habe gesagt, es sind erst drei bis vier Jahre –«

Margaret, die somit ihr Stichwort hatte, strapazierte loyal ihr ach so schlechtes Gedächtnis bis an die äußerste Grenze zur direkten Lüge. »Doch, wenn ich darüber nachdenke, kann es auch schon länger her sein«, verbesserte sie sich. »In meinem Alter vergeht die Zeit so schnell. Es könnten auch ohne weiteres fünf oder sechs Jahre sein, vielleicht sogar –«

»Da haben wir's!« rief Claudia triumphierend. »Ich habe ja *gesagt,* es ist sechs bis sieben Jahre her, und nun sagt Mutter das auch! Sie sehen also, es paßt genau...«

Sie hatten also über den immerwährenden Maurice gesprochen, wie Margaret ganz richtig angenommen hatte. Jetzt war sein Verbrechen in Zeit und Raum fixiert – und in allen saftigen Details dazu... Aber nein, Daphne focht die Entscheidung an:

»Ich bin sicher, es ist noch nicht so lange her. Ganz sicher! Tut mir aufrichtig leid! Außerdem stimmt das in anderer Hinsicht nicht. Soviel ich weiß, wurden sie damals alle geschnappt, während Maurice doch sagt, die halbe Bande sei entkommen –«

»Oh, ich kann mir vorstellen, wie es zu dieser Unstimmigkeit gekommen ist!« unterbrach Claudia sie fröhlich. »Bei dem Raub in der Hadley High Street wurden sie nicht sofort geschnappt – das heißt, nicht alle. Erst später, als sie ihr Geldversteck aufsuchten – dabei hat die Polizei sie erwischt. Ich kann mich an einen Artikel darüber erinnern, wie die Polizei das damals verpfuscht hat, so daß sie zwar die Täter gefangen, aber nie das Geld gefunden haben. Irgend so etwas war es. Ich weiß noch, wie ich gedacht habe, das geschieht ihnen recht – der Polizei, meine ich – dafür, daß sie diese armen Jungen für so lange ins Gefängnis geschickt haben. Aber die Sache ist eben die, daß Maurice da schon im Gefängnis saß. Er hat also gar nichts davon erfahren. Wahrscheinlich weiß er bis heute nicht, daß die übrigen auch geschnappt wurden. Verstehen Sie?«

»Ich würde meinen, die Unterwelt hält ihre Mitglieder besser auf dem laufenden«, schniefte Daphne, die wieder an Boden verlor, aber noch nicht aufgab. »Na ja, jedenfalls hätte *ich* das gedacht, aber bitte! Es sei denn«, fuhr sie mit verschmitztem Blick fort, »er hat

Ihnen nicht alles gesagt, was er weiß. Er wird Ihnen ja wohl nicht *alles* erzählen.«

Etwas Brutales in Daphnes sonst so sanfter, gepeinigter Stimme ließ Margaret aufhorchen, und plötzlich verstand sie, worum es bei diesem Gespräch ging – und bei den vorausgegangenen Telefonaten. Da sie Claudia kannte, hätte sie eigentlich früher darauf kommen müssen. Es war ein Wettstreit zwischen den beiden, welcher von ihnen Maurice das größere Vertrauen schenkte. Das war der ganze Sinn und Zweck des Spiels, doch die einzelnen Züge bestanden, wie Margaret jetzt sah, aus Informationsbröckchen, die der einen bekannt waren, der andern nicht. Wenn Maurice der einen etwas gesagt hatte und der andern nicht, durfte diese ein Feld vorrücken; wenn aber die Gegenspielerin sagen konnte: ›Ja, ich weiß, das hat er mir schon vor Ewigkeiten erzählt‹, ging es ein Feld zurück. Und Claudia gewann diese Runde, wie sie schon die vorausgegangene gewonnen hatte, indem sie Daphnes Karte: »Knastvogel zum Lunch einladen« sofort mit einer Einladung zum Wohnen ausglich.

Margaret verstand das Spiel und seine Regeln genau, wie sie die meisten von Claudias Spielen im Lauf der Jahre verstehen gelernt hatte, aber noch nie zuvor hatte sie ihre eigenen Empfindungen ob solcher Vorgänge so klar gesehen. War es ein zynisches, heuchlerisches Spiel? Wie konnte man das sagen, wenn dabei wirklich *Gutes* herauskam? Claudia hatte Maurice – und den anderen Unglücklichen vor ihm – ja wirklich *geholfen*. Sie hatten *wirklich* ein Dach über dem Kopf bekommen und eine aufmerksame Zuhörerin für ihre Probleme gefunden. Wenn Claudias Motiv zum Teil –

vielleicht sogar zum größeren Teil – kindische Eitelkeit war, machte dies das Gute, das sie tat, wirklich ganz zunichte? Wie konnte man diese alberne Rivalität zwischen Daphne und Claudia so einfach verurteilen, wenn beide Wettkämpferinnen wirklich Maurices Wohlergehen im Sinn hatten – wahrhaft und aufrichtig, selbst wenn es nur der Sinn eines Spiels war, in dem Akte der Nächstenliebe die Zählmarken waren und Sympathie und Verständnis die Anschreibetafel? Ein himmlisches Spiel auf seine Art, ein Spiel, das so oder so vielleicht sogar jeder spielte... Margaret schwirrte der Kopf, wie immer an dieser Stelle. Sie konnte einerseits nicht urteilen, andererseits ihrer Tochter nicht ins Gesicht sehen, ohne zu urteilen. Verwirrt bückte sie sich und hob ihren abgestellten Einkaufskorb auf.

»Ich muß jetzt ins Haus gehen und das Essen fertig machen«, entschuldigte sie sich, indem sie die beiden verlegen anlächelte. Sie sahen von ihrem Spiel auf, abwesend und, wie ihr scheinen wollte, mit dem glasigen, fanatischen Blick von Glücksspielern in ihrer Lasterhöhle.

Oder war es eine Tugendhöhle?

Kapitel 13

Durch solcherlei Überlegungen und mühsam gewonnene Einsichten gelang es Margaret, sich an diesem sonnigen Samstagmorgen endlich mit den Quijoterien ihrer Tochter auszusöhnen – oder es sich wenigstens einzubilden. Es war eine Ironie des Schicksals, daß es ebenderselbe Nachmittag sein sollte, an dem alles schiefzugehen begann.

Genaugenommen fing Mavis damit an. Mavis war die einzige im Haus, die sich von Anfang an geweigert hatte, sich mit der Anwesenheit eines Exkriminellen im Haus auch nur im mindesten versöhnen zu lassen. Noch einmal offen aufbegehrt hatte sie nach dieser ersten tränenreichen Szene am Abend von Maurices Ankunft nicht; sie hatte auf Claudias Geheiß ihre Tränen getrocknet und den Widerspruch aufgegeben; aber von Stund an war sie nur noch ein Schatten ihrer selbst – der Schatten des Schattens, der die arme Mavis immer nur gewesen war. Ihr Haar wurde immer strähniger, und sie sprach kaum noch. Nachts verschloß sie ihre Zimmertür gegen jedermann, und bei Tag schlich sie kratzbürstig und verstohlen durchs Haus wie die alteingesessene Hauskatze, wenn ein junger Hund ins Haus geholt wird. Oft ging sie jetzt gleich nach dem Abendessen auf ihr Zimmer und legte sich schlafen oder brütete hinter zugezogenen Vorhängen vor sich hin, während der Abendhimmel noch grün leuchtete und sein Licht wie ein stilles Wasser auf der Wiese lag, als wollte es nie mehr weggehen.

Margaret sagte sich bald, daß dies alles nur Launen waren. Sie hatte den Eindruck, daß Mavis eigentlich gar keine Angst vor Maurice hatte, sondern nichts weiter als eifersüchtig war, weil Claudia sich so sehr mit ihm und seinen Problemen beschäftigte, daß sie darüber Mavis und die ihren vernachlässigte. Und es *war* ja auch hart für sie, so um die schönen abendlichen Schwätzchen über Eddies Persönlichkeitsbild oder Margarets häßliches Benehmen ihr gegenüber im Lauf des Tages gebracht zu werden. Margaret konnte durchaus verstehen, wie bitter es sein mußte, so in die Ecke gestellt und ignoriert zu werden, während Maurice, nicht Eddie, die Dämmerstunden mit seinem Persönlichkeitsbild ausfüllte; oder mit seinen Gedichten, die Margaret ohne weiteres als *noch* langweiliger bezeichnet hätte. Claudia schien es übernommen zu haben, sie für ihn abzutippen, alle elfhundert; aber da das Klappern der Schreibmaschine selten länger als zwei bis drei Minuten am Stück anhielt, bevor es von weitschweifiger Seelenerforschung abgelöst wurde, brauchte man kein mathematisches Genie zu sein (da würden sogar Mavis' Rechenkünste reichen), um sich auszurechnen, daß es immer und ewig so weitergehen würde. Margaret hatte den Verdacht, daß die Gedichte Claudia in Wahrheit ebenso langweilten wie alle andern; und je eher sie der metaphorischen Einkerkerung seiner Seele, geschildert in so manchem düsteren Sonett, entrinnen und sich dem farbigeren Drama seiner echten Einkerkerung zuwenden konnte, desto lieber war es ihr.

Natürlich kam dabei immer noch seine Seele ins Spiel, das ließ sich nicht vermeiden; aber sowie ihr das lästige Geschirr der Verskunst abgenommen war, blieb eine Seele übrig, die Claudia verstand: eine vertraute, wohlsondierte Seele, eine Seele nach ihrem Herzen – maßgefertigt nach ihren ganz speziellen Wünschen, wie man auch hätte sagen können. Dieser letztere Gedanke war Margaret in jüngster Zeit schon mehrmals in den Sinn gekommen, wenn sie den abendlichen Beichten unbeachtet von der Peripherie aus folgte und erfuhr, welche Verbrechen die Gesellschaft an dem armen Maurice begangen hatte. Alles war die Schuld der Gesellschaft, alles! Die Gesellschaft war für die Trostlosigkeit und das Elend verantwortlich, das Maurice in frühester Kindheit zu Hause erlebt hatte; verantwortlich für die entbehrungsreiche, lieblose Jugend, die ihn in die Arme des Verbrechens getrieben hatte; für die emotionale Unterernährung, die ihn dazu gebracht hatte, sich so verzweifelt selbst an die verarmten zwischenmenschlichen Beziehungen in einer Verbrecherbande zu klammern. In all diesen Punkten hatte die Gesellschaft sich so genau nach Claudias vorgefaßter Meinung über sie verhalten, daß Margaret sich mitunter richtig unwohl in ihrer Haut fühlte. Und dieses schreckliche Jugendgefängnis, so typisch mit seiner Homosexualität, seinem Sadismus, seinen korrupten Wärtern; und Maurice selbst, der in diesen Anekdoten immer ganz gut wegkam: der dem Kapo eins auf die Nase gab; der das flennende Opfer gegen seine abgebrühten Angreifer verteidigte... Margaret fragte sich manches Mal, ob er Claudia vielleicht verheimlichte, was er im Gefängnis wirklich erlebt hatte – alle die unheldischen kleinen Unterlassungen, Gemeinheiten, Verrätereien. Natürlich konnte man es ihm nicht verübeln, wenn er sich da in allem etwas besser hinzustellen versuchte. Aber wenn er bei diesen Kleinigkeiten log, warum sollte er dann nicht auch lügen, was seine Tat anging? Diese Vorstellung fand Margaret immer wieder beunruhigend. Er hatte ihnen eine Tat gebeichtet, die wenigstens etwas Geradliniges in sich hatte, sogar ein Element von Tollkühnheit. Aber wenn er nun in Wirklichkeit etwas getan hatte, was dem gar nicht ähnlich war? Wenn es nun in Wirklichkeit etwas durch und durch Gemeines und Schmutziges gewesen war, etwas richtig Abscheuliches, was selbst Claudia bei all ihrer aufgesetzten Toleranz nicht verkraften könnte? Manchmal, wenn Maurice beim konzentrierten Nachdenken über irgendein kniffliges Detail die blauen Augen zusammenkniff, bildete Margaret sich ein, wieder diesen verschlagenen, berechnenden Ausdruck zu sehen, den sie am ersten Abend zu erkennen geglaubt hatte; und in solchen Momenten schien sogar sein ganzes Gesicht in dem abenddämmrigen Zimmer all seine Jugendlichkeit zu verlieren; zu hell, zu wachsam blickten dann diese schmalen blauen Augen in einem erwachsenen, verschlagenen Gesicht.

Aber jedesmal, bevor sie sicher war, immer kurz bevor dieses Gesicht sich ihr fest eingeprägt hatte, passierte etwas, irgendeine Kleinigkeit, die ihr dann das Gefühl gab, es sei doch nur eine Illusion gewesen. Sei es, daß er lächelte, weil Claudia gerade etwas Aufmunterndes gesagt hatte, oder daß er seine vom angespannten Sitzen verkrampften Schultern bewegte und sein Gesicht dabei ins Licht kam – oder aus dem Licht heraus, das spielte keine Rolle, denn jede solche Veränderung schien seinem Gesicht die vertrauenerweckende Jugendlichkeit, den entwaffnenden Eifer des Schuljungen zurückzugeben.

»Und das *war* vielleicht ein Schlamassel, das kann ich Ihnen sagen«, fuhr er dann zum Beispiel fort, wobei er sich wieder so jungenhaft grübelnd mit den Fingern durch das dichte Haar fuhr, als suchte er nach Worten, die seinen Zuhörerinnen das Schlamasselige an dem Schlamassel, in den die jeweilige Eskapade ihn gebracht hatte, auch richtig klarmachen würden. Und jedesmal war Margaret wieder beruhigt.

Aber nicht diese Verschlagenheit (oder was es sonst war) war an diesem goldenen Samstagnachmittag die Ursache des Ärgers. Im Gegenteil, Margaret hatte sich von Maurice noch nie so wenig gestört gefühlt wie heute nach dieser freundschaftlichen Unterhaltung mit Claudia, bei der sie eine völlig neue Sympathie für die Ansichten ihrer Tochter entdeckt hatte. Außerdem war er gar nicht da, und das war in Margarets Augen stets ein dicker Pluspunkt für ihn. Er hatte nicht nur diese wunderbare Arbeit, die ihn werktags immer aus dem Haus hielt; nein, er schien jetzt auch samstags immer irgendwo hinzugehen, von wo er dann nie vor Mitternacht zurückkam, und das war eine Regelung, wie Margaret sie sich nun wirklich nicht besser vorstellen konnte. Um so mehr wunderte sie sich darum, als sie nach dem Lunch in den Garten gehen wollte und plötzlich Mavis vor ihr stand, im Gesicht einen Ausdruck, der mehr denn je an eine mißtrauische Katze erinnerte, und sie fragte, ob Maurice in seinem Zimmer sei.

Margaret sah sie ganz erstaunt an. Mavis hatte in

letzter Zeit kaum mit ihr – oder überhaupt mit irgend jemandem – gesprochen; und warum fragte sie nun ausgerechnet nach Maurice?

»Nein, ich glaube nicht. Wollten Sie etwas von ihm?« erkundigte Margaret sich verwundert. Aber Mavis schüttelte heftig die strähnigen Haare.

»Nein! Ach du meine Güte, nein, *das* doch nicht!« rief sie. »Oh, Mrs. Newman, Sie würden nicht so reden, wenn Sie wüßten, was in meinem Kopf vorgeht!«

Das konnte schon stimmen. Margaret mußte schlechten Gewissens einräumen, daß sie die Möglichkeit, in Mavis' Kopf könne überhaupt etwas vorgehen, vielleicht nicht immer gebührend berücksichtigte. Trotzdem erschien ihr der Rede Sinn ein wenig dunkel. Mavis fuhr fort: »Das ist es ja, Mrs. Newman – eben daß er nicht da ist, verstehen Sie? Ich meine, ich hatte ja auch gedacht, er ist fort, samstags ist er immer fort. Aber es ist jemand in seinem Zimmer, Mrs. Newman! Wirklich. Ich habe sie gehört!«

Margaret war schon halb aus der Tür; die Sonne wärmte ihr schon so schön den linken Arm, die süße Luft strich ihr warm um die Beine und durch das graue Haar. Mußte sie jetzt wirklich mit Mavis zurück ins Haus, wo keine Sonne schien, und in Maurices Zimmer – das heißt, in Dereks Arbeitszimmer; es war schlimm, wie sehr sie sich schon alle angewöhnt hatten, von ›Maurices Zimmer‹ zu sprechen – nachsehen, ob der dumme Kerl da war? Und obwohl das alles ja nun eigentlich nicht Mavis' Schuld war, erhöhte es doch den Zorn, mit dem Margaret ihr in das schutzlose Gesicht sah, in dem eine unbestimmte Erwartung geschrieben stand: die kindlich-tyrannische Zuversicht, daß Margaret nun irgend etwas unternehmen müsse.

Aber ich *will* nicht! Warum sollte ich? – Margaret kochte innerlich, denn die ganze Zeit wußte sie, daß sie ja doch nachgeben würde. Schon weil es schneller ging, mal eben hinzugehen und einen kurzen Blick in dieses Zimmer zu werfen, als hier herumzustehen und zu palavern und sich von Mavis lang und breit erklären zu lassen, was für ein ›Husch-husch‹ oder ›Klopf-klopf‹ oder was sonst sie gehört zu haben glaubte.

»Also gut – kommen Sie mit!« sagte sie barsch und ging in die Diele zurück, während Mavis ihr dicht auf den Fersen folgte und dabei entschuldigende kleine Schnaufer von sich gab, die wohl so etwas wie Dankbarkeit ausdrücken sollten.

Einen Augenblick blieben beide vor der Tür stehen und lauschten; und als es weiterhin still blieb, klopfte Margaret erst einmal laut an, dann stieß sie die Tür weit auf.

Natürlich nichts. Nur Dereks überladenes, übermöbliertes Arbeitszimmer mit seinen Büchern, dem Schreibtisch und den dicken Stapeln gelehrter Zeitschriften; und zwischen alledem die Bettcouch, sauber und ordentlich gemacht wie ein Krankenhausbett. Seine ganze Habe mußte wohlaufgeräumt in seinem Koffer und den Schachteln stecken, denn man sah nichts von ihm herumliegen, kein Buch, keine Haarbürste, keinen Kamm, nichts. Es war, als ob er gar nicht in diesem Zimmer wohnte, sich nur kurz darin niedergelassen hätte wie eine Motte, von willkürlichen Kräften aus der Dunkelheit hereingeweht und am Morgen wieder verschwunden.

»Da, bitte. Sehen Sie? Sie müssen sich das eingebildet haben«, erklärte Margaret befriedigt, indem sie rückwärts wieder aus dem Zimmer trat und die Tür schloß. »Und wenn Sie jetzt nichts dagegen haben – ich habe heute nachmittag draußen einiges zu tun und möchte –«

»Oh, aber –! *Bitte*, Mrs. Newman –!« Mavis trat mit flehender Miene von einem steckendürren Bein auf das andere – wie die degenerierte Enkelin eines demütigen Sklavenmädchens, das vor dem Großen König um sein Leben tanzt. »*Bitte*, Mrs. Newman, müssen Sie *wirklich* hinausgehen? Ich bin so nervös und fühle mich so allein im Haus, nachdem ich die Geräusche gehört habe. Heute nacht bekomme ich von den Geräuschen in dem leeren Zimmer sicher Alpträume, das weiß ich. Es ist genau wie in den Träumen, die ich in letzter Zeit hatte... Seit er hier ist, habe ich die schrecklichsten Träume, Mrs. Newman – oh, ich wage gar nicht, Ihnen zu erzählen, was ich alles geträumt habe; ich will mich nicht daran erinnern, denn die letzten Nächte war es besser, aber jetzt wird es wieder von vorn anfangen! Nein, gehen Sie bitte nicht hinaus! Könnten Sie nicht noch ein bißchen im Haus bleiben, nur bis Claudia von dieser Versammlung wiederkommt? Oder wenigstens Helen – aber wenn Helen erst bei dieser Sandra ist, weiß man ja nie, wie spät sie nach Hause kommt...«

»Aber mein liebes Kind«, schalt Margaret sie, »Sie sehen doch nun selbst, daß Maurice nicht hier ist. Und auch sonst niemand. Wovor haben Sie denn Angst? Und so richtig allein sind Sie doch gar nicht – ich bin nur draußen im Garten und lese...« Sofort erkannte sie ihren Fehler, denn Mavis' Gesicht hellte sich bedrohlich auf. Sie hatte Mavis zwar aufmuntern wollen, aber so sehr nun doch wieder nicht...

»Oh, Mrs. Newman, wissen Sie was – dann komme ich mit und setze mich zu Ihnen; das macht mir nichts. Ich lese ja auch ganz gern mal was Schönes.«

Margaret knirschte mit den Zähnen. Allzugut kannte sie schon von früheren Gelegenheiten das leise, zusammenhanglose Brabbeln, die Schnalzlaute, die gelegentlichen, durch den ganzen Garten schallenden Fanfarenstöße der Verwunderung über irgendein tolles Sonderangebot, die anzeigten, daß Mavis »was Schönes las«. Am andern Ende der Diele schimmerte der Sommertag durch die offene Tür; dieses Rechteck goldener, duftender Wärme lockte sie wie ein Blick ins Paradies; nun aber war das Paradies geschändet. Sie kam sich vor wie Gott der Herr bei dem Versuch, Eva achtkantig aus dem Garten Eden zu werfen; nur besaß Margaret leider nicht die übernatürlichen Kräfte, die damals alles so erleichtert hatten. Hier war statt dessen viel List und Tücke erforderlich.

»Gut«, sagte sie, indem sie mit der Geschwindigkeit eines Computers den Nachmittag zu Mavis' Nachteil umprogrammierte. »Tun Sie das nur. Vielleicht leiste ich ihnen dann später Gesellschaft, aber vorerst muß ich das schöne trockene Wetter ausnutzen und etwas bei den Hühnern tun. Nein, *nicht* Eier einsammeln, Mavis – Sie wissen doch, wie oft ich Ihnen schon gesagt habe, daß ich die Eier immer erst abends einsammle. Aber wenn Sie mir schon so freundlich Ihre Hilfe anbieten, könnten Sie schon mal den Mist unterm Hühnerstall rauskratzen. Sie wissen ja, der Boden besteht aus einem Lattenrost, durch den alles, was sie fallen lassen, nach unten durchfällt, und das muß alle paar Wochen mal rausgeholt werden. Ich fürchte, daß der Boden sich ein bißchen schwer herausziehen läßt, da müssen Sie aufpassen, daß Sie keine Splitter in die Finger bekommen, sonst holen Sie sich womöglich einen Wundstarrkrampf. Und dann brauchen Sie die große Schubkarre, um den ganzen Mist nach hinten in den Garten zu schaffen, er stinkt sonst so...«

Es klappte. Mavis' Angst vor geheimnisvollen Geräuschen schwand zusehends. Wenig später saß sie draußen vor dem Eßzimmerfenster in einem Liegestuhl und feilte träge ihre Fingernägel, während die neueste *Flair and Fashion* ihr immerzu vom Schoß rutschte, wenn sie wieder einmal allzu lange ihre Aufmerksamkeit von den Hochglanzseiten abschweifen ließ. Heute nachmittag war Mavis wieder ganz sie selbst, fand Margaret; der kleine Schrecken von vorhin mußte ihr auf sonderbare Weise gutgetan haben.

Fröhlich und voll schadenfroher Gedanken wie ein Kind, das die Schule geschwänzt hat, schob Margaret wenig später die große Schubkarre durch den Sonnenschein über den im Lauf der Jahre ausgetretenen Pfad zum Hühnerstall. Rechts und links bogen sich die schwankenden Butterblumen vor dem schwerfälligen Gefährt zur Seite und richteten sich, kaum daß die Karre vorbei war, ungebrochen wie junge Bäume wieder auf.

Margaret stellte die Schubkarre vor dem Hühnerstall ab und machte sich an ihre eigentliche Arbeit. Alles, was sie zu Mavis gesagt hatte, stimmte nämlich; unter dem Hühnerstall *mußte* saubergemacht werden;

der Lattenrost *war* schwer herauszuziehen und splitterte wie sonstwas; und während sie zog und zerrte und ihn frei zu bekommen versuchte, verfluchte sie wie immer den Tag, an dem sie sich statt eines normalen festen Bodens, den man auf gewöhnliche Weise hätte saubermachen können, so ein Ding hatte aufschwatzen lassen. Sie wußte gar nicht mehr, was damals eigentlich *für* dieses verdammte Ding gesprochen hatte. Sollte es etwa den Hühnern besser gefallen? Hoffentlich! Jetzt versammelten sie sich wieder um sie, neugierig und ein bißchen erwartungsvoll wie immer, wenn sie zu ihnen ins Gehege kam. Eines nach dem andern waren sie aus den verschiedensten Ecken ihres kleinen Reichs, wo sie ernst und selbstvergessen ihrer Beschäftigung nachgingen, herbeigeeilt und umringten sie, begleiteten ihre Bemühungen mit leisen, fragenden Tönen, die Köpfe zur Seite geneigt und in den glänzenden Augen die Hoffnung: »Ob dabei wohl etwas für mich herausspringt?«

Und natürlich sprang am Ende etwas für sie heraus. Sowie Margaret den Kot hervorgescharrt hatte, holte sie eine Mistgabel und grub damit die satte, unberührte Erde unter dem Stall um, legte Würmer und Tausendfüßler frei und sonst noch allerlei Eßbares für das Dutzend gieriger Schnäbel, deren Besitzerinnen freudvoll zum großen Halali aus dem Sonnenschein herbeigeeilt waren. Mittlerweile schmerzte Margaret der Rücken von der gebückten Haltung auf diesem beengten Raum, doch sie grub vergnügt weiter und freute sich an der gefräßigen Aufregung ihrer gefiederten Schar bei jedem Gabelstich. Für Mitleid mit den Würmern blieb da kein Raum; so schnell zu sterben und im Augenblick des Hinscheidens soviel Glück zu spenden, war gewiß kein beklagenswertes Schicksal.

Der armen Claribel mit ihrer frisch geschlüpften Familie blieb das natürlich alles vorenthalten. Erbost lief sie in ihrem kleinen Käfig außerhalb des eigentlichen Geheges vor dem trennenden Draht hin und her, rief vergeblich ihre Kinder zu dem verbotenen Festschmaus und reckte den Hals dahin und dorthin auf der Suche nach einem Ausgang. Margaret wagte es natürlich nicht, sie schon wieder zu den andern ins Gehege zu lassen, solange ihre Küken noch so klein waren; statt dessen trug sie einen frisch ausgegrabenen, von unsichtbaren Leckerbissen wimmelnden Erdklumpen zu dem aufgeregten Vogel hinüber und lud ihn mitten in ihrem kleinen Reich ab. Perläugig und glücklich gluckend machte Claribel sich daran, ihn nach Eßbarem für ihre Brut zu durchscharren.

Und wie jedes Jahr stand Margaret wie verzaubert davor und bestaunte das Ganze andächtig wie ein Weltwunder.

Denn sie waren noch keine drei Tage alt, diese neun Überlebenden aus dem Dutzend, das Claribel ausgebrütet hatte. Überlebende? Welch ein unpassendes, irreführendes Wort für diese winzigen goldenen Inbegriffe des Lebens, in denen die Kräfte neuen Wachstums so komprimiert waren wie im Zentrum der Sonne. Flaumig wie Distelwolle, unsterblich wie die alten Meister bewegten sich die stolzen Originale aller Osterkarten der Welt, Eroberern gleich, im winzigen Triumphzug zwischen den hohen Grashalmen. Und Margaret, die mit dem Rücken am Hühnerstall lehnte, fühlte die gespeicherte Wärme der imprägnierten Bretter in ihren Körper fließen, und es war die gespeicherte Wärme vieler solcher Nachmittage in vielen, vielen Jahren. So war es immer gewesen, immer das von Sonnenwärme getränkte Holz und das leise fragende Glucken der Hühner, einer Generation nach der andern, und es waren doch immer dieselben; und immer die unsterblichen, frisch geschlüpften Küken, die mit frechem Tschilpen das immerwährende Herz des Lebens priesen.

»Ach, sind sie nicht süß! Sind sie nicht wuschelig! Piep-piep-piep, komm mal her, du kleiner Frechdachs...«

Mavis' dürre, noch immer in der Winterwolle steckende Gestalt war plötzlich zwischen sie und die Küken getreten, und im ersten Augenblick hatte Margaret das Gefühl, der Himmel sei eingestürzt, wie es im Märchen von der Henne-Wenne um ein Haar passiert wäre. Aber dieses Weltuntergangsgefühl kam, wie ihr sofort klar wurde, nur daher, daß ihre Seele sich wieder auf Mavis umstellen mußte, die sich offenbar ausgerechnet hatte, daß die schwere Arbeit inzwischen getan war, so daß sie gefahrlos herkommen und um der Gesellschaft willen ihre Hilfe bei irgend etwas anbieten konnte.

»Piep-piep-piep«, wiederholte Mavis unbeirrt, als Margaret noch immer nichts sagte. »Piepchen! Brav, mein Kleines!« Dabei stocherte sie dümmlich mit einem Grashalm durch die Maschen eines Käfigs voller Gras.

Margaret gab sich einen Ruck.

»Lassen Sie das«, sagte sie ungnädig. »Lassen Sie das, damit machen Sie ihnen nur Angst. Was gibt's denn? Wozu sind Sie hergekommen? Werde ich am Telefon verlangt oder was?«

»Nein, o nein.« Mavis sah sie mit leerem Blick an, als kramte sie in ihrem Gehirn nach dem Grund ihres Kommens. »Nein, ich – ich dachte nur, ob heute vielleicht jemand Tee macht? Es ist schon vier Uhr vorbei. Ich dachte, vielleicht kann ich Ihnen irgendwie zur Hand gehen oder so.«

»Nein, ich bin gerade fertig – was Ihnen ja sicher nicht entgangen ist«, antwortete Margaret bissig. »Ich habe den Boden gründlich abgekratzt und die Latten gereinigt – sehen Sie nur, wie ordentlich und sauber jetzt alles ist!« Und mit berechtigtem Stolz lenkte sie Mavis' Blick ins Innere des frisch gesäuberten Hühnerstalls.

»Mein Gott, und das hat den ganzen Nachmittag gedauert?« rief Mavis, indem sie leeren Blicks und in voller Verkennung der damit verbundenen Arbeit durchs Fenster in den Hühnerstall starrte. »Mein Gott, aber alles zusammengenommen machen die schon eine Menge Arbeit, nicht wahr? Ich kann mich nur wundern, daß es Ihnen nicht mal zuviel wird; mir wäre es auf jeden Fall bald über.« In ihrem Verlangen nach Gesellschaft konnte Mavis gar nicht mehr aufhören, sich Margarets wegen über alle die vermeintlichen Widrigkeiten zu ereifern. »Jedenfalls wird es eine große Erleichterung für Sie sein, wenn die Wiese nächsten Monat verkauft wird und Sie nichts mehr damit zu tun haben. Gehen die Hühner da gleich mit weg, oder wollen Sie die getrennt verkaufen?«

Margaret fühlte, wie ihr das Blut aus dem Gesicht, den Gliedern, ja selbst aus dem Gehirn wich und sich irgendwo tief drinnen in ihren Eingeweiden in einem wütenden, ihr bis dahin unbekannten Zentrum sammelte und staute.

»Was – wie meinen Sie das?« fragte sie halb im Flüsterton. »Nächsten Monat verkauft...? Was soll das heißen?«

»Wie, wußten Sie das nicht? Ich dachte – das heißt – Claudia hat doch gesagt...« und erst jetzt schien Mavis langsam zu begreifen, in was für ein randvoll gefülltes Fettnäpfchen sie da getreten war; die Erkenntnis breitete sich in Form einer Serie kleiner Zuckungen über ihr ganzes Gesicht aus, daß es fast so aussah, als ob sie weine. »O Gott! O mein Gott! O, es tut mir so leid – ich glaube, ich hätte nicht... Oh, Mrs. Newman, wohin gehen Sie denn? Oh –«

Aber Margaret war schon fast außer Hörweite, so eilig stapfte sie blind und planlos aufs Haus zu.

»Claudia!« keuchte sie heiser und atemlos, so daß kaum mehr als ein Flüstern herauskam; und dann kräftiger: »Claudia! *Claudia!* Wo bist du? *Claudia!*«

Kapitel 14

Als Helen abends nach Hause kam, spürte sie gleich, daß etwas geschehen war. Es war fast sieben Uhr, aber es strömte noch kein appetitanregender Duft aus der Küche; kein einladendes Klappern von Topfdeckeln und Seihern verkündete, daß Oma zufrieden in ihrem mehlbestäubten Kittel herumwerkelte und Kartoffeln stampfte, Salat auf die Teller verteilte und alles tat, um der Familie ein warmes Willkommensmahl auf den Tisch zu stellen. Nur um sich zu vergewissern – obwohl sie die Leere drinnen eigentlich fühlen konnte –, drückte Helen die Küchentür auf und starrte auf den leeren Tisch, die leblosen kalten Töpfe und die saubere Spüle. Wo war Oma? Wo waren überhaupt alle? Helen war bestürzt über ihre eigene Bestürzung; sie hatte sich bisher noch nie klar gemacht, wie sehr sie sich immer auf den festen Tagesablauf in ihrer Familie verlassen hatte – oder wie fest dieser Tagesablauf überhaupt war. Auf Befragen hätte sie gesagt, so etwas gebe es bei ihnen nicht; bei ihr zu Hause gehe es eher drunter und drüber, da Papa sehr viel fort sei und dauernd irgendwelche komischen Leute ins Haus kämen und man nie wisse, wer als nächstes im Haus wohnen werde. Aber die ganze Zeit mußte der Haushalt eben doch einen Kern von Stabilität gehabt haben, den sie nur nie bemerkt, nie in Frage gestellt hatte; eine Stabilität, die heute erstmals und aus unerfindlichem Grund ins Wanken geraten war.

»Oma? Mama? Wo seid ihr?« Die Worte stiegen ihr

in der Kehle empor und warteten auf der Zunge, um als lauter Ruf von dort hervorzubrechen, sobald sie in die Diele käme. Aber diese Stille im Haus hatte etwas an sich, was sie zum Verstummen brachte. Es war wie eine Spannung, eine gefährlich gespannte Feder aus Erwartung, die durch solch leichtsinniges, unbedachtes Schreien, das ungehemmt durchs leere Treppenhaus hallte, losschnappen und um sich schlagen konnte.

Und wie sie noch zögernd am Fuß der Treppe stand, wurde plötzlich die Wohnzimmertür aufgestoßen, und Oma kam herausgestürzt.

»Ach *Oma!*« rief Helen, erleichtert und überrascht zugleich. »*Da* bist du! Ich dachte schon...« Aber die Worte verhedderten sich und verstummten vollends, als sie das Gesicht ihrer Großmutter sah. Dieses sonst so rosig gesunde Gesicht mit seinen Lach- und Zornesfältchen war jetzt von einem verschwommenen Rot und ganz aufgedunsen und verquollen vom Weinen. Vom *Weinen!* Bei *Oma!* Und was noch schlimmer war, sie schien ihre Enkelin nicht einmal zu bemerken, sondern eilte blind und taub an Helen vorbei und ohne ein Wort, ohne einen Blick geradewegs zur Haustür hinaus.

Helen war zu entsetzt und schockiert, um ihr nachzurufen oder gar zu versuchen, ihr nachzueilen; und während sie noch so dastand, erschien Claudia in der Wohnzimmertür. Auch sie wirkte erschüttert und gar nicht wie sonst, aber als sie Helen ansprach, klang ihre Stimme ruhig und zuversichtlich wie immer.

»Ah, Helen; da bist du ja. Ich hatte doch gleich gemeint, ich hätte dich hereinkommen hören. Komm mal kurz her zu mir, Liebes. Ich habe mit dir zu reden.«

Langsam – fast unwillig, obwohl sie so verzweifelt gern verstehen wollte – folgte Helen ihrer Mutter ins Wohnzimmer und setzte sich mechanisch in den noch warmen Sessel, den ihre Großmutter gerade verlassen haben mußte. Claudia setzte sich ihr gegenüber und beugte sich mit fürsorglicher, freundlicher Miene ruhig vor; ganz wie jemand, der gut vorbereitet ist.

»Helen«, begann sie, »ich fürchte, daß deine Oma sich heute abend sehr aufgeregt hat. Ihr ist auf unglückliche Weise etwas zu Ohren gekommen, womit ich sie noch verschonen wollte... Ich hatte wirklich gehofft, es ihr schonender beibringen zu können... zu einem geeigneteren Zeitpunkt... schließlich ist deine Großmutter ja nicht mehr die jüngste, Helen. Sie gerät leichter in Aufregung...«

»Aber – was ist denn los, Mama? Was ist passiert?« Helen saß angespannt auf der Kante ihres Sessels, gewappnet, ohne zu wissen wofür. Wenn Mama doch nur aufhörte, ihr so forschend ins Gesicht zu sehen! Das gab ihr das Gefühl, schon jetzt eine Maske zu tragen, schon jetzt ihre Gefühle zu verstecken, noch ehe sie wußte, was es für Gefühle sein würden.

»Weißt du, Liebes, laß dir als erstes einmal sagen, daß ich ganz, ganz offen mit dir sprechen möchte, richtig wie mit einer erwachsenen Frau. Du *bist* nämlich eine erwachsene Frau – du bist fünfzehn – und ich bin sicher, daß du sehr, sehr vernünftig sein und versuchen wirst, zu verstehen. Es geht um die Wiese, Helen. Papa und ich haben beschlossen, daß wir die Wiese verkaufen müssen.«

Helen starrte ihre Mutter eine volle Minute lang gänzlich ungläubig an, während ihr die Bedeutung dieser Worte allmählich klar wurde.

»Aber das könnt ihr nicht!« brachte sie schließlich heiser heraus. »Das *könnt* ihr nicht! Es ist doch die *Wiese!* Unsere! Es war immer unsere Wiese.«

»Also, mein Schatz!« warf Claudia ein – freundlich, begütigend, aber schon mit einem leichten Anflug von Tadel. »Ich vertraue darauf, daß du vernünftig sein wirst – daß du es wie eine *Erwachsene* betrachten wirst. Ich weiß, daß du die Wiese liebst – wir lieben sie alle, aber wir müssen trotzdem auch praktisch denken; und jetzt, wo die neue Straße durch Haddow's Bottom gebaut werden soll, wäre es einfach *nicht* praktisch, die Wiese so zu behalten, wie sie ist. Wenn die Straße erst da ist, wird die Wiese Bauland sein – sehr, sehr wertvolles Bauland. Sie wird achttausend Pfund wert sein, Helen; acht*tausend!* Wie ich Oma schon zu erklären versucht habe, wäre es verrückt, ein solches Angebot nur ihrer Hühner wegen auszuschlagen! Es würde darauf hinauslaufen, daß wir für ein Dutzend zerzauste Hühner achttausend Pfund bezahlen würden! Das ist einfach nicht vernünftig. Das siehst du doch sicher ein, nicht wahr? Helen? Achttausend Pfund für zwölf Hühner! Über sechshundert für jedes! Stell dir das mal vor!«

Helen stellte es sich vor. Benommen, schockiert und überrumpelt wie sie war, wußte sie doch, daß da irgendwo etwas nicht stimmte; irgendwie wußte sie sogar ganz genau, *was* nicht stimmte, aber die Worte, mit denen sie es hätte ausdrücken können, fehlten ihr.

»Aber es geht doch nicht nur um die Hühner!« protestierte sie schwach. Wie sollte sie erklären, worum es noch ging? Auch die Hühner waren ja nicht nur Hühner; aber wie konnte sie mit so einem verrückten Widerspruch auch nur hoffen, gegen die messerscharfe Logik ihrer Mutter anzukommen? »Auch die Butterblumen!« stammelte sie weiter, fast erstickend, ertrinkend unter dem Gewicht einer höheren Wahrheit, für die sie nur keine Worte fand. Denn sie sah erstaunt, daß es dumm von ihrer Mutter war, so zu rechnen. Mama wußte einfach nichts von diesem Tag in jedem Februar, an dem der noch fahle Sonnenschein plötzlich eine so sonderbare Wärme in sich trug und man unversehens einen Huflattich entdeckte, der sich von allen Blumen als erster durch das weiße Wintergras emporreckte. Und Mama war nie mit Oma durch den funkelnden Morgen spaziert, die Strümpfe naß von Tau, und hatte den wilden Blumen in den Hecken Namen gegeben; dem Aronstab, der Kuckucksnelke, den wilden Geranien. Sie hatte nie im hohen Sommergras gelegen und emporgeschaut in die Hitze und Bläue eines endlosen Nachmittags; war nie in der novemberlichen Morgendämmerung mit dem Wind um die Wette gelaufen, nie von Grasbüschel zu Grasbüschel über die gebleichte, stille Erde gehüpft. Wenn Mutter das alles doch nur erkannt hätte, vielleicht hätten sie und Helen dann zusammen nachdenken und es vernünftig gegen die achttausend Pfund abwägen können. Sie hätten mit Sinn und Verstand über das Für und Wider diskutieren können. Aber ihre Mutter kannte das alles eben nicht, und wenn Helen es ihr jetzt nicht erklären konnte, würde sie es nie können. Hätte sie doch nur die Worte gehabt, die Worte! Wieder einmal kramte Helen verzweifelt in dem ganzen reichen Schatz der englischen Sprache, und wieder fand sie nichts; schlimmer als nichts:

»Aber ich habe immer darauf gespielt«, brachte sie nur heraus, und es klang wie das Quengeln eines verwöhnten Kindes. Kein Wunder, daß Mama sofort dieses furchtbare Lächeln aufsetzte, das so voller Mitleid und Verständnis war.

»Ja, das weiß ich, Liebes; als du ein Kind warst, war es ja auch sehr schön für dich, viel Platz zum Spielen zu haben. Ich habe mich immer gefreut, wenn ich Dich mit deinen Freundinnen auf der Wiese herumtollen sah und ihr euern Spaß hattet. Aber du bist kein Kind mehr, Helen. Es ist ein bißchen albern, heute noch vom Spielen zu reden, oder? Albern und auch unverantwortlich. Denn hast du je daran gedacht, Helen, wie *eigennützig* es ist, diesen vielen Platz ganz für uns allein zu behalten, während Tausende ein Obdach brauchen? Wenn wir uns weigern, zu verkaufen – wenn *jeder,* der an der neuen Straße Grund besitzt, sich weigert zu verkaufen –, werden rund dreitausend Menschen weiter ohne Obdach bleiben, Menschen, für die man sonst Häuser oder Wohnungen hätte bauen können. Denk mal daran, Helen. *Dreitausend!* Versuch sie dir einmal vorzustellen!«

Helen versuchte es. Sie gab sich wirklich große Mühe dabei, denn es stimmte ja, was ihre Mutter da sagte; sie sah es ein; dreitausend Menschen *mußten* wichtiger sein als eine kleine Familie von nur vier Leuten – eigentlich waren es ja sogar nur zwei, denn nur sie und Oma waren gegen den Verkauf. Das Glück von zwei Menschen gegenüber dreitausend – das war fünfzehnhundertmal weniger wichtig, das sah ja nun jeder. Helen versuchte also mit großem Ernst, sich diese obdachlosen Dreitausend vorzustellen, sie vor sich zu *sehen;* aber was sie sah, war nur ein grauer Nebel von Kleidern, ein verschwommenes Meer von Regenmänteln. Keine Gesichter, keine Farben, keine Arme oder wenigstens Beine waren in der breiigen Masse der Dreitausend auszumachen. Sie hatten auch keine Stimmen, waren weder Männer noch Frauen, nicht alt und nicht jung. Und dafür, für diese sprachlose graue Horde sollte Oma geopfert werden: Oma, die an kalten Wintermorgen zu ihren Hühnern eilte, um sie mit duftendem warmen Futterbrei zu verwöhnen; Oma, die an Sommertagen immer in ihrem bunten Kleid lesend in der Sonne saß und die Butterblumen liebte; Oma, die im Herbst rüstig mit der Leiter in die Apfelbäume stieg und Korb um Korb mit roten Äpfeln füllte, die sie dann liebevoll auf dem Dachboden einlagerte, ohne daß ihr je einer herunterfiel, oder unter ihren erfahrenen Händen eine Delle bekam. Oma mit ihrem Eierbuch und den gewissenhaften Aufzeichnungen über ihre Legehennen... Oma mit ihren eingelegten Damaszenerpflaumen... Oma mit dem Veilchenstrauß, den sie in einer kleinen Vase anordnete... Oma mit der Schneeschaufel draußen im tiefen Winterschnee... und Oma jetzt in Tränen. Die schemenhaften Dreitausend schwanden vor Helens innerem Auge, verzogen sich mit leisem Geraune wie Homers Schatten zurück in die Unterwelt. Helen würde für sie jedenfalls nicht einen Tropfen echten, lebendigen Bluts opfern.

»Du *kannst* sie nicht verkaufen«, wiederholte sie störrisch. »Sie gehört Oma.«

Sie hatte damit nur sagen wollen, daß die Wiese in einem tieferen, geistigen Sinne Oma gehöre; daß sie richtigerweise demjenigen in der Familie gehöre, der jeden einzelnen ihrer Grashalme liebte und dessen Leben durch diese Liebe erhellt wurde.

Sie sah aber auch, kaum daß sie es ausgesprochen hatte, daß es ebenso im wortwörtlichen Sinne stimmte: die Wiese *gehörte* ihrer Großmutter.

»Aha, dann hat Oma dir also schon *ihre* Seite der Geschichte vorgetragen, nicht wahr?« meinte Claudia stirnrunzelnd; und ohne Helens verwirrte Verneinung zur Kenntnis zu nehmen, fuhr sie fort: »Es war ein klein wenig ungehörig von Oma, dir den Eindruck zu geben, die Wiese gehöre *ausschließlich* ihr; denn das stimmt eigentlich nur im streng juristischen Sinn. Genaugenommen *ist* die Wiese ihr Eigentum, ebenso wie das Haus; dein Großvater hat in seinem Testament alles ihr vermacht. Aber die Sache ist die, Helen, daß Papa und ich das alles nun schon die ganzen Jahre für sie instandhalten; jeder Penny, der für Reparaturen und Instandhaltung ausgegeben wird, ist von uns. Nicht daß wir es ungern gäben, keineswegs; aber du mußt doch einsehen, Helen, daß wir – ich meine Papa und ich – damit gewissermaßen ein Mitspracherecht darüber erworben haben, was mit dem Anwesen geschieht. Rechtlich ist alles auf den Namen deiner Großmutter eingetragen; aber moralisch gehört es uns allen. Siehst du das nicht ein?«

Helen sah es ein, aber irgendwie erschien es ihr nicht wichtig. Rechtlich? – moralisch? – das hatte doch mit dem, was sie gesagt hatte, gar nichts zu tun. Wie konnte sie das ihrer Mutter nur begreiflich machen?

»Aber Oma *liebt* die Wiese«, versuchte sie zu erklären... und dann verstummte sie, und ihre ganze Seele schrumpfte völlig in sich zusammen, denn nun lachte Mama wieder – dieses kurze Lachen, welches ankündigte, daß im nächsten Moment alles, was man dachte, fühlte, glaubte, aufs rechte Maß zurückgestutzt würde.

»Mein Schatz, ich verstehe ja, wie dir zumute ist«, erklärte Claudia, indem sie sich noch weiter vorbeugte und ihrer Tochter sanft die Hand aufs Knie legte. »Ich weiß, wie lieb du die arme Oma hast, und kann verstehen, daß du meinst, du müßtest ihr auch dann zur Seite stehen, wenn sie unvernünftig ist. Aber hast du nicht auch das Gefühl, Helen, daß du dich da vielleicht ein ganz klein wenig kindisch benimmst? Denn es *ist* kindisch, sich so von dieser etwas kitschigen Sentimentalität leiten zu lassen. Du sagst, daß Oma die Wiese liebt; aber das tut sie eigentlich gar nicht wirklich. Sie verknüpft nur sentimentale Empfindungen damit. So sind alte Leute nun einmal.«

»Das stimmt nicht, das stimmt überhaupt nicht! Oma ist nicht so. Sie liebt die Wiese – sie liebt sie wirklich. Du verstehst das nur nicht...«

»Verstehen?« Claudia stieß wieder ihr kurzes Lachen aus. »Aber Helen, das ist es doch gerade – ich *verstehe* es! Ich verstehe deine Großmutter eigentlich sogar um einiges besser als sie sich selbst! Diese ganze ›Liebe‹ zu Wiesen und Hühnern und was du sonst noch haben willst, ist gar keine Liebe; es ist eine invertierte Form von Haß. Haß gegen Menschen äußert sich oft in Gestalt einer besessenen Liebe zu Tieren und unbeseelten Dingen«, fuhr Claudia mit der gelassenen Autorität derer fort, die ihre glattpolierten Schlußfolgerungen nicht durch das mindeste gegenteilige Indiz trüben lassen.

»Aber Oma *haßt* keine Menschen!« rief Helen. »Sie hat ganz viele Freunde – sie liebt uns alle! Es gibt kaum jemanden, den sie haßt –«

»Nein, natürlich nicht *bewußt*!« redete Claudia sich in Eifer. »*Bewußt* würde sie keiner Menschenseele etwas zuleide tun, da bin ich ganz sicher. Aber *unbewußt*, Helen – und denk daran, daß ich deine Großmutter nicht kritisieren will, wenn ich das sage, sie tut mir nämlich nur sehr, sehr leid – *unbewußt* steckt sie bis obenhin voller Aggressivität und Feindseligkeit. Dann und wann zeigt sich das in ihrer Haltung – du hast das doch sicher auch schon gemerkt, ja? – und in der Art, wie sie zum Beispiel die arme Mavis behandelt. In lauter solchen Dingen. Ich nehme ihr das kein bißchen übel; im Gegenteil, je besser ich sie verstehe, desto mehr tut sie mir leid. ›Alles verstehen heißt alles verzeihen‹ – nach diesem Motto habe ich immer zu leben versucht, Helen.«

Helen hörte traurig zu und machte keinen Versuch mehr, zu widersprechen und ihre Großmutter in Schutz zu nehmen. Das Verständnis ihrer Mutter schien wie eine öde Mauer jeden möglichen Weg des Miteinanderredens zu versperren. Alle ernsthaften Gespräche mit Mama mußten anscheinend diesen Lauf nehmen. Da wurde die schönste, unbezweifelbarste Wahrheit ihr zur Begutachtung aus der Seele gezerrt, unter dem Mikroskop gedreht und gewendet und ihr zuletzt nach dem Gespräch völlig verbogen und verstümmelt und mit einem fremdartigen, abstoßenden Namen versehen wieder zurückgegeben. Und das Ganze nannte sich Verstehen.

»Wenn ich einmal erwachsen bin, will ich *nie* etwas verstehen, *nichts!*« schrie sie plötzlich und sprang so heftig auf, daß ihr Sessel geräuschvoll über den Parkettboden nach hinten wegrutschte. Den Kopf gesenkt, die Haare vor dem Gesicht, rannte sie aus dem Zimmer, während Claudia, zu erschrocken, um sich zu erzürnen, nur dasitzen konnte und der Ausdruck grenzenlosen Verstehens ganz langsam aus ihrer Miene wich.

Kapitel 15

Als Helen kam und sich zu ihr auf die Bank neben der Wiese setzte, hatte Margaret ihre Tränen schon getrocknet und konnte ihre ganze Energie nun darauf verwenden, ihre schluchzende Enkelin zu trösten.

»Na, na, mein Liebling«, sagte sie nur immer wieder. »Nun weine doch nicht. Wir werden uns schon etwas einfallen lassen. Warte nur ab. Es wird alles gut. Wir lassen uns schon etwas einfallen.«

Was dieses Etwas sein könnte, darüber hätte sie selbst im Augenblick nicht einmal Vermutungen anstellen können, aber sie wiederholte die beruhigenden Worte so lange, bis sie schließlich auf ihr eigenes ebenso wie auf Helens Gemüt wirkten; und noch ehe das flammende Rot der untergehenden Sonne sich in ein blasses Rosa, das Rosa in ein klares, durchscheinendes Grün verwandelt hatte, waren beide ganz und gar ins Pläneschmieden vertieft.

»Weißt du, Liebes«, erklärte Margaret, »es geht ja nicht nur darum, ob ich auf mein juristisches Recht pochen und mich dem Verkauf widersetzen kann. Es gibt auch noch diese Enteignungsgesetze. Um die müssen wir uns jetzt sorgen. Hat deine Mutter dir etwas von den Enteignungsgesetzen gesagt?«

Helen schüttelte den Kopf. Ihr Blick war wachsam. Was war denn das nun wieder für ein monströser Verbündeter an der Seite der achttausend Pfund – die doch für sich allein schon so ein grausamer und mächtiger Feind waren, daß es eigentlich hätte genügen müssen?

Margaret erklärte es ihr. »Es läuft also auf folgendes hinaus«, schloß sie. »Wenn wir uns jetzt weigern, diese Wiese für achttausend Pfund zu verkaufen, könnte die Gemeinde in ein paar Monaten kommen und uns zum Verkauf *zwingen*, und zwar für sehr viel weniger Geld, sagt deine Mutter...«

»Aber sie *könnte* nur.« Helen schnappte gierig nach diesem Strohhalm. »Das heißt, es ist nicht *sicher*, daß sie es tut?«

»Nein – das heißt, soweit ich es bisher verstehe. Deine Mutter war – nun ja – ein wenig –« Margaret suchte nach dem richtigen Adjektiv, das – ohne respektlos zu sein – die fast zusammenhanglose Rechthaberei beschrieb, mit der Claudia ihre Trumpfkarte ausgespielt hatte. »Sie hat sich ein wenig – *unklar* – zu der Art des Zwangs geäußert, den sie auf uns zukommen sieht. Aber ich nehme an, wenn die neue Straße da unten durch den Grund gebaut wird und der Gemeinderat beschließt, dort Gemeindehäuser zu bauen, und wenn der Plan genehmigt wird, dann kann die Gemeinde die jetzigen Grundstücksbesitzer zwingen, ihr das Land zu verkaufen, das sie dafür braucht.«

»Wenn – wenn – wenn!« rief Helen triumphierend. »Aber das sind doch lauter Wenns, Oma! Vielleicht passiert überhaupt nichts von alledem! Die Straße wird womöglich gar nicht gebaut – der Gemeinderat will vielleicht gar keine Häuser da bauen – die Planungsleute geben am Ende gar nicht die Erlaubnis –!«

»Ich weiß, ich weiß. Aber deine Mutter sieht es nicht so. Sie scheint das alles schon als unabwendbar anzusehen –«

»Aber dann können wir doch wenigstens *abwar-*

ten!« rief Helen. »Stell dir vor, wir würden die Wiese jetzt verkaufen und hinterher sehen, daß wir gar nicht gemußt hätten – daß von den ganzen Sachen am Ende gar nichts passiert! Stell dir doch mal vor, wie schrecklich –!«

»Ich weiß. Und das habe ich deiner Mutter ja auch klarmachen wollen. Aber versuch mal zu verstehen, Helen, daß *sie* es genau andersherum sieht. Aus ihrer Sicht besteht die Gefahr, daß wir die Wiese jetzt *nicht* für diesen hohen Preis verkaufen und sie dann trotzdem loswerden und nichts dafür bekommen – zumindest nicht annähernd soviel. Sie glaubt eben – und da hat sie wohl auch recht –, daß die Gemeinde *viel* weniger bieten wird, als wir jetzt geboten bekommen. Sieh mal, für sie bedeutet die Wiese eben nicht dasselbe wie für uns –«

Während Margaret sprach und Claudias Standpunkt so sachlich und ehrlich wie möglich darzustellen versuchte, wanderte ihr Blick über das stille abendliche Gras; und plötzlich war die ganze erstickende Wut und Trauer, die sie den ganzen Abend empfunden hatte, in ihrer ursprünglichen Schärfe und Heftigkeit wieder da; was *unterstand* sich Claudia, das alles für Geld hergeben zu wollen, ohne überhaupt zu wissen, *was* sie da hergab! Sie war wie eine Blinde, die auf alten Meistern herumtrampelte und dachte, die Leinwand unter ihren spitzen Absätzen sei irgendein billiger Fußbodenbelag, nicht so weich wie ein Teppich, nicht so praktisch wie Linoleum. ›Vergib ihnen, denn sie wissen nicht, was sie tun‹ – aber so konnte Margaret nicht fühlen. Für sie war Nichtwissen die unverzeihlichste von allen Sünden.

»Oma! Wer ist das?«

Helens leise Stimme klang beschwörend, und Margaret, die vom plötzlichen Wiederaufkochen ihrer Wut und Trauer noch ganz benommen und erschüttert war, folgte der Blickrichtung ihrer Enkelin.

Bei der Hecke am andern Ende der Wiese stand wie eine Silhouette vor dem letzten grünlichen Schimmer des Sonnenuntergangs ein schrecklicher Mann. Ein adretter Mann in einem adretten städtischen Anzug, der nachdenklich und abschätzend über die Hecke auf die Wiese blickte, genau wie dieser Mann von Thoroughgood & Willows vor drei Wochen. Und diesmal schien er nicht nur die Wiese anzusehen, sondern auch das Hühnergehege, wie wenn er schon Inventur machte. War es derselbe Mann? Oder sah er nur genauso aus? Sollten sich von jetzt an Männer in dunklen Anzügen auf dieser Wiese tummeln, haufenweise, wie Ungeziefer...?

Margarets ganzer Gram, ihre ganze Wut, ihre ganze Ohnmacht kannte nur noch ein Ziel.

»Bleib hier!« befahl sie Helen im Flüsterton und eilte wütenden Schrittes über die Wiese.

»Würden Sie bitte so freundlich sein und weitergehen?« befahl sie, kaum in Hörweite. »Würden Sie so freundlich sein und weitergehen und mein Eigentum in Ruhe lassen? Ich weiß nicht, wonach Sie hier schauen, aber Sie haben hier nichts verloren, und wenn ich Sie noch einmal so hier herüberstarren sehe, rufe ich die Polizei!«

Erst jetzt, als sie ganz nah war, sah Margaret, daß es gar nicht derselbe Mann war; er sah ihm nicht einmal im entferntesten ähnlich. Dieser Mann hier war jünger

– pickliger – dümmer; sogar lümmelhaft, trotz seines adretten Anzugs. Er sah Margaret mit einem unverschämten Blick an – was man ihm unter den gegebenen Umständen nicht einmal verdenken konnte.

»O Verzeihung, Madam«, feixte er. »Ich wußte gar nicht, daß *Gucken* hier verboten ist. Mein Fehler! Was soll ich Ihrer Meinung nach tun – tot umfallen? Sie brauchen es nur zu sagen!«

Er drehte sich mit hochgezogenen Schultern um, schlitterte die Böschung hinunter und sprang mit einem unbeholfenen, unsportlichen Plumps auf die Straße. Margaret sah ihm nach, wie er in die Dämmerung davonschlenderte, die Hände in den Hosentaschen und ohne noch einmal zurückzuschauen, und hätte sich wegen ihrer Voreiligkeit eigentlich ein bißchen dumm fühlen und sich schämen sollen. Aber sie tat es nicht. Vielmehr erfüllte es sie mit einem geradezu boshaften Triumph, daß sie diesen Kerl so leicht verjagt hatte. Irgendwie kam ihr das wie ein gutes Omen vor; wie eine belebende Gymnastik zur Vorbereitung auf den bevorstehenden Kampf; auf den Tag, an dem es wirklich dieser verhaßte Mann von Thoroughgood und Willows wäre, der sich dann ebenso davonschleichen würde, gedemütigt von den Geißelhieben ihrer Zunge und in seinen gräßlichen Aktenordnern um ein Geschäft ärmer.

»Oma! Ich hab' alles gehört! Du warst ja so großartig!« Helen kam in der Dämmerung durchs hohe Gras angesprungen und stellte sich neben ihre Großmutter an die Hecke. »Und es *geht* alles gut aus, das weiß ich! Die *können* uns die Wiese nicht wegnehmen, wenn wir es nicht zulassen! Das sollen sie mal versuchen! Du warst einfach Klasse...!«

»Natürlich können sie nicht!« Sie sahen einander im Halbdunkel an und mußten beide lachen, so sehr hatte Margarets wunderlicher kleiner Sieg, errungen immerhin nach stundenlangem Grämen und Bangen, sie aufgerichtet. »Du, das müssen wir feiern!« schlug Helen aufgeregt vor. »Paß auf, wir machen ein Abendpicknick, nur du und ich, hier draußen auf unserer lieben Wiese, wie damals mit dem Feuer, ja, Oma? O doch, ja! Ich komme um vor Hunger. Weißt du eigentlich, daß wir noch gar nicht zu Abend gegessen haben?«

»Es wird jetzt ziemlich feucht –« begann Margaret; aber sie wußte ebensogut wie Helen, daß dies nur großmütterliche Töne waren, die gar nichts weiter zu bedeuten hatten; natürlich würden sie ihr Picknick machen.

»So feucht wird es gar nicht – es ist so trocken wie nur etwas... wir bringen eine Decke mit. Oma, weißt du was? *Ich* mache das alles. Du bleibst einfach hier, und ich bringe dir ein Überraschungspicknick heraus, und tausend Decken...« Im nächsten Moment sauste Helen schon über die Wiese davon, von jenem sonderbaren Laufdrang gepackt, der einen in der Dämmerung manchmal überkommt und einen in die Lage versetzt, nahezu schwerelos über das Gras dahinzuschweben, fast zu fliegen, als erschauerten die Naturgesetze selbst im Dämmerlicht und befänden sich so gut wie außer Kraft.

Es war warm in ihrer Ecke, wo sie schließlich im Sternenlicht die Decke auf der Wiese ausbreiteten; auf zwei Seiten wurden sie von der stummen, hohen Hecke geschützt, in der die unsichtbaren Blüten unvorstellbar süßen Duft verströmten. Anfangs sprachen sie so leise wie in der Kirche oder einer riesengroßen, von unermeßlichem Wissen angefüllten Bibliothek. So leise wie möglich öffneten sie die Ziderflasche, schlugen die Schalen der hartgekochten Eier auf und packten Kartoffelchips und Süßigkeiten aus ihren raschelnden und knisternden Verpackungen. Orion, Sirius und sogar die Plejaden waren um diese Jahreszeit schon verschwunden. Die weniger bekannten sommerlichen Sternbilder bevölkerten jetzt den Himmel, von denen Margaret ebenso wie Helen nur Kassiopeia und den Großen und Kleinen Bär kannte. Gerade als sie Perseus' unregelmäßige Konturen nachzuziehen versuchten, die sich in komplizierten Linien über den halben Himmel zogen, bemerkte Margaret plötzlich das schwache Vibrieren von Schritten im Boden. Schnell setzte sie sich auf und spähte nach allen Richtungen in die mondlose, aber noch nicht völlig dunkle Nacht. Und noch während sie das tat, raschelte es plötzlich ganz in der Nähe, Zweige knackten, und unvermittelt tauchte durch ein nur wenige Meter entferntes Loch in der Hecke eine atemlose, dunkle Gestalt auf.

»Wer ist da?« rief Margaret heiser. Die Gestalt schien jetzt einen Augenblick zu zögern und zu schwanken, doch plötzlich machte sie scheinbar nur einen einzigen Schritt durch die Dunkelheit und war da, stand hoch aufgerichtet vor den am Boden Sitzenden und verdunkelte ihnen den halben Himmel. Eine Stimme, vor Angst so rauh, daß man sie fast nicht erkannte, zischte sie von oben an:

»Wer war das? In Gottes Namen, sagen Sie es mir, Mrs. Newman! Wer war dieser Mann?«

»*Maurice!* Haben Sie mich aber erschreckt! Was ist denn los? Was machen Sie eigentlich hier...?«

Margarets Stimme klang fest, aber ihr Herz pochte wie wild. Maurice war so merkwürdig; und alles, was sie über seine Vergangenheit gehört hatte, schien jetzt in seinen eng zusammenstehenden Augen zu glitzern, die in dem dunklen Fleck, den sein Kopf vor dem Himmel bildete, kaum zu erkennen waren.

»Dieser Mann!« wiederholte er fast hysterisch. »Der Mann, der über die Hecke geschaut hat! Gütiger Himmel, warum mußten Sie ihn auf die Art davonjagen? Warum?«

Margaret starrte zu ihm empor und versuchte aus diesen sonderbaren Fragen halbwegs klug zu werden.

»Warum? – Weil – nun, er hatte hier nichts verloren. Das ist alles. Aber was haben Sie? Was haben Sie damit zu tun? Und woher wissen Sie überhaupt davon?«

»Ich – ich bin ihm begegnet. Daher.« Aus Maurice sprach jetzt ebensoviel Verdrossenheit wie Angst. »Er wollte wissen, warum Sie ihn weggejagt haben. Immer wieder hat er mich das gefragt! Mein Gott, woher sollte *ich* das denn wissen?«

Inzwischen hatte Margaret sich würdevoll erhoben und stand nun ihrem Inquisitor Angesicht in Angesicht gegenüber.

»Eben. Woher sollten *Sie* das wissen? Und was sollte es Sie außerdem auch angehen? Bestellen Sie Ihrem aufdringlichen Freund, daß es Sie überhaupt nichts angeht, und wenn er wissen will, was ich davon halte, wenn er hier auf meinem Grund und Boden herumspioniert, braucht er mich nur zu fragen, dann sage ich es ihm mit dem größten Vergnügen noch einmal ganz von vorn!

Komm, Helen. Ich glaube, es wird Zeit, daß wir zusammenpacken und ins Haus gehen. Es wird kalt.«

Sie packten rasch die Überbleibsel ihres Picknicks in den Korb, und dabei merkte Margaret, wie trotz ihrer mutigen Worte ihre Hände zitterten. Maurice stand noch immer unsicher in der Gegend herum, ging nicht und blieb auch nicht und machte Margaret damit nur immer nervöser.

»Erlauben Sie – lassen Sie mich das tragen«, bot er zu ihrer Verwunderung plötzlich aus der Dunkelheit an, als sie gerade die letzte Plastiktasse in den Korb gestopft hatten; und überwältigt von dieser unerwarteten, ja fast unangebrachten Ritterlichkeit, erlaubte Margaret ihm, Korb und Decke zu tragen, und so zogen sie zu dritt in verlegenem Schweigen zum Haus. Erst als sie an der Hintertür waren und Helen schon in die Küche vorangegangen war, machte Maurice wieder den Mund auf.

»Ich glaube, ich habe Sie erschreckt, Mrs. Newman. Entschuldigen Sie bitte. Ich habe – nun ja, gewissermaßen einen Schock erlebt. Aber sagen Sie mir bitte eins. Sie wissen nicht zufällig, wer dieser Mann ist? Sie kennen ihn gar nicht?«

»Nicht im entferntesten. Ich habe ihn bis heute abend noch nie zu Gesicht bekommen und muß sagen, daß ich ihn nach alledem auch nie mehr sehen möchte! So ein Theater um nichts!«

»Entschuldigen Sie«, wiederholte Maurice, der den mitschwingenden Vorwurf demütig hinnahm. »Aber noch etwas – wäre es Ihnen vielleicht möglich, Claudia nichts von dem zu sagen, was heute abend vorgefallen ist? Sehen Sie –«

»Mein Gott, *ist* denn etwas vorgefallen? Wenn ja, dann wissen Sie bestimmt sehr viel mehr darüber als ich, Maurice. Mir erscheint die ganze Geschichte völlig unbegreiflich, und ich *wüßte* Claudia oder irgendwem sonst überhaupt nichts zu erzählen. Ich kann mir nicht helfen, Maurice, aber ich halte es einfach für das beste, Sie kümmern sich in Zukunft um Ihre Sachen und ich mich um meine. Ich kann Ihnen versichern, daß ich gewillt bin, *meinen* Teil dieser Abmachung zu halten.« Damit dankte Margaret ihm höflich für seine Hilfe, nahm ihm Korb und Decke ab und folgte Helen in die Küche.

Er mag vielleicht ein Mörder sein, dachte sie kritisch, aber ein Narr ist er auch. Und Mumm hat er überhaupt keinen.

War diese Erkenntnis nun beruhigend oder das gerade Gegenteil davon? War ein feiger Mörder, der Angst hatte, weniger gefährlich als ein verwegener? Oder war er gefährlicher?

Kapitel 16

Ausgerechnet in dieser Nacht bekam Mavis wieder ihre Alpträume, und Margaret dachte zuerst, sie tue das mit Absicht, nur um nicht nachzustehen. Immerhin hatten heute abend schon alle außer Mavis ihren großen emotionalen Auftritt gehabt, und da wollte Mavis natürlich nicht gern so völlig abseits stehen. Warum sollte sie allein zu einem gesunden, friedlichen Schlaf verurteilt sein, wenn alle andern so triftige Gründe hatten, sich unruhig in ihren Betten zu wälzen?

Nur war Margaret selbst sich einer solchen Unruhe gar nicht bewußt. Im Gegenteil, als sie zu Bett ging, war sie von dem ganzen Aufruhr so erschöpft wie von einer Dreißig-Kilometer-Wanderung und sank fast augenblicklich in einen tiefen Schlummer; und als sie daraus schlaftrunken und widerstrebend erwachte, glaubte sie, ihr Wecker müsse sie geweckt haben und es sei schon Morgen.

Aber es war nicht Morgen. Nicht der feinste Schimmer einer frühsommerlichen Morgendämmerung ließ die scharfen Kanten des schwarzen Rechtecks vor ihrem offenen Fenster verschwimmen, und die hereinströmende Luft roch nach tiefster Nacht und trug noch keine Andeutung morgendlicher Frische in sich. Und als auch ihre Ohren langsam erwachten und sich zu den übrigen Sinnen gesellten, vernahmen sie ebenfalls nur Geräusche der Nacht: das Dröhnen eines einsamen, schlaflosen Autos in weiter Ferne, das nächtliche Heulen irgendeiner nächtlichen Kreatur, so weit entfernt und unidentifizierbar, daß ihr Verstand nicht einmal zu raten versuchte. Das Haus selbst war voll vom mitternächtlichen Knarren und Knacken der Balken und Dielen, wovon man tagsüber nie etwas hörte; und dazu kam nun noch das Geräusch eines Türknaufs, der gedreht wurde.

Margaret war weder überrascht noch erschrocken, denn irgendwie kam das Geräusch nicht unerwartet; in ihrer Schlaftrunkenheit sagte sie sich lediglich, daß es dieses Geräusch gewesen sein mußte, das sie geweckt hatte. Sie konnte sich zwar nicht erinnern, es gehört zu haben, auch nicht im Traum, aber ihre Ohren erinnerten sich und waren eben nicht überrascht.

Aus irgendeinem Grund hatte sie auch keine Angst – es war, als ob die Fähigkeit, Angst zu haben, nicht zugleich mit ihren andern Fähigkeiten aus dem Tiefschlaf erwacht wäre. Sie fühlte nichts als eine vage Aufnahmebereitschaft für irgendeinen Vorgang, von dem sie nicht wußte, was es war, und genauso war es immer gewesen, wenn mitten in der Nacht ein verängstigtes kleines Mädchen mit eiskalten Füßen zu ihr ins Bett gekrochen kam – war es Helen oder Claudia oder irgendeine undenkbare, Jahre und Persönlichkeiten außer acht lassende Mischung aus beiden? »Aber es können wirklich keine Bären gewesen sein, Liebes«, kam es ihr unbewußt auf die von Schläfrigkeit noch schlaffen Lippen. »Du mußt geträumt haben...«

Wieder bewegte sich zaghaft der Türknauf – wer immer da draußen stand, drehte ihn nicht energisch genug herum, und jetzt fühlte Margaret so etwas wie Ärger in sich erwachen, jedoch noch immer keine Angst.

»Wer ist da?« rief sie gebieterisch. »Was willst du denn? Dreh doch mal richtig!«

Absolute Stille, wie gelähmt. Kein Laut, kein Hauch ließ erkennen, ob der Störenfried noch da war; aber auch kein Schlurfen oder Knarren von Schritten zeigte an, daß er oder sie wieder ging. Margaret lag ganz still, und während sich die Sekunden langsam zu Minuten fügten, wurde sie doch allmählich unruhig. So lange konnte doch niemand den Atem anhalten oder stillstehen!

»Wer ist da?« rief sie wieder, aber diesmal leiser. »Komm doch rein! Warum kommst du denn nicht rein?«

Noch immer nichts. Noch immer mußte diese Person, starr wie ein toter Gegenstand und ohne zu atmen, vor ihrer Tür stehen. Die Stille schien unterdessen vom ganzen Haus Besitz zu ergreifen; jetzt drängte sie sich auch durch die geschlossene Tür in dieses Zimmer, anschwellend wie eine ungeheure wellenlose Flut, die jedes kleinste Geräusch verschlang. Das vertraute Knarren und Knacken des alten Gebälks war völlig verstummt, und sogar Margaret selbst hatte offenbar zu atmen aufgehört.

Plötzlich scholl ein Krachen wie von zehntausend scheppernden Teetabletts durchs ganze Haus, und Margaret sprang vor Schrecken halb benommen aus dem Bett. Mit ein paar Schritten war sie durchs Zimmer und riß die Tür zu dem dunklen, leeren Flur auf, in dem noch immer das Echo des irgendwo von unten gekommenen Lärms nachhallte.

Zu verwirrt zum Nachdenken schlüpfte sie eilig in Morgenmantel und Pantoffeln, stolperte hinunter in die Diele und von dort, zum Angsthaben immer noch zu benommen, weiter durch den Gang zu dem Lichtspalt, der unter der Küchentür hervorschien. Sie riß die Tür auf und erwartete wer weiß was für ein Chaos und Gemetzel vorzufinden; statt dessen sah sie Mavis, die im Nachthemd verzagt an einer Pfütze Malzmilch herumtupfte; und ringsum lagen die Scherben einer von Margarets kostbaren Wedgwood-Tassen.

»Ja, was um alles in der Welt –«, begann Margaret, noch zu verwirrt, um sich zu entrüsten. »Mavis – was machen Sie denn da? Was ist passiert?« Selbst jetzt konnte sie noch nicht glauben, daß der ganze Höllenlärm nur von einer zerbrechenden Tasse gekommen war.

Mavis richtete sich von ihrer Arbeit auf. »Oh, Mrs. Newman! Es tut mir ja so leid. Wirklich. Wissen Sie, ich konnte doch nicht einschlafen, und als ich dann doch eingeschlafen war, hatte ich so einen entsetzlichen Traum, daß ich danach einfach nicht im Bett bleiben konnte. Da bin ich heruntergekommen, weil ich dachte, eine Tasse heiße Malzmilch würde sicher meine Nerven beruhigen, aber ich wollte doch wirklich niemanden stören! Und wie ich gerade damit auf mein Zimmer gehen wollte, da – ich weiß nicht – irgendwie bin ich da –«

»Aber was ist *passiert?*« drang Margaret weiter in sie. »Waren Einbrecher im Haus oder was? Sind Sie die Treppe hinuntergefallen? Was war das für ein grauenhafter Lärm?«

»Was für Lärm?« Mavis schaute so dumm, wie man es einem menschlichen Wesen gar nicht zugetraut hätte.

Selbst die Katze hätte sich verständlicher ausgedrückt.

»Dieses Krachen – dieses furchtbare Krachen!« wiederholte Margaret unwirsch; und erst jetzt, als Mavis weiter in blankem Unverständnis den Kopf schüttelte und mit den Haaren schlenkerte, mußte Margaret einräumen, daß ihr der Lärm vielleicht übertrieben laut vorgekommen war – kein Wunder eigentlich, nachdem sie die ganze Zeit so gespannt in die Stille gelauscht hatte. Nun kam ihr ein anderer Gedanke.

»Mavis – waren Sie an meinem Zimmer, bevor Sie hierherkamen? Haben Sie die Tür zu öffnen versucht – ?«

In diesem Moment ließ Mavis ohne Vorwarnung ein ohrenbetäubendes Kreischen ertönen. Zwar versuchte sie den Laut sofort zu ersticken, indem sie die Hand vor den Mund schlug und die fürchterlichsten Grimassen schnitt, aber wie ein schleudernder Wagen wurde der Schrei zwischen den Töpfen und Pfannen an den Wänden hin und her geworfen, selbst noch als Mavis inzwischen schon weiß und dann rot geworden war und schließlich die Hand vom Mund genommen hatte, um ein hoffnungsloses Gestammel von Entschuldigungen und Erklärungen anzustimmen.

»Es tut mir leid, Mrs. Newman! Oh, es tut mir ja so schrecklich leid! Ich wollte Sie doch auf keinen Fall erschrecken; aber dann haben *Sie* mir so einen Schrecken eingejagt. Sehen Sie, das war doch der Anfang von meinem Traum, daß ich den Türknauf drehen wollte! Es war wirklich so! Da war dieses Zimmer, und ich weiß nicht einmal, welches Zimmer es war, aber im Traum wußte ich, daß ich in dieses Zimmer gehen mußte. Und da habe ich also den Knauf angefaßt und daran gedreht und – oh, Mrs. Newman, ich glaube, das übrige kann ich Ihnen gar nicht erzählen...!«

»Was ist denn hier los? Was ist passiert?«

In der Tür war Claudia erschienen, majestätisch anzusehen in ihrem langen Hausmantel. Mavis rannte augenblicklich zu ihr wie ein Kind zur Mutter, hängte sich an ihren Ärmel und zog sie ins Zimmer. »Oh, Claudia!« rief sie nur immer wieder von neuem, und resigniert nahm Margaret es auf sich, die Situation zu erklären, soweit sich so eine echte Mavis-Geschichte überhaupt rational erklären ließ.

»Und nun meint Mavis, sie möchte uns diesen Alptraum doch lieber nicht erzählen«, endete Margaret knapp. »Und das halte ich für zweifellos sehr klug von ihr; es tut ihr sicher besser, die ganze Geschichte zu vergessen. Und darum sehe ich jetzt gar nicht ein, warum wir nicht alle wieder zu Bett gehen und noch ein bißchen schlafen sollen.«

Margaret hatte nicht wirklich angenommen – oder auch nur im stillen gehofft –, daß die Angelegenheit so friedlich enden würde. Und wie zu erwarten, verbündeten sich Claudias Prinzipien auch gleich mit ihrer Neugier zu einer unüberwindlichen Streitmacht.

»Mutter! Das würde doch heißen, es zu *verdrängen!* Und das wäre das Schlimmste, was sie überhaupt tun könnte. Hör nicht auf Mutter, Mavis, sie versteht das nicht. *Natürlich* mußt du über deinen Traum reden – reden, reden und reden – ihn dir von der Seele reden! So etwas wie ›vergessen‹ gibt es in so einem Fall gar nicht. ›Vergessen‹ heißt da nur ›verdrängen‹ – alles wieder in dein Unterbewußtsein zurückdrängen, wo es wächst und schwärt und schließlich in Gestalt irgendeiner schrecklichen Neurose wieder hervorbricht – und das gerade jetzt, wo du so schöne Fortschritte machst. Tu das nicht, Mavis! Geh dieses Risiko nicht ein! Erzähl uns jetzt gleich die ganze Geschichte.«

»Sollte sie nicht lieber zuerst ihre Malzmilch fertig aufwischen?« erkundigte sich Margaret, als sie sah, daß der nasse Putzlappen noch immer wie ein Bühnenrequisit in Mavis' Hand baumelte. »Oder kann so eine Arbeit vielleicht ihrem Unterbewußtsein etwas Schreckliches antun?«

»Also, Mutter – danke! Das war wirklich sehr aufmerksam!« sagte Claudia mit solch unerwarteter, naiver Dankbarkeit, daß Margaret sich ihres beabsichtigten Sarkasmus richtig schämte.

Sie nahm Mavis den Putzlappen aus den reglosen Fingern und ließ sich ergeben auf die Knie; und während sie wischte und wrang und wieder wischte, bekam sie die ganze Geschichte von Mavis' Traum noch einmal von vorn zu hören.

»Weißt du, da war dieses Zimmer«, begann Mavis in einem Tonfall nahezu religiöser Ehrfurcht angesichts der Einmaligkeit ihrer ureigensten Schöpfung, ihres höchstpersönlichen und ohne fremde Hilfe fabrizierten Alptraums. »Da war dieses Zimmer, und ich wußte irgendwie, daß ich da hineingehen mußte. Ich weiß nicht, warum ich mußte – du weißt ja, in Träumen gibt es oft für irgend etwas keine Gründe, man weiß es eben nur. Na ja, und so war das. Ich wußte nur, daß ich in dieses Zimmer mußte. Da habe ich also im Traum nach dem Türknauf gegriffen; aber in dem Moment, als ich das tat – ich weiß gar nicht so richtig, wie ich es erklären soll – aber in dem Moment, als ich den Knauf anfaßte und das leise Geräusch hörte, das er machte – da bekam ich irgendwie Angst. Nicht *vor* irgend etwas – verstehst du, was ich meine? – aber dieses Geräusch des Türknaufs verwandelte den Traum ganz plötzlich in einen Angsttraum. Und da wußte ich sofort, daß irgend etwas Schreckliches passieren würde –«

»Aha! Du hattest das Gefühl, daß sich in dem Zimmer irgend etwas Schreckliches befand? Du wolltest die Tür gar nicht öffnen – ?« fragte Claudia dazwischen, wohl schon mit einer Interpretation fix und fertig auf der Zunge. Margaret fand, daß sie es an Mavis' Stelle ärgerlich gefunden hätte, wenn Claudia ihre Träume so für sie zu träumen versuchte; aber eigentlich hatte Mavis das ja herausgefordert. Ein Traum, der so anfing, war für jeden Amateurpsychologen ein gefundenes Fressen. Und tatsächlich schien Mavis sich über die Einmischung sogar noch zu freuen.

»Ja, stimmt!« pflichtete sie eifrig bei. »Genau dieses Gefühl hatte ich! Daß irgend etwas Schreckliches, schrecklicher als ich es mir überhaupt vorstellen konnte, in diesem Zimmer war. Und trotzdem wußte ich, daß ich die Tür aufmachen mußte – verstehst du das?«

Claudia nickte heftig – es schüttelte sie förmlich vor lauter Verstehen. Offenbar paßte jede Einzelheit des Traums in ihre Interpretation wie eine russische Matrjoschka in die andere. »Weiter!« drängte sie Mavis aufgeregt; und Mavis fuhr fort: »Ich habe also den Türknauf noch mal probiert... und noch mal... und jedesmal wurde dieses Alptraumgefühl schlimmer. Das schreckliche Etwas in diesem Zimmer... ich wußte, daß es schrecklicher sein würde, als ich ertragen könnte... ich wußte, daß ich verrückt würde, wenn ich es sah, und trotzdem wußte ich, daß ich die Tür öffnen mußte, ich *mußte*... ich habe an diesem Knauf gerüttelt und gerissen, und da – ganz plötzlich – ging die Tür auf!«

Mavis legte eine Pause ein und holte tief Luft; ob vor Entsetzen oder um des dramatischen Effekts willen, war schwer zu sagen. Selbst Margaret konnte ihre Neugier jetzt nicht mehr verbergen.

»Was war dann? Was haben Sie gesehen?« fragte sie ungeduldig, aber Mavis wollte aus ihrem Erlebnis jetzt offenbar die höchstmögliche Dramatik herausholen und ließ noch ein paar Sekunden verstreichen, ehe sie antwortete.

Aber war es wirklich um der Dramatik willen? Mavis' Gesicht schimmerte totenblaß unter der nackten Glühbirne in der Küche, und ihre grauen Augen leuchteten in einem sonderbaren Glanz.

»Weiter, Mavis! Dir wird wohler sein, wenn du erst alles aus dir herausgeredet hast«, drängte Claudia voll Eifer. »*Was* hast du gesehen?«

»Rein gar nichts!« verkündete Mavis – und trotzdem hatten die Worte so gespenstisch wenig Erlösendes; man fühlte, während sie sprach, daß dieses Nichts nur ein weiterer unausweichlicher Schritt hinunter ins schwarze Zentrum dieses Alptraums war: »Ich konnte überhaupt nichts sehen, weil es in dem Zimmer nämlich finster war, absolut pechfinster; und damit hatte ich irgendwie nicht gerechnet. Ich weiß nicht, *womit* ich gerechnet hatte, aber nicht damit. Es gab mir so ein schrecklich grusliges Gefühl, daß es so dunkel war – ich wußte, daß es so nicht sein sollte, nicht sein durfte – daß da irgendwas nicht stimmte. Ich griff nach dem Schalter und wollte das Licht anknipsen, aber es war kein Schalter da – die Wand war weich und verfault – sie gab unter meiner Hand nach wie etwas Abscheuliches, Weiches... und dann wußte ich plötzlich, daß Maurice in dem Zimmer war. Sehen konnte ich ihn nicht, aber ich wußte, daß er da war, daß er ganz allein da im Dunkeln saß und ins Nichts starrte wie ein Toter, und darum waren auch die Wände so weich und eklig geworden – es hatte irgend etwas mit ihm zu tun... O Claudia, schick ihn fort! Schick ihn fort! Ich ertrage es nicht, ihn im Haus zu haben... von ihm bekomme ich so schreckliche Träume...!«

Mavis war in ein hysterisches Schluchzen ausgebrochen – wohl hauptsächlich von ihrer eigenen Erzählung angesteckt, wie Margaret vermutete – und Claudia versuchte sie mit vielen langen Wörtern zu trösten: Entpersonalisierung, infantile Verdrängungsphantasien – sadomasochistische Allmachtsillusionen... nach und nach begann das besänftigende Geleier vielsilbiger Wörter, bekannt wie Kinderreime, auf Mavis zu wirken. Ihr Schluchzen legte sich, und sie begann jetzt ihrem Fall mit Interesse zu lauschen. Ja, gestand sie mit einem kurzen Schniefen und Schlucken zu, wahrscheinlich bedeutete es *wirklich* so etwas wie eine beginnende unbewußte Fixierung auf Maurice. Aber ja, natürlich, es lag doch völlig klar auf der Hand, daß man einen Menschen, von dem man träumte und vor dem man sich im Traum fürchtete und grauste, in Wirklichkeit nichts anderes als liebte. Mavis konnte sich selbst nur wundern, daß diese offenkundige Erklärung ihr nicht von Anfang an eingefallen war. Solche Ermutigung ließ Claudia gleich mit weiteren Erleuchtungen aufwarten. Mavis' unbewußte Schuldgefühle seien natürlich alle mit dieser unbewußten Liebe zu Maurice verknüpft; und wenn Margaret sich auch nicht den Gedanken verkneifen konnte, daß Mavis ihre Schuldgefühle vielleicht besser dazu nutzen könne, ihr zum Beispiel den Ersatz der zerschlagenen Wedgwood-Tasse anzubieten, lauschte sie dennoch fasziniert den selbstsicheren Ausführungen Claudias über die Todeswünsche, die Mavis mit vier Jahren gegen ihre Mutter gehegt haben mußte. Oder vielleicht gegen den Vater, es paßte offenbar beides ausgezeichnet in Claudias Interpretation.

»Und somit«, beschloß Claudia, »ist dieser Traum in Wahrheit ein sehr ermutigendes Zeichen. Er bedeutet, daß deine unterdrückten Schuldgefühle endlich ins Bewußtsein durchgebrochen sind, und von jetzt an wirst du in der Lage sein, dich ihnen bewußt zu stellen, statt sie als eingebildete Angst vor Maurice zu tarnen. Ich wußte doch immer, daß diese Angst etwas Irrationales an sich hatte. Siehst du es jetzt auch?«

Mavis sah es, und Margaret sah es im übrigen auch. Sie sah, daß Mavis es geschafft hatte, jedermanns Aufmerksamkeit im Triumph zurückzuerobern; einmal mehr stand Mavis' zerbrechliche Psyche auf ihrem Podest in der Mitte des Hauses.

Jetzt blieb nur noch das Problem, Mavis wieder zum Zubettgehen zu bewegen. Es war inzwischen fast drei Uhr, und Margaret jedenfalls hatte keine Lust, sich die letzten Nachtstunden mit dem Durchbrechen weiterer

Schuldgefühle in Mavis' Bewußtsein um die Ohren zu schlagen; ebensowenig wollte sie sich das aber auch, wach in ihrem Bett liegend, durch die Fußbodenritzen anhören müssen, und das würde sich kaum vermeiden lassen, wenn sie jetzt einfach ging und das Feld den beiden allein überließ.

»Kommen Sie, Mavis«, drängte sie ein ums andere Mal, »wenn Sie jetzt ein bißchen schlafen, fühlen Sie sich danach bestimmt viel besser«; oder: »Wir dürfen Claudia nicht so vom Schlafen abhalten. Sie hat doch soviel zu tun.«

Letzteres war natürlich weniger als unnütz; damit provozierte sie Claudia doch nur zu einer leidenschaftlichen Demonstration ihrer Unanfälligkeit für so ordinäre menschliche Schwächen wie Schlafbedürfnis, während Mavis mit der eisernen Beharrlichkeit der Schwachen, auf die man sich nie richtig einzustellen lernt, schlicht die Stellung behauptete und sich nicht vom Fleck rührte. Nein, sie sei mit nichts, mit gar nichts zu bewegen, heute nacht noch einmal einen Fuß in ihr Zimmer zu setzen – dieses Zimmer, in dem sie den Alptraum erlitten habe. Das wolle sie nicht; das könne sie nicht. »Der Traum würde wieder ganz von vorn anfangen, das weiß ich«, jammerte sie, und zu guter Letzt konnte man nichts anderes mehr tun als nachgeben.

»Also – würden Sie sich denn in einem *andern* Zimmer wohler fühlen?« schlug Margaret endlich in ihrer Verzweiflung vor. »Sollen wir Ihnen auf der Couch im Eßzimmer ein Bett zurechtmachen? Nur für heute nacht, meine ich«, fügte sie drohend hinzu. »Diesen Unfug wollen wir hier nicht *jede* Nacht haben, das sage ich Ihnen gleich.«

»Oh, Mrs. Newman! Vielen Dank! Ich glaube, ich habe jetzt keine Angst mehr – fast keine. Jedenfalls nicht im Eßzimmer. Es geht mir nämlich jetzt schon viel besser; und es ist ja nur der Gedanke an mein Zimmer – dasselbe Zimmer, wo ich den Alptraum hatte. Er ist da sozusagen noch drin, der Traum. Verstehen Sie, was ich meine?«

O ja, dachte Margaret ungnädig. Du willst sagen, daß du einen prima neuen Trick gefunden hast, wie du alle andern die ganze Nacht um dich herumspringen lassen kannst. Erst Claudia, die deinen Schuldgefühlen huldigt, dann ich, die dir mit Decken und Wärmflaschen nachrennt!

»Gut, aber dann helfen Sie mir wenigstens, die Couch zurechtzumachen«, sagte sie laut und nicht sehr freundlich; und Mavis folgte ihr gehorsam nach oben, wo die nicht benötigten Decken in einer Truhe aufbewahrt wurden. Gemeinsam luden sie sich einen ausreichenden Stapel Bettzeug auf und schleppten ihn nach unten. So beladen, wollte Margaret die Eßzimmertür öffnen.

»Machen Sie doch bitte mal auf, Mavis«, forderte sie ihre weniger schwer beladene Begleiterin auf, und Mavis gehorchte linkisch.

»Und das Licht – machen Sie auch das Licht an«, verlangte Margaret gereizt, und Mavis gehorchte.

Etwas Fürchterlicheres als den Schrei, den sie ausstieß, hatte Margaret in ihrem ganzen Leben noch nicht gehört. Er klang kaum noch menschlich – ohne Worte – ohne jeglichen Sinn oder Grund.

Scheinbar jedenfalls. Doch als sie jetzt um die vor Schreck versteinerte Mavis herumschaute, sah Margaret den Sinn und den Grund. Denn am leeren, polierten Tisch saß, den starren Blick in die bis dahin völlige Dunkelheit gerichtet – Maurice.

Kapitel 17

Aber Mutter – verstehst du das denn nicht? Er ist ein *Dichter!* Dichter tun so etwas.«

Claudia sprach müde. Entgegen ihren großen Beteuerungen von letzter Nacht war sie gegen die Folgen eines abgebrochenen Nachtschlafs doch nicht so immun, wie sie angenommen hatte, und nun war sie heute morgen bedrückt und müde. Sie war nach all dem Aufruhr erst nach fünf Uhr morgens ins Bett gekommen und hatte dann unruhig geschlafen, weil Tageslicht und Vogelgesang schon durch die Ritzen ihrer Vorhänge drangen und sie störten, und als sie schließlich unerfrischt aufgewacht war, hatten dunkle Vorahnungen sie geplagt.

Oder lag es nur an ihrem freien Tag? An ihrem freien Tag fühlte Claudia immer ein gewisses Erschlaffen der Lebensgeister, ein Nachlassen ihrer Vitalität, das schon damit begann, daß sie um halb neun statt um halb sieben aufstand, und im Lauf des Tages wurde es allmählich immer schlimmer. Oft versuchte sie sich damit zu trösten, daß dieses unangenehme Gefühl ein Zeichen der Entspannung sei; und bei diesem Gedanken war ihr dann immer ein bißchen wohler. Bekanntlich war ja die Fähigkeit zum Entspannen in diesen gehetzten Zeiten eine seltene und kostbare Gabe, und eine solche zu besitzen, freute Claudia natürlich. Trotzdem war es nicht eben ein angenehmes Gefühl; und wenn sie an diesen freien Tagen morgens so im Bett lag und das Schweigen ihres Weckers ihr wie das

Schweigen eines alten Freundes vorkam, der nicht mit ihr reden wollte, betrachtete sie die Entspannung des kommenden Tages eher wie ein Hochseilartist ein Erschlaffen seines Drahtseils: es machte nichts leichter, verlangte vielmehr nach neuen Fähigkeiten, vor denen einem angst werden konnte.

Und ein freier Tag bedeutete zudem, daß man nicht *weg* konnte. Hätte ich doch heute morgen gleich nach dem Frühstück in die Garage eilen und davonfahren können wie jeden Morgen, überlegte Claudia, dann hätte dieses ermüdende Gezänk mit Mutter erst gar nicht angefangen – Mutter und Mavis hätten ihre Gereiztheit im Lauf des Tages aneinander auslassen können, und Claudia wäre gar nicht erst darin verwickelt worden. Es war unfair, daß beide ihr heute *weiter* so in den Ohren lagen; hatte sie ihnen denn heute nacht noch nicht genug mit Trost und gutem Rat beigestanden? Claudia stellte fest, daß sie es nicht leiden konnte, wenn Leute auch am nächsten Morgen noch auf ihren Problemen herumritten; für Probleme waren die Abende da – lange gemütliche Abende, die man bei schwarzem Kaffee und intimen Bekenntnissen bis in die Nacht ausdehnen konnte. Aber an einem kühlen, regnerischen Vormittag um halb zehn waren Probleme so unangebracht wie Liebe. Mutter hatte natürlich überhaupt kein Gespür für so etwas; und zu allem Überfluß bügelte sie auch noch beim Reden, obwohl sie doch nun wissen mußte, wie sehr einem das protestierende Knarren des Bügelbretts, immer wenn sie ihr volles Gewicht darauf stützte, auf die Nerven gehen konnte.

Claudia gähnte, unterdrückte ihre Gereiztheit und versuchte es noch einmal:

»Die meisten großen Dichter haben am besten nachts gearbeitet«, erklärte sie. »Es ist bekannt, daß zwischen Mitternacht und drei Uhr morgens die Phantasie am stärksten angeregt ist. Und bei Maurice —«

»Bei Maurice wissen wir nicht einmal, ob er *überhaupt* ein Dichter ist, geschweige ein *großer*«, wandte Margaret schnippisch ein. »Woher willst du denn wissen, Claudia, daß die ganze Geschichte mit der Dichterei kein Schwindel ist — nur Fassade, um deine Aufmerksamkeit von dem abzulenken, was er hier wirklich vorhat? Er *sagt*, daß er diese vielen hundert Gedichte alle geschrieben hat — aber hast du sie je gesehen? Mit eigenen Augen?«

»Also — ehrlich, Mutter, wenn man sich vorstellt, daß ich sie selbst für ihn *abgetippt* habe —«

»Wie viele denn schon, wie? Ein halbes Dutzend? Ein ganzes? Ich habe deine Tipperei mit angehört, mein Kind, und darf sagen, wenn du je vier Zeilen an einem Stück getippt hast, bevor das Geschnatter wieder losging, will ich —«

»Nun werde doch nicht albern, Mutter! Hör bitte auf. Du verstehst doch gar nichts davon.« Claudia stützte den schmerzenden Kopf auf die Hand. Sie war zu müde zum Streiten, zu müde sogar, um still für sich darüber nachzudenken, wieviel von diesem Verdacht vielleicht wahr sein könnte. »Er *ist* ein Dichter, und damit basta!« erklärte sie kurz und bündig. »Er *ist* einer. Noch kein *veröffentlichter,* aber das kommt schon noch — dabei versuche ich ihm gerade zu helfen. Er hat es verdient. Sieh dir doch nur seine Ausdauer an! Abend für Abend liest er mir seine Gedichte vor —«

»Und Abend für Abend sitzt du da und wartest, daß er endlich damit aufhört! Die ganze Zeit lauerst du nur auf eine Gelegenheit, ihn zu unterbrechen und ein interessanteres Thema anzuschneiden. Ich kann es dir ja gar nicht verübeln, mein Kind, weil es mir genauso geht. Seine Gedichte sind für mich das fürchterlichste, langweiligste und unverständlichste Zeug, das ich in meinem ganzen Leben gehört habe, und glaub mir, das will etwas heißen. Vergiß nicht, daß auch zu *meiner* Zeit schon junge Männer schlechte Gedichte geschrieben haben; aber wir haben sie darin wenigstens nicht auch noch *bestärkt*.«

»Und?« fragte Claudia kühl, als sie merkte, daß ihre Mutter irgendwie den Faden ihrer Verdächtigungen verloren hatte. »Und inwiefern soll das beweisen, daß Maurice kein richtiger Dichter ist?«

»Ach so. Nun gut. Ich meine ja nur, du hast gar keine Beweise dafür, *daß* er einer ist. Er liest dir jeden Abend sein Zeug vor – manchmal uns allen; und du hörst nicht zu, ich höre nicht zu, und Helen hört ganz sicher auch nicht zu. Von uns allen aus könnten es jeden Abend immer wieder dieselben Gedichte sein. Ich würde es jedenfalls nicht merken, und du vermutlich auch nicht.«

»Verallgemeinere bitte nicht«, sagte Claudia patzig, wobei sie sich voll Unbehagen wünschte, sie könnte sich auch nur an eine einzige Zeile aus Maurices Werk erinnern, an einen dichterischen Gedanken, mit dem sie das alles hätte widerlegen können.

»Jedenfalls«, wich sie diesem Streitpunkt aus, »ist das doch alles höchst unwichtig, oder? Selbst wenn seine Gedichte *nicht* gut wären – und nach meiner

Überzeugung sind sie gut – aber selbst wenn sie *nicht* gut wären, dürfte es doch noch kein Verbrechen sein, wenn er sich nachts hinsetzt und welche zu schreiben versucht, oder? Wäre es eins?«

»Ja, es wäre eins«, erklärte Margaret kategorisch. »Nur ein Genie – ein erkanntes, anerkanntes Genie – darf so regelwidrige, rücksichtslose Angewohnheiten haben! Die ganze Nacht aufzusitzen, aber wirklich! Und das in anderer Leute Haus – das ist einfach schlechtes Benehmen! Und die arme Mavis damit so zu erschrecken, daß sie fast einen Schlag bekommt! Sie ist doch weiß Gott unter normalen Umständen schon zappelig genug, ohne daß ihr noch solche Sachen passieren!«

»Aber ihr ist doch nichts ›passiert‹!« wandte Claudia ungehalten ein. »Maurice hat schließlich überhaupt nichts getan, oder? Im Grunde hatte er mit der Geschichte doch gar nichts zu tun. Und wie ich gestern nacht schon erklärt habe, ist es ja auch gar nicht *Maurice*, vor dem Mavis Angst hat; sie hat Angst vor sich selbst, vor ihren eigenen innerlichen Schuldgefühlen. Maurice ist nur der Haken, an dem sie die aufhängt – aber das ist doch nicht *seine* Schuld. Er hat lediglich dagesessen und Gedichte geschrieben –«

»Hat er nicht!« unterbrach Margaret sie streitlustig. »Er hat überhaupt nichts geschrieben. Es war stockfinster. Er hatte keine Feder und kein Papier vor sich. Ich sage dir, er hat *nichts* getan!«

»Du meinst, es sah für dich nach Nichtstun *aus*. Aber woher willst du wissen, was in seinem Kopf vorging – welche Gedanken er da gerade formulierte?«

»Was in seinem Kopf vorging, möchte ich nur sehr

ungern wissen!« sagte Margaret entschieden. »Wahrscheinlich alles sehr häßlich und abgeschmackt. So im Dunkeln dazusitzen! Alle Welt zu erschrecken! Das ist irgendwo nicht ganz geheuer, Dichter hin oder Dichter her. Jawohl, Claudia; ich weiß das. Und du weißt es eigentlich auch. Claudia, du *mußt* ihn loswerden. Such ihm etwas anderes, wohin er gehen kann. Ich meine ja nicht, daß du häßlich zu ihm sein und ihn im Stich lassen sollst – aber du kannst ihm doch sicher behilflich sein, eine passendere Bleibe zu finden? Schließlich hat er ja auch von Anfang an nicht erwartet, bis in alle Ewigkeit hier wohnen zu können, oder?«

»Natürlich nicht. Nur ein paar Wochen – das habe ich dir doch gesagt! Aber verstehst du denn nicht – diese paar Wochen werden die wichtigsten in seinem ganzen Leben sein – das hier ist seine große Chance – seine eine und einzige Chance – wieder Zutrauen zu seinen Mitmenschen zu bekommen – zu erfahren, daß man ihm selbst vertraut, ihn gern sieht, ihn wie ein Familienmitglied behandelt! Wenn wir ihn jetzt hinauswerfen, ist das alles kaputt, dann ist er wieder genau da, wo er angefangen hat – wieder auf dem Weg des Verbrechens! Und dann sind *wir* es, die ihn da hineingetrieben haben! Wie würdest du dich eigentlich fühlen – mit *so etwas* auf dem Gewissen?«

»Sehr erleichtert«, antwortete Margaret verstockt. »Wenn er nur woanders ist! Ob er dann wieder ein Verbrecher wird oder nicht, ist ja nun wahrhaftig *seine* Sache, nicht meine. Aber was bringt dich eigentlich auf die Idee, Claudia, daß er nur in *unserm* Haus anständig behandelt wird? Es dürfte jede Menge gutherzige Zimmerwirtinnen geben, die ihn gern bei sich aufnehmen würden – Frauen, deren Männer nicht soviel von zu Hause fort sind wie Derek, und die kein junges Mädchen im Haus haben, um das sie sich Sorgen machen müssen –«

»Und das nennst du ihm *vertrauen!*« rief Claudia – obwohl ihre Mutter das keineswegs gesagt hatte. »Er wüßte doch sofort, warum er weggeschickt würde! Und wo gedenkst du nach all diesen ›gutherzigen Zimmerwirtinnen‹ zu suchen? Weißt du denn nicht, wie mißtrauisch – wie engstirnig – wie feige – die Menschen sind? Himmel noch mal, *du* solltest es doch wissen – du bist ja selbst so –!«

Claudia hielt inne. Sie hatte sich nicht mit Mutter streiten wollen – solange die Sache mit der Wiese nicht unter Dach und Fach war, hatte sie andere Auseinandersetzungen mit ihrer Mutter auf ein Mindestmaß beschränken wollen. Aber jetzt ging Mutter mit ihrer Herzlosigkeit gegen Maurice doch wirklich *zu* weit. Claudia fühlte, wie sie vor Wut zitterte, und das wirkte irgendwie belebend: Kopfweh und Müdigkeit waren plötzlich wie weggeblasen, und sie fühlte neue Energien in ungestümer Flut durch ihre Adern strömen. ›Jede Menge gutherzige Zimmerwirtinnen‹ – wahrhaftig! Die empörende Nebenbedeutung dieser Worte – daß es nämlich Tausende Frauen gäbe, die ebenso aufgeschlossen und couragiert sein könnten wie Claudia selbst – weckte in ihr ein Gefühl von so erstickender Wut, daß sie sekundenlang kein Wort herausbrachte. Es war so irreal! So dumm! Dummheit hatte Claudia noch nie ertragen können; Dummheit war potentiell gefährlich und so destruktiv. Dummheit konnte in ihren Auswirkungen schlimmer sein als Bosheit; es war nur recht, sich darüber zu entrüsten.

»Nichts – *gar* nichts wird mich dazu bringen, Maurice so zu verraten!« konnte sie schließlich sagen – und merkte dabei, daß sie wirklich aus dem innersten Herzen sprach. Denn der Gedanke, ihn jetzt im Stich zu lassen, war ihr wahrhaft unerträglich: Nach einer solchen Kehrtwendung würde sie sich nie mehr selbst ins Gesicht sehen können; oder in die Gesichter ihrer Freundinnen, die das ja mitbekämen. Wie würden sie hinter ihrem Rücken lachen und sich die Münder zerreißen, wenn sie feige aufgäbe! Und dann stelle man sich noch vor – wie entsetzlich! – Maurice würde dann bei einer von *ihnen* Zuflucht finden – vielleicht bei Miss Fergusson, oder bei Daphne! Und wenn dann diese neue Beschützerin aus reinem Exhibitionismus eine scheinbar ebenso große Aufgeschlossenheit an den Tag legte wie Claudia – eine solche Gemeinheit war sowohl Daphne als auch Miss Fergusson zuzutrauen! Sie waren ja beide so falsch! Sie waren, jeweils auf ihre Art, so von sich selbst entfremdet, so sehr über ihre eigenen wirklichen Motive im unklaren, daß ein derartiges Falschspiel ihnen grausig leichtfallen würde – sie würden selbst nicht einmal wissen, wie unaufrichtig sie waren; es wäre eine *Selbst*täuschung, die verheerendste Art der Täuschung, die es überhaupt gab.

»Ich schicke ihn *nicht* fort!« wiederholte sie voll Leidenschaft. »Nichts kann mich dazu bringen!«

»Nun gut, Claudia. Wenn du nicht willst, dann willst du eben nicht. *Ich* habe dir ja nichts zu befehlen.« Margaret stellte ihr Bügeleisen hin und sprach ganz ruhig. »Aber ich glaube, du wirst es noch bereuen, meine Liebe, und zwar früher, als du erwartest. Ich weiß, daß du nur nach deinen Prinzipien handelst; ich weiß, wie gern du solch unglücklichen Menschen immer helfen möchtest – wie sehr du ihnen auch *hilfst* – denke bitte nicht, ich wüßte das nicht. Aber ich habe das Gefühl, Claudia, daß du dich diesmal übernommen hast; daß du dich in tieferes Wasser begibst, als du selbst weißt. Irgend etwas stimmt nicht mit diesem jungen Mann – und ich meine nicht nur, daß er ein Verbrecher ist. Da ist noch etwas anderes. Ich weiß nicht was und will es auch nicht wissen, aber es wäre mir lieber, er wäre aus dem Haus. So, das war's.«

»So etwas Grausames und Hinterhältiges!« schrie Claudia. »›Irgend etwas stimmt nicht mit ihm‹ – was meinst du mit einer solchen Verdächtigung? Warum kannst du es nicht klar und deutlich aussprechen? Wenn du willst, sage ich dir, warum du es nicht kannst – weil du nichts Konkretes gegen ihn zu sagen *weißt* – überhaupt nichts! Deshalb mußt du dich in solch gehässige Andeutungen flüchten – weil du ihm nichts Handfestes vorzuwerfen hast und es selbst genau weißt! Wirklich, Mutter, das hätte ich nie von dir gedacht. Wir hatten schon so manche Auseinandersetzung im Laufe der Zeit, aber da ging es immer offen und ehrlich zu. Ich habe dich noch nie – *nie* – so tief sinken sehen, daß du zu solchen Niederträchtigkeiten greifen mußtest.«

»Entschuldige, wie ich sehe, muß ich mich falsch ausgedrückt haben.« Mutter war offensichtlich nicht gewillt, auch nur einen Zentimeter nachzugeben; ihr Starrsinn war beängstigend. »Aber ich weiß nicht recht, Claudia, wie ich dir etwas so begreiflich machen kann, wie ich – wie jeder normale Mensch – es sehen würde. Du siehst Maurice die ganze Zeit als eine Art Spielzeug – *dein* Spielzeug, nagelneu und glänzend und vollkommen. Ja, so redest du – als ob er dadurch, daß er ein Mörder ist, in jeder anderen Hinsicht irgendwie vollkommen wäre. Als ob dieser eine große dunkle Fleck auf seinem Charakter ihn notwendigerweise gegen andere Schwächen immun machte. In deinen Augen besteht er nur aus seligmachenden Tugenden. Du willst ihn nicht so sehen, wie er wirklich ist. Das macht mir angst, Claudia – wie du bewußt die Augen vor den Dingen verschließt, die an ihm merkwürdig sind – beunruhigend...«

»Zum Beispiel was?« Claudia war ganz kalt, feindselig; aber eine nagende Neugier zwang sie, das Gespräch in Gang zu halten.

»Also –« Es schien Margaret schwerzufallen, ihre Vorwürfe in eine zusammenhängende Form zu bringen. »Also, zunächst gefällt mir schon einmal nicht, wie frei er über sein Verbrechen redet. Das finde ich nicht natürlich. Und nie gibt er wenigstens andeutungsweise zu erkennen, daß er sich seiner Tat ein bißchen schämt, daß er –«

»Das heißt, du willst, daß er sich *schuldig* fühlt!« stürzte Claudia sich augenblicklich darauf. »Du willst, daß er leidet – er soll von seinem Gewissen genauso bestraft werden wie von der Gesellschaft! Dieser uralte Rachegedanke – der Schuldige soll leiden, leiden, leiden! Aber siehst du denn nicht, daß es gerade die innerlichen Schuldgefühle und Minderwertigkeitskomplexe sind, die einen Menschen zuerst ins Verbrechen treiben – wozu soll es also gut sein, wenn man sie zwingt, sich hinterher noch schuldiger zu fühlen? Noch mehr Schuld... weitere Verbrechen... ein Teufelskreis, der sich ewig weiterdreht – Ist das dein Wunsch? Mir erscheint es wunderbar, daß Maurice so frei von Schuldgefühlen ist – es ist so *gesund!* Es ist eines der hoffnungsvollsten Zeichen, die man erwarten kann. Das würde dir jeder Psychiater sagen!«

»Nein, das würde er nicht«, widersprach Margaret. »Einen solchen Unfug würde er mir nicht zu erzählen wagen, nicht in meinem Alter. Dir vielleicht, weil du solchen Quatsch unbedingt hören willst – wer Unsinn hören und glauben will, wird auch Unsinn zu hören bekommen – das ist ein Gesetz des Lebens. Aber ich rede im Falle Maurice nicht einmal nur von Schuldgefühlen – obwohl ihm für meinen Geschmack ein bißchen mehr Demut nicht schaden würde; ich kann in dieser ganzen Prahlerei und Großspurigkeit nicht gerade das richtige Benehmen für einen jungen Mann in seiner Lage erblicken. Aber das meine ich ja gar nicht. Es ist etwas anderes. Es ist – wie kann ich es ausdrükken? – es ist seine Art, von dem Verbrechen einfach so zu erzählen, als wenn es nichts weiter wäre – eine Geschichte eben. Etwas Unwirkliches. Fernes. Was gar nichts mit ihm zu tun hat.«

»Nun, ich nehme an, so *empfindet* er es inzwischen auch«, gab Claudia zurück. »Es ist immerhin sieben Jahre her, und er tut natürlich sein Bestes, das alles hinter sich zu lassen und ein völlig neues Leben zu beginnen. Mir erscheint es ganz natürlich, daß er über diesen Abschnitt seines Lebens mit einem gewissen Abstand spricht.«

»Aber er hat es doch nicht nötig, *überhaupt* darüber

zu sprechen«, sagte Margaret. »Niemand verlangt es von ihm. Wenn er sich von seiner Vergangenheit lossagen wollte, wäre es doch sicher das Vernünftigste, er würde sie zu vergessen versuchen, so wenig wie möglich daran denken, geschweige darüber reden. Das könnte ich ja verstehen. Aber das tut er nicht. Im Gegenteil. Er gibt sich die größte Mühe, seine Erlebnisse bis ins kleinste Detail und mit größtem Eifer zu schildern – und dabei ist es doch die ganze Zeit so, als fühlte er sich gar nicht persönlich verantwortlich, gar nicht beteiligt. Daß er mir so unberührt von allem vorkommt, macht mir solche Angst. Diese ganzen Jahre im Gefängnis – sie müßten doch irgendeinen Eindruck bei ihm hinterlassen haben, ihn geprägt haben, im Guten oder Schlechten, ich weiß es nicht, aber *etwas* sollte es sein. Es ist nicht recht – es ist sonderbar – wenn ein Mensch davon so unberührt bleibt – fast wie ein Kind – nachdem er das alles durchgemacht hat...«

»Das heißt – du willst, daß er *leidet*. Das sagst du immer wieder, Mutter, nur immer mit andern Worten. Du willst nicht, daß er unbeschädigt da herausgekommen sein soll, darauf läuft es hinaus. Das ist doch nur wieder dieser primitive Rachegedanke...«

Claudia hatte ihren Punkt errungen; aber der Sieg im Kampf der Überzeugungen brachte diesmal nicht die gewohnte Glut des Triumphes mit sich. Sie beobachtete voll Unbehagen, wie ihre Mutter mit zusammengekniffenen Lippen den Ärmel von Helens Bluse sorgfältig auf dem Bügelbrett ausbreitete und, immer noch wortlos, nach dem Bügeleisen griff.

»Ist es nicht so?« forderte Claudia sie in scharfem Ton heraus. Aus irgendeinem Grund wollte sie Margaret unbedingt provozieren, ihr zu widersprechen – ihr zu trotzen – sich mit einem ihrer wohlbekannten spießigen und meist nicht ganz zutreffenden Gegenargumente, die Claudia sonst so irritierend fand, erneut in den Kampf zu stürzen. Wie dankbar wäre sie jetzt dafür gewesen – aber warum? Warum bereitete es ihr keine Genugtuung, ihre Mutter so vollständig in der Diskussion besiegt zu haben – denn es konnte doch nur die Einsicht in ihre völlige Niederlage sein, die ihre Mutter jetzt so stumm machte?

Claudia fühlte ein gewisses Unbehagen im Innern; es war irgend etwas Unbekanntes, aber längst Vergessenes; etwas, was sie kaum benennen konnte.

»Deine ganze Einstellung ist einfach rachsüchtig!« schrie sie und kam sich dabei vor wie eine Katze, die ihrem Opfer vergebens noch ein letztes Lebenszeichen entlocken möchte, nachdem sie zu lange sorglos mit ihm gespielt hat. »Du glaubst an Strafe!... An Rache!«

Ihre Sätze waren wie Geschosse, die sie mitten ins Ziel schleuderte; aber Mutter antwortete noch immer nicht. Sie hatte eindeutig ihre Niederlage akzeptiert und wußte nichts mehr zu sagen. Jetzt konnte Claudia mit Maurice gerade so verfahren, wie es ihr beliebte.

Und jetzt auf einmal wußte sie den Namen dieses unbehaglichen, halb bekannten Gefühls, das sie in den letzten Minuten so geplagt hatte. Es war ANGST.

Kapitel 18

Helen lag im hohen Sommergras und sah zum Himmel empor, dessen Blau von Butterblumen umrahmt war, gelb und groß wie Bäume im Wald. Bisher war ihr noch nie aufgefallen, wie sehr sie Bäumen ähnelten, mit Ästen, die vom Hauptstamm dahin und dorthin abzweigten und jeder am Ende eine riesige Blüte trugen. Das unterschied sie natürlich von jedem ihr bekannten Baum – es gab jetzt nirgendwo mehr Bäume, die am Ende eines jeden Zweiges eine einzige große Blüte trugen, anderthalb Meter im Durchmesser und golden wie die Sonne. Aber einst mochte es solche Bäume wohl gegeben haben, hervorleuchtend zwischen den Wäldern des Karbons, unter der urzeitlichen Sonne mit den Baumfarnen um Lebensraum kämpfend. Wie Helen so zwischen den blassen Stengeln hindurch in das nur Zentimeter entfernte Dikkicht schaute, erwartete sie fast, den Boden unter den schwerfälligen Bewegungen irgendeines Riesenreptils erzittern zu fühlen, das sich in der Sonne ausstreckte, oder über die Jahrtausende hinweg den fernen, unvorstellbaren Schrei des Pterosauriers zu hören.

In Wahrheit lauschte sie natürlich nur nach Sandra. Jeden Augenblick würde Sandra jetzt am Gartentörchen ihren Erkennungspfiff ausstoßen und dann durchs hohe Gras zu Helens Versteck gesprungen kommen; und hier würden sie dann zusammen Pläne schmieden, wie Helen sich heute abend verhalten sollte, wenn Clive zu Besuch kam. Sandra würde ja leider nicht bleiben können, bis er kam, weil sie in die Klavierstunde mußte; aber gerade das machte ihren vorherigen Rat und ihre moralische Unterstützung um so unverzichtbarer.

Denn Clive war nun endlich, getreu Omas Rat, zum Abendessen eingeladen worden; und da sowohl Oma wie Mavis dabei sein würden und helfen könnten, ihn zu unterhalten, würde es vielleicht nicht ganz so garstig. Jedenfalls nicht annähernd so schlimm, wie wieder mit ihm in dieses schreckliche Whimpy gehen und sich allein und ohne Hilfe das Gehirn nach einem neuen Gesprächsthema zermartern zu müssen. Mavis würde zwar bestimmt keine große Hilfe sein, aber wenigstens wäre sie *da*, eine weitere Person, und auf Oma war natürlich immer Verlaß. Sie hatte versprochen, nicht nur bei der Unterhaltung zu helfen, sondern auch ein gutes Abendessen für Clive zu kochen, und beides würde sie gewiß auch tun und unermüdlich ein Thema nach dem andern anschneiden, bis eines davon Wurzeln schlug und in dem kleinen Kreis erblühen konnte; oder schlimmstenfalls bis es Zeit für ihn wurde, nach Hause zu gehen. Und Mama würde nicht dabeisein. Helen hatte mit Bedacht einen Tag ausgesucht, an dem Claudia zu irgendeiner Versammlung gehen würde; und wenn sie Glück hatten, war Maurice auch nicht da. Bisher war er samstags ja immer außer Haus gewesen. Helen selbst fand seine Erzählungen ja auf ihre Weise immer sehr aufregend, aber bei der Vorstellung, seine Anwesenheit Clive erklären zu müssen, wußte sie vor Verlegenheit nicht aus noch ein. Und diese Verlegenheit machte sie ihrerseits zusätzlich verlegen, denn hätte sie dem Ganzen nicht mindestens ebenso aufgeschlossen gegenüberstehen müssen wie Mama? Von jeder Generation erwartete man doch mehr Aufgeschlossenheit als von der vorherigen, und Helen hatte irgendwie das Gefühl, mit ihrer Einstellung zu Maurice die Truppe im Stich zu lassen.

Aber welche Truppe? Auf welcher Seite stand sie eigentlich? Warum gab Mamas Güte und Freundlichkeit ihr manchmal dieses beklemmende Gefühl? Denn Mama hatte es wirklich sehr lieb und nett aufgenommen, daß Clive ausgerechnet an dem Abend kommen würde, an dem sie, Claudia, selbst nicht da war. Helen wußte, daß manche Mutter sich darüber aufgeregt hätte und beleidigt gewesen wäre. Aber Claudia schien sich aufrichtig zu freuen, als sie von der Einladung erfuhr, und hatte erklärt, sie verstehe es vollkommen, wenn Helen den Wunsch habe, ihre Mutter dann aus dem Weg zu haben.

»Aber *natürlich*, mein Schatz! Es ist doch klar, daß du ihn für dich allein haben möchtest – und ich verspreche dir, den ganzen Abend fortzubleiben. Es stört mich auch nicht, wie *lange* er bleibt, ich werde ganz still zu Bett gehen, wenn ich wiederkomme, und euch ganz das Feld überlassen. Mavis soll an dem Abend mal in ihrem Zimmer bleiben, und ich werde Oma auch einen Wink geben – an so etwas denkt sie ja nicht immer von selbst. Weißt du, sie versteht eben nicht mehr ganz, was es heißt, jung zu sein – daß so ein Abend mit deinem ersten Freund in deinem Alter das schönste Erlebnis deines ganzen Lebens sein kann.«

Daraufhin hatte Helen es natürlich nicht mehr gewagt, ihrer Mutter zu sagen, daß alles eigens so arrangiert worden war, *daß* Oma dabei sein sollte, die ganze

Zeit; und sie hoffte inständig, daß ihre Mutter das auch nie erfuhr. Sie würde zwar nicht direkt verstimmt sein, aber doch sehr überrascht, und das auf diese schrecklich mitleidige Art; und Helen würde wissen, daß sie wieder einmal versagt und enttäuscht hatte. Und es würde das schmählichste Versagen überhaupt sein – nämlich in einer Situation, die wundervolle Gefühle verlangte, keine wundervollen Gefühle zu haben.

Und dabei *hatte* Helen doch wundervolle Gefühle – ein sonderbarer, heimlicher Stolz regte sich jetzt in ihr, wie sie so ins Blau des Sommerhimmels hinaufschaute und sich einmal mehr eins mit einer geheimen Quelle der Herrlichkeit fühlte, von der ihre Mutter nichts wußte. Von der man ihr auch nichts sagen konnte, denn diese Quelle hatte irgendwie mit all den Dingen zu tun, von denen Claudia meinte, sie müßten ein junges Mädchen langweilen: mit der Schule, mit Gedichten, die sie als Hausaufgabe auswendig lernte, mit hüpfenden Tennisbällen auf sommerlichem Rasen, mit kichernden Schulfreundinnen und dem gerade erst begonnenen Sommertertial... Wie Helen so dalag, strömte das Glück von allen Winkeln des Himmels auf sie herab; sie fühlte, wie es aus allen Richtungen auf sie einstürmte, mehr und mehr, in unvorstellbarem Überfluß... eine Eins in Englisch... eine Eins in Griechisch... demnächst vielleicht die Rolle der Viola im Schultheaterstück... und zu alledem schenkte ihr Fortuna, geradezu verschwendungssüchtig, noch das hohe Gras, die Butterblumen und Omas kleine Küken; und über allem der Himmel, dieses grenzenlose Blau, das Helens Glück auf angemessene Weise krönte.

Und da glaubte nun Mama, das schönste Erlebnis in Helens Leben werde Clives schrecklicher Besuch heute abend sein! Sie dachte an seine Unbeholfenheit, seine lähmende Unfähigkeit, sich ein Gesprächsthema einfallen zu lassen, und fühlte sich wieder einmal so furchtbar weit entfernt von ihrer Mutter; es war fast ein Gefühl wie Heimweh. Wenn doch nur Sandra endlich käme! Sandra hatte sie aus Gefühlen dieser Art immer herauszureißen gewußt, so weit sie zurückdenken konnte; so lange schon, wie sie Freundinnen und Spielgefährtinnen waren, und das ging bis in ihre früheste Kindheit zurück, so daß Sandra ihr inzwischen schon mehr Schwester als Freundin war. Und dabei war es doch gerade das – daß Sandra *nicht* ihre Schwester, daß Claudia nicht auch Sandras Mutter war, ebenso wie Helens – gerade das machte sie so sehr zu einem Turm der Stärke, wenn Mama gerade wieder auf ihre ureigenste Art unausstehlich war.

Die Apfelblüten waren mittlerweile schon alle abgefallen, und Helen drehte sich auf die Seite und spähte über Gräser und Butterblumen hinweg zu den beiden knorrigen Bäumen, an denen sich gerade die ersten neuen, noch winzigen Früchte zu bilden begannen. Helen erinnerte sich, wie sie und Sandra ganz früher so oft in den gemütlichen alten Ästen des näherstehenden Baumes gesessen und »Die Welt vernichten« gespielt hatten. Sie hatten sie natürlich mit Wasserstoffbomben in die Luft gejagt, von denen man so oft in den Zeitungen las, und sie war auf einen Schlag weg, nichts war mehr da; keine Häuser, keine Menschen, nichts, nur Sandra und Helen. Und in dieser leeren Welt hatte das Spiel dann erst richtig begonnen.

Denn als erstes hatten sie natürlich für jede von ihnen ein Haus zu bauen; noch jetzt, Jahre später, fühlte Helen ihr Herz schneller schlagen, wenn sie sich an die Freude erinnerte, mit der sie sich aus den Ruinen der Welt die Baumaterialien zusammensuchten. Manchmal war ihr Geschmack schlicht und bescheiden, und sie schleppten einfach Bretter und Balken und Türen von den zerstörten Häusern einer nahen Stadt herbei und zimmerten sich daraus eine kleine Hütte auf einer sonnigen Lichtung, durch die ein Bach plätscherte und wo in der Nähe Beeren zum Essen wuchsen; manchmal aber packte sie eine wilde Bauleidenschaft, schon fast Wollust, und sie bastelten sich Häuser von unvorstellbarer Pracht zusammen. Große Eichentüren und Marmorsäulen von den zerstörten Häusern der Großen trugen sie, leicht wie Distelwolle, meilenweit über Ruinen herbei und errichteten sie neu auf dem Bauplatz ihrer Wahl. Sie sammelten wundervolle Splitter von buntem Glas, blau, gold und rubinrot, aus den Trümmern zerstörter Kathedralen und klebten sie auf wundersame Weise so zusammen, daß sie in riesengroße Fensterrahmen paßten, die sie aus einem zerstörten Palast gestohlen hatten. Einmal fanden sie sogar den Marble Arch, der wie durch ein Wunder unbeschädigt mitten auf der zerstörten Kreuzung von Park Lane und Oxford Street lag; sie trugen ihn mühelos auf den Schultern nach Hause, quer über die Ruinen Londons, und stellten ihn als Eingangsportal vor ihr neuestes, prächtigstes Domizil. Ach, und die Einrichtung dieser Behausungen! Die Teppiche und Kissen, die dunklen, schimmernden Tische, die sie in den Trümmern der großen Möbelhäuser wie Heal's und Selfridge's fanden! Und die konservierten Pfirsiche, Aprikosen und Ananas, die sie auf den leeren Straßen verstreut fanden. Ganze Süßwarenläden gruben sie manchmal unter Staub und zerborstenen Ziegelsteinen aus, bis obenhin gefüllt mit Schokolade, Zuckerwatte und Geleebonbons. Sie fanden auch große Schinken und Würste und tiefgefrorene Truthähne, die sie nur noch aufzuwärmen brauchten an ihrem nie fehlenden Lagerfeuer, das in alle Ewigkeit hell vor sich hin brannte, ohne je die Blumen und leuchtenden Gräser zu versengen, die frisch und frühlingshaft bis unmittelbar an die rotglühenden Kohlen heranwuchsen.

Manchmal trafen sie auf ihren Plünderstreifzügen durch die in Schutt und Asche liegenden Städte auch zwei Jungen, Überlebende vom andern Ende der Welt; aber dann war das Spiel eigentlich nie mehr ganz dasselbe. Die Jungen waren im Vergleich zu Sandra und Helen so blaß, so verschwommen und ohne Charakter; sie steuerten nichts bei. Wenn sie sprachen, sagten sie dasselbe, was Sandra und Helen auch gesagt hätten; ihnen fiel nichts ein, was nicht schon Sandra und Helen eingefallen war; im Grunde konnte man ebensogut auf sie verzichten. Nur einmal hatte eine solche Begegnung richtig Spaß gemacht, nämlich als sie zwei Chinesenjungen getroffen hatten, die auf den Ruinen des Britischen Museums saßen und die verlorene Literatur ihres Landes wieder zusammenstückelten, indem sie einander das aufsagten, was sie noch auswendig kannten. Das brachte Sandra und Helen auf die Idee, dasselbe für die englischsprachige Welt zu tun, und bald hatten sie die kompletten Texte Shakespeares, der Bibel und der William-Bücher zusammen.

Gerade hatten sie auf diese Weise auch die gesamte Geschichte und Geographie des Landes wiederbeleben wollen, da hatte Oma sie zum Tee hereingerufen, und sie hatten Schluß machen müssen. Es war unmöglich gewesen, das Gespräch beim Tee fortzusetzen, weil Oma es nicht leiden konnte, wenn sie in ihrer Gegenwart »Die Welt vernichten« spielten. »Das ist ein häßliches Spiel!« pflegte sie vorwurfsvoll zu sagen. »Wirklich häßlich! Von wegen ›Die Welt vernichten!‹ Und was wird aus uns andern? Das wüßte ich doch mal gern. Und was sollen die Leute alle denken, wenn sie euch zuhören? Sie werden denken, ihr beide seid zwei ganz unartige kleine Mädchen, ganz abscheulich. Aber ja! So, und jetzt hört endlich auf damit und spielt etwas Vernünftiges...« Und sie scheuchte sie in ihr Zimmer und spielte mit ihnen Ludo oder Schlangen und Leitern... und irgendwie waren auch diese Spiele auf ihre Art immer schön, vor allem mit Oma, die so hingebungsvoll spielte und immer gewinnen wollte, sich verzweifelt die grauen Locken raufte, wenn eine ihrer Figuren hinausgeworfen wurde, und Zaubersprüche in den Würfelbecher murmelte, damit er ihr eine Sechs bescherte.

So hatten Helen und Sandra meist nicht viel gegen diese despotischen Unterbrechungen ihres Lieblingszeitvertreibs einzuwenden gehabt; zumal sie wußten, daß sie die Welt wieder von vorn vernichten würden, sowie sie allein waren, ganz als wäre nichts gewesen, und Oma wußte das ja auch. So war es Jahre gegangen – oder waren es in Wirklichkeit nur Monate gewesen? – bis zu dem schrecklichen Nachmittag – selbst jetzt konnte Helen die Erinnerung daran kaum ertragen –, als Mama dahintergekommen war.

Nicht hinter das Spiel selbst; das hätte überhaupt nichts ausgemacht, weil Mama nicht das mindeste dagegen einzuwenden gehabt hätte und es sowieso gegen ihre Prinzipien ging, sich in das Spiel von Kindern einzumischen. Nein, Mama hatte etwas viel Schlimmeres entdeckt; sie hatte mitbekommen, daß Oma das Spiel mißbilligte; sie hatte Oma sogar auf frischer Tat ertappt, wie sie zu ihnen sagte, sie seien zwei unartige kleine Mädchen, und ob sie sich nicht zur Abwechslung mal ein *nettes* Spiel einfallen lassen könnten.

Mama hatte seinerzeit nicht viel gesagt, sogar gelächelt und irgendeinen frostigen kleinen Scherz gemacht; aber Helen hatte mit Schrecken gesehen, daß sie ganz blaß wurde und die Lippen zusammenkniff, was immer passierte, wenn sie sehr, sehr zornig war. Und ein paar Minuten später hatte sie Helen ins Wohnzimmer hinuntergerufen.

»Helen, mein Schatz«, hatte sie ganz ernst gesagt und dem Kind den Arm um die Schultern gelegt, »du darfst dich über das, was Oma eben gesagt hat, nicht grämen. Es ist *nicht* unartig von euch, dieses Spiel zu spielen, und das darfst du auch nie denken. Oma hätte so etwas nicht zu euch sagen sollen, aber du mußt bedenken, daß sie schon eine alte Frau ist und recht altmodische Ansichten hat. Wir dürfen es ihr nicht übelnehmen, aber ich kann gar nicht sagen, wie leid es mir tut, daß sie euch einzureden versucht hat, das sei ein unartiges Spiel. Es ist *nicht* unartig; es ist ganz normal und richtig, daß ihr manchmal Haß und Aggressionen gegen uns alle empfindet und euch wünscht, wir wären alle tot, und daß ihr diese Feindseligkeit im Spiel auslebt. Es ist richtig und natürlich; dafür sind Spiele *da*.

Du darfst nie ein schlechtes Gewissen deswegen haben, daß du solche Gefühle hast oder sie zum Ausdruck bringst...«

Noch jetzt, alle die vielen Jahre später, erinnerte Helen sich an das eklige, schmutzige Gefühl, das sie bei diesen Worten ihrer Mutter erfüllt hatte. Bis zu diesem Augenblick war ihr nie der Gedanke gekommen, daß man wegen so etwas ein schlechtes Gewissen haben *könne*. Omas Rüffel hatten doch nur bedeutet, daß die Erwachsenen solche Spiele nicht mochten, wie sie es auch nicht mochten, wenn man eine Tasse fallen ließ oder Schmutz ins Wohnzimmer trug. *Natürlich* mochten sie das Spiel nicht – sollten sie ja auch gar nicht – es war doch kein Spiel für Erwachsene. Mama sollte es auch nicht mögen – daß sie es so wortreich gutgeheißen hatte, war irgendwie gespenstisch und widerwärtig und schrecklich.

Und was sie gesagt hatte, war so falsch, falsch, falsch! Falsch war ihre Billigung, und falsch war auch alles, was sie da über Haß und Feindseligkeit gesagt hatte – von alledem, das wußte Helen instinktiv, konnte in dem Spiel gar nicht die Rede sein. Man brauchte keinen Haß und keine Aggressionen, um die Welt zu vernichten, wie man auch keine Kraft brauchte, um den Marble Arch auf die Schultern zu nehmen, während in den Blättern des alten Apfelbaums ein sanfter Wind raschelte. Nichts von allem, was das wirkliche Leben ausmachte, war für ihr goldenes, zerbrechliches Spiel vonnöten gewesen, das so leicht war wie Marienfäden, so unschuldig wie die Sommerluft.

»Du kannst nicht erwarten, daß Oma das so versteht

wie *ich*«, hatte Mama gütig erklärt, »aber ich werde doch ein Wörtchen mit ihr reden und kann dir versprechen, daß ihr euer Spiel von nun an so oft spielen könnt, wie ihr wollt, überall und zu jeder Zeit und egal, wer es hört! Niemand wird euch noch einmal sagen, es sei unartig, und niemand wird euch noch einmal daran zu hindern versuchen. Hast du verstanden?«

»Ja, Mama. Danke.«

Helen senkte den Kopf, damit Mama nicht sah, wie die Schmerzenstränen ihr langsam über die Wangen liefen. Die Erlaubnis, die sie eben bekommen hatte, war sinn- und nutzlos, bedeutete nichts; denn Helen wußte bereits, daß sie ihr Spiel nie mehr spielen würden. Nie mehr in all den langen künftigen Sommern, in all den Jahreszeiten, wenn an dem alten Apfelbaum Laub und Früchte und Blüten kamen und vergingen, würden sie und Sandra wieder in dem freundlichen alten Geäst sitzen und die Welt vernichten.

Ein Geräusch, ein Rascheln von Schritten im hohen Gras, riß Helen aus ihrem Traum. Sandra mußte sie ohne den üblichen Austausch von Signalpfiffen erspäht haben; eifrig warf sie sich herum und hob mit verschwörerischem Begrüßungslächeln den Kopf.

Aber es war Maurice, der da auf sie herabsah, mit Augen wie blaue Schlitze vor dem strahlenden Nachmittag. Das für Sandra gedachte Lächeln war mit einemmal so peinlich, wie wenn man im Badeanzug zu einer Unterredung bei der Schulleiterin erschienen wäre. Erschrocken setzte Helen sofort eine Miene distanzierter Höflichkeit auf.

»Hallo«, sagte sie vorsichtig. »Ich dachte, das wäre

Sandra.« Sollte er doch wenigstens wissen, daß dieses voreilige Lächeln nicht ihm zugedacht war.

Aber jetzt sah sie, daß er es gar nicht bemerkt hatte; daß er dem, was sie sagte, gar nicht zuhörte. Er starrte sie mit einem besessenen, blinden Blick, der ihre Verlegenheit wegwischte, von oben herab an; doch an die Stelle der Verlegenheit trat ein Fünkchen Angst.

Auf seine ersten Worte war sie ganz und gar nicht vorbereitet.

»Zum Teufel, was machst du hier?« platzte er los. »Warum versteckst du dich hier – spionierst du mir nach?«

»Ich hab doch nicht – nein! Wie kommen Sie denn nur auf so was?« Erschrocken und empört setzte Helen sich senkrecht auf; und jetzt sah sie zu ihrer unbeschreiblichen Erleichterung jenseits des Gartentörchens Sandras neues Sommerkleid grau und weiß im Zickzack zwischen den Johannisbeersträuchern umherhuschen.

»Sandra!« rief sie erfreut. »Sandra! Hier bin ich, auf der Wiese! Hier!«

Sie schrie und winkte viel eifriger als nötig, teils um ihre Freundin zur Eile anzutreiben, teils um sich nicht weiter mit Maurice unterhalten zu müssen, bis Sandra da war und alles wieder ins normale Lot brachte.

Das schaffte Sandra nämlich immer. Es war eine Gabe, die Helen oft wichtiger fand als Witz, Schönheit oder Klugheit, und diese Gabe ließ Sandra auch jetzt nicht im Stich. Sie war noch keine Minute da, da saßen alle drei im trauten Kreis herum und redeten übers Essen; was sie gern aßen und was sie nicht gern aßen; vor allem aber über den Hackbraten, den es in diesem Tertial fast jeden Montag in der Schule zu Mittag gegeben hatte.

»So was Scheußliches werden Sie nicht einmal im Gefängnis bekommen haben, Maurice«, meinte Sandra provozierend. »Wasser und Brot sind dagegen Nektar und Ambrosia!«

Helen hatte Sandra schon oft darum beneidet, daß sie so leicht und unbekümmert mit Maurice über seine kriminelle Vergangenheit reden konnte.

Darin war sie fast so gut wie Claudia persönlich; und ein unfehlbares Rezept, seine Stimmung zu heben, war es immer. Sein sonderbar finsterer Blick war wie weggeweht, und er antwortete mit geradezu jungenhaftem Vergnügen:

»Wasser und Brot?« Er lachte Sandra gutmütig an. »So was bekommt man in modernen Gefängnissen nicht mehr! Das heißt, höchstens im Arrest, und ihr könnt mir glauben, so dämlich war ich nicht, daß ich da *sehr* oft drin gewesen wäre. Eigentlich nur einmal, und das war nicht mal richtig meine Schuld. Wißt ihr, da war doch dieser eine Kerl, der hatte sich mit ein paar andern Jungs angelegt, die Zigaretten schmuggelten; und wie dann er und noch ein anderer, ein Kumpel von ihm –«

»Maurice! Mir wird richtig schwindlig im Kopf von all den Kerlen und Jungs und Kumpels! Können Sie die nicht beim Namen nennen? Die halbe Zeit kriegen wir bei Ihren Erzählungen gar nicht mit, wer nun wer ist, stimmt's, Helen?«

»Ist ja schon gut«, sagte Maurice folgsam. »Also, Tom, Dick und Harry. Dick und Harry waren –«

»Nein, wie hießen sie *wirklich?*« bohrte Sandra weiter. »Und –« ein neuer Gedanke kam ihr plötzlich – »wie hat man zu *Ihnen* gesagt? Erzählen Sie uns nicht, die hätten Sie ›Maurice‹ genannt!« Ihr schrilles Schulmädchenlachen brachte plötzlich ein Stirnrunzeln in sein Gesicht.

»Na? Und warum nicht? Was wäre denn daran so komisch?« fragte er in scharfem Ton, und Sandra zügelte schleunigst ihre Heiterkeit und erklärte es ihm.

»Ach – ich weiß nicht. Es ist nur so komisch – das ist einfach kein Name für einen Verbrecher, oder? Verbrecher heißen Jake oder Pete oder Eddie… aber nicht *Maurice*…!« Und wieder brach sie in ein hilfloses Gekicher aus. »Überhaupt stimmt das alles hinten und vorn nicht, Maurice, wirklich!« nahm sie ihre Hänselei wieder auf. »Sie sehen auch nicht *aus* wie ein Verbrecher, wenn ich das mal sagen darf. Und wie Sie reden – wie Sie ›Schon gut‹ oder ›Alles klar‹ sagen! Wer hat schon einmal einen Mörder ›Ist ja schon gut‹ sagen hören? Ich glaube gar nicht, daß Sie ein Mörder sind, Maurice! Sie machen uns nur was vor!«

Maurice war leichenblaß geworden. Die blauen Augenschlitze hefteten sich auf Sandra, bis die hänselnden Worte ihr im Hals stecken blieben und ihr Kichern verdorrte.

»Und wofür hätten die mich sonst sieben Jahre einsperren sollen, verdammt noch mal?« fuhr er sie an, wobei die Worte von seinen Lippen kamen wie Peitschenschnüre, wie zustoßende Schlangen; und ehe die erschrockenen Mädchen auch nur ein Wort sagen konnten, war er aufgesprungen und stolzierte, eine zu klein geratene, irgendwie giftige Gestalt, stolperte, rannte zuletzt über die Wiese davon und war bald nicht mehr zu sehen.

Es dauerte fast eine Minute, bis Helen ihre Freundin wieder ansehen konnte. Sie starrte in das niedergedrückte Gras und betete stumm vor sich hin: Lieber Gott, laß Sandra nicht auch solche Angst haben wie ich; es wird alles wieder gut, solange nur Sandra nicht auch Angst hat.

Und natürlich hatte Sandra keine.

»Also, wenn der nicht spinnt!« meinte sie richtig ehrfürchtig; und keine Minute später konnten beide schon wieder herzhaft über Maurice und seine Absonderlichkeiten lachen. Und über Mavis und alle die andern Armen Dinger, die ganze lächerliche Prozession aller Vergangenen, Gegenwärtigen und Zukünftigen. Die ganze alberne, komische Welt lag in diesem Augenblick vor ihnen ausgebreitet in der goldenen Nachmittagssonne wie ein amüsantes Geschichtenbuch und ausschließlich zu Sandras und Helens Ergötzen bestimmt.

Kapitel 19

»Warum nimmst du nicht den Eiertrenner, den ich dir gekauft habe?«

Margaret schlug, als Claudia sie so ansprach, gerade ihr zweites Ei auf und ließ gekonnt das Eiklar durch ihre Finger in die Schüssel rinnen, während sie das Dotter in der Hand behielt; und ob es nun der momentane Unwille über die Störung oder einfach hundsmiserables Pech war – jedenfalls mußte ausgerechnet *dieses* Dotter ihr plötzlich in der Hand zerplatzen. Dünne, aber nicht rückholbare gelbe Schlieren glitten mit dem Eiklar in die Schüssel, wo es zu Schnee geschlagen werden sollte, und Margaret hätte alles miteinander an die Wand werfen können, so groß waren ihr Zorn und die Demütigung. Hunderte-, nein tausendemal hatte sie auf diese alte, bewährte Weise Eiklar vom Dotter getrennt, und gerade jetzt, unter den zensorischen Blicken ihrer Tochter, mußte es schiefgehen.

»Da, bitte, siehst du?« moralisierte Claudia. »Wenn du doch nur nicht so voreingenommen wärst, Mutter – wenn du diese arbeitsparenden Geräte nur *einmal* ausprobieren wolltest –«

»Das einzige arbeitsparende Gerät, das ich gern ausprobieren würde, wäre eines, das Leute daran hindert, in meiner Küche herumzulungern und mich abzulenken, wenn ich koche!« fauchte Margaret. »Was willst du denn, Claudia? Man sollte meinen, du wärst eine Fünfjährige, so hängst du hier herum und stehst mir im Weg. Willst du die Schüssel auslecken oder was?«

»Na, na, Mutter, nun beruhige dich mal! Es gibt doch gar keinen Grund, sich derart aufzuregen! Wozu überhaupt diese ganzen aufwendigen Vorbereitungen, nur für einen Schuljungen? Man denkt, du bereitest ein Diner für eine königliche Hoheit vor.«

»Ich mache nur den Eischnee für die Törtchen«, versetzte Margaret. »Nichts Einfacheres als Eischnee – und auch nichts Billigeres, denn Eier haben wir schließlich, so viele wir nur wollen.«

Margaret konnte der Gelegenheit zu einer harmlosen kleinen Protzerei mit ihrer gut gehaltenen Hühnerschar nie widerstehen; aber diesmal war das ein Fehler. Seit dem noch immer nicht beigelegten Streit über das Schicksal der Wiese war Claudia gegen derartige Themen so empfindlich wie ein Asthmatiker gegen Pferdehaare oder Katzen.

»Billiger!« höhnte sie. »Ist dir klar, daß diese Eier uns rund neun Shilling das Stück kosten? Zwölf Hühner halten eine Wiese besetzt, die achttausend Pfund wert ist, und jedes legt, sagen wir, hundert Eier im Jahr –«

»Quatsch! Du weißt so gut wie ich, daß man solche Rechnungen nicht anstellen kann. Sonst könntest du es dir nicht mehr leisten, dich morgens anzuziehen, wo deine Zeit fünfzehn Shilling die Stunde wert ist! Jeden Morgen zwanzig Minuten für diesen Preis – rechne mal nach, was da zum Jahresende herauskommt! Außerdem legt jedes Huhn viel mehr als hundert Eier im Jahr – selbst meine schlechtesten Legehennen bringen es auf fast zweihundert. Diese Vögel haben sich schon einige Male bezahlt gemacht. Wenn du willst, kann ich dir ja mal mein Eierbuch zeigen...«

»Bitte, Mutter! Erspar uns wenigstens das!« stöhnte Claudia. »Wenn es noch etwas Schlimmeres gibt, als mit dir über deinen Geflügelkomplex zu diskutieren, Mutter, dann ist es das Eierbuch. Und wenn es noch *eines* Beweises dafür bedürfte, daß es sich um eine neurotische Besessenheit handelt, dann würden deine Eierbücher dafür vollauf genügen! Alles schön in roter und schwarzer Tinte aufgelistet, die Striche mit dem Lineal gezogen und in fünfundzwanzig Jahren nie ein Additionsfehler! Wenn ein Schulkind einmal eine Arbeit von solch zwanghafter Korrektheit abgäbe, würde es sich bald in einem Pflegeheim wiederfinden.«

»Das würde ich auch hoffen«, gab Margaret zurück. »Nach fünfundzwanzig Jahren noch immer in der Schule, da könnte etwas mit ihm nicht stimmen! So, und jetzt sei so nett, Claudia, und geh aus meiner Küche und laß mich weiterarbeiten. Man könnte ja meinen, heute abend käme *dein* Freund, nicht Helens. *Sie* lungert hier nicht so herum und geht mir auf die Nerven.«

»Nein.« Einen Augenblick wirkte Claudia fast nervös, und Margaret ging plötzlich auf, daß die verlegene Anwesenheit ihrer Tochter in der Küche kein Zufall war; sie war mit einer bestimmten Absicht gekommen und rang noch mit sich, wie sie die verwirklichen könnte.

Margaret wartete. Inzwischen schlug sie neue Eier auf und sammelte das Eiklar in der Schüssel – die erste Schüssel mitsamt den Dottern hatte sie weggestellt, um morgen früh Rührei daraus zu machen.

»Hör mal, Mutter«, platzte Claudia auf einmal los. »Du wirst doch – ganz bestimmt – nichts tun, was Helen diesen Abend verderben könnte? Wir möchten doch, daß sie Freunde hat, wie andere Mädchen in ihrem Alter auch, nicht wahr? *Richtige* Freunde. Vergiß nicht, daß die Dinge heute anders sind als in deiner Jugend...«

»Wenn du mich dazu bringen willst, Claudia«, unterbrach Margaret sie schnippisch, »dir zu versprechen, daß ich ins Bett gehe und Helen und diesen jungen Mann hier unten so lange allein lasse, wie sie Lust haben, sage ich dazu nein. Das wünscht sich Helen ja nicht einmal, wie ich zufällig weiß –«

»Ist dir je der Gedanke gekommen, daß Helen dir vielleicht nicht *alles* sagt, was in ihr vorgeht?« versetzte Claudia. »Selbst ich als ihre Mutter erwarte nicht, daß sie mir *alles* sagt. Ihre Gefühle für Clive sind etwas ganz Besonderes und gehen nur sie selbst etwas an.«

Etwas Besonderes waren sie allerdings; Margaret konnte sie ihrer Enkelin fast nachfühlen, Puls für Puls, wie sie fix und fertig angezogen oben an ihrem Schlafzimmerfenster saß und litt. Zuerst die Angst, daß er nach all den Vorbereitungen womöglich gar nicht kommen würde; dann die Angst, daß er eben doch käme. Dann die Angst, daß die Familie ihn vielleicht nicht mochte – daß *Helen* ihn nicht mochte, spielte keine Rolle, denn das war ja etwas anderes. Und dann mal angenommen, er blieb zu lange und sie wußte nicht, was sie mit ihm machen sollte? Oder er ging zu früh, und ihre Mutter wäre schockiert? Und schließlich die allergrößte Angst, es könnte herauskommen, daß Clive bisher noch nie versucht hatte, ihr einen Gutenachtkuß zu geben. Heute abend würde die ganze Familie sogar *sehen*, wie er es nicht versuchte – vielleicht sogar Claudia selbst! Da war es doch besser, es sah so aus, als ob ihn die gestrenge großmütterliche Anwesenheit abschreckte...

»Nein, ich bin fest entschlossen, aufzubleiben, bis er geht«, versicherte Margaret. »Ich bin auch sicher, daß er das erwartet – daß beide es erwarten. Es sähe schon sehr komisch aus, bei seinem allerersten Besuch...«

Die Debatte wurde durch ein höfliches Klingeln an der Haustür abgeschnitten, und es folgte ein unvorhergesehener Augenblick lähmender Untätigkeit, da Claudia wartete, daß Helen ungestüm wie eine Verliebte die Treppe heruntergestürmt käme, Helen schmählich in ihrem Zimmer ausharrte und wartete, daß Oma die Situation rettete, und Margaret unter Claudias Augen keinen Schritt zu tun wagte, der so aussehen könnte, als wollte sie dem Wiedersehensglück Verliebter im Weg stehen.

Schließlich traten alle drei zugleich in Aktion, und bald war Clive im Wohnzimmer, wurde allseits artig vorgestellt und durfte sich, leicht benommen, Claudias wortreiche Erklärung anhören, daß sie leider unverzüglich fort müsse und vielleicht erst recht spät wiederkommen werde; derweil stand Helen nervös und unsicher im Hintergrund und ließ Margaret an ein kleines Gespenst denken, das beim Scheiden aus dem irdischen Leben gerade »Cheese« in die Kamera gesagt hatte und nun in alle Ewigkeit mit einem solchen Gesicht herumgeistern mußte.

Als sie zum Essen Platz nahmen, wurde es dann etwas besser. Clive war sehr angetan vom Lammbraten wie von den Törtchen und eroberte dank der Begeisterung, mit der er sich von beidem zweimal nahm, sogleich Margarets Herz. Er sah auch, wie sie mit einiger Überraschung feststellte, gar nicht schlecht aus. Nachdem sie sich wochenlang Helens verzagte Berichte über ihn hatte anhören müssen, hatte sie einen mickrigen Zwerg mit Hängeschultern und Sommersprossen erwartet. Und nun saß da ein nett und frisch aussehender junger Mann mit durchschnittlicher Figur und Haltung und einem liebenswerten rötlichen Haarschopf. Galt so etwas heutzutage schon als ›Unkraut‹? Ach ja, dachte sie neidisch, man müßte einer Generation angehören, die es sich leisten kann, so wählerisch zu sein! Denn sie dachte an die männerarmen Zwanziger zurück, in denen sie aufgewachsen war. Damals hätte man sich um Clive gerissen, egal wie gut oder schlecht er einen zu unterhalten wußte.

Aber er gab sich wenigstens die größte Mühe, und Helen ebenso. Auch wenn beide offenbar außerstande waren, irgend etwas auch nur halbwegs Interessantes zueinander zu sagen, waren sie doch beide überschwenglich dankbar für jeden Krümel Konversation, den Margaret zu bieten hatte; abwechselnd stürzten sie sich auf jedes Thema, handelten es tiefschürfend ab und erwarteten vertrauensvoll von ihr das nächste. Es war, wie wenn sie im Zoo die Bären fütterte.

Mavis war natürlich zu gar nichts nutze. Sie saß nur da und machte ein gelangweiltes und gedankenverlorenes Gesicht; wenn jemand das Wort an sie richtete, schrak sie zusammen, als hätte man auf sie geschossen, antwortete kurz und verworren und sank wieder in ihre Grübeleien zurück.

Margaret fand das allmählich ärgerlich. Zugegeben, niemand hatte von Mavis erwartet, daß sie die Seele des Abends sei und von Witz und amüsanten Geschichten nur so sprühte, aber konnte sie nicht wenigstens *etwas* sagen? Es brauchte ja gar nichts Gescheites zu sein – etwas von diesem sinnlosen Gebrabbel, das sie beim gemeinsamen Lunch mit Margaret immer von sich gab, hätte vollauf genügt.

»Mavis«, flüsterte sie, als das Mahl vorüber war und die jungen Leute sich zur Tür begaben, »was ist denn los mit Ihnen – sind Sie müde? Könnten Sie nicht ein bißchen fröhlicher sein – oder möchten Sie zu Bett gehen?«

Mavis hörte aus der besorgten Frage genau die Drohung heraus, als die sie auch gemeint war: Leiste deinen Beitrag oder verschwinde. Sie riß bestürzt die Augen auf.

»Oh, Mrs. Newman, entschuldigen Sie! Ich weiß, daß ich langweilig bin, aber sehen Sie –« Sie zwang ein strahlendes Lächeln in ihr Gesicht. »Was soll ich tun?«

»Nun – natürlich reden«, klärte Margaret sie auf. »*Sagen* Sie irgend etwas!« Sie vergewisserte sich mit einem Blick über die Schulter, daß Clive und Helen auch wirklich das Zimmer verlassen hatten, ehe sie fortfuhr:

»Merken Sie denn nicht, wie zäh die Unterhaltung sich hinzieht? Die beiden sind so hoffnungslos schüchtern – aber *Sie* sind eine erwachsene Frau und können mir doch sicher helfen, das Gespräch ein bißchen in Gang zu halten, oder?«

»Ich will's versuchen«, versprach Mavis zerknirscht. »Aber *was* soll ich denn reden? Ich weiß doch nicht, was einen Jungen in diesem Alter interessiert.«

»Einfach *irgendwas!*« beschwor Margaret sie. »Alles. Worüber Sie sonst auch reden.«

Aber worüber redete Mavis denn sonst auch? Übers Wetter? Über den Verbleib des Schals, den sie auf dem Dielentisch liegen gelassen zu haben glaubte? Über ihre Haare und die Unmöglichkeit, etwas aus ihnen zu machen? Letzteres konnte Margaret wieder einmal finster bestätigen. Die dünnen, schlaffen Strähnen, auf die sie soviel fruchtlose Mühe verschwendete, sahen schlimmer aus denn je.

»Erzählen Sie etwas von Eddie!« fiel ihr plötzlich in ihrer Verzweiflung ein. »Egal, ob sie das interessiert – *erzählen* Sie ihnen einfach von ihm!« Und mit diesen hoheitsvollen Instruktionen scheuchte sie Mavis hinter den beiden her ins Wohnzimmer und kehrte selbst in die Küche zurück.

Und Mavis tat genau wie befohlen. Als Margaret wieder dazukam, fand sie einen überraschten, aber keineswegs uninteressierten Clive vor, der sich gerade anhören mußte, wie ungerecht der Geschichtslehrer vor drei Wochen Eddies Aufsatz über Thomas Becket beurteilt hatte; wie rücksichtslos der Sportlehrer darüber hinwegging, daß Eddie doch erst neundreiviertel war, während die meisten Jungen in seiner Klasse schon zehn waren; und ob Clive es nicht auch für falsch halte, daß ein Junge, dessen Mutter Atheistin sei, gezwungen werde, sonntags zweimal in die Kirche zu gehen? Es wäre Margaret nie in den Sinn gekommen, Mavis' bodenlose Unwissenheit in religiösen Dingen mit einem solchen Titel zu beehren, aber Clive nahm alles sehr ernst und unterstützte ihren Standpunkt mit geradezu rührendem Eifer; sein anschließender Versuch, sie in eine Diskussion über Christentum in der modernen Welt zu ziehen, erwies sich allerdings als ein wenig verfehlt. Zu diesem Thema wußte sie nur beizutragen, daß der Pfarrer ihrer Heimatgemeinde nur jeden zweiten Sonntag zu predigen pflegte. Er züchtete auch Dahlien, hatte aber immer viel Ärger mit Ohrwürmern. Sie habe eine Tante gehabt, fügte sie hinzu, die auch Dahlien züchtete, aber ob auch sie Ärger mit Ohrwürmern gehabt habe, könne sie, Mavis, nicht sagen.

An diesem Punkt schien jedoch auch Helen die Macht der Sprache wiederzufinden; schüchtern warf sie eine zornige kleine Bemerkung über das Schulgebet in die Debatte – und von da an war der Abend gerettet. Religion, Leben-nach-dem-Tod, D.H. Lawrence, Handschriftendeutung – Margaret war, während sie Kaffee einschenkte und Makrönchen herumreichte, so stolz wie ein Theaterproduzent, der aus den Kulissen die erfolgreiche Premiere beobachtet. Und eigentlich war das Mavis' Verdienst. Nicht zu fassen!

Es war schon elf vorbei, als die Unterhaltung wieder zu erlahmen begann und Clive auf die Uhr sah und ein ›Also, ich denke...‹ von sich gab. Margaret dachte das auch, und da der Gast nicht zu wissen schien, wie er seinen Abgang nun auch praktisch in die Wege leiten sollte, half sie ihm mit dem Hinweis auf die Sprünge, daß der letzte Bus um zwanzig nach elf unten an der Straße vorbeikomme.

Der Abschied war allseits herzlich; und Margaret achtete bewußt auf ihre ständige großmütterliche Präsenz, damit Clives ausbleibender Versuch, Helen zu küssen, weder ihm als Feigheit ausgelegt noch auf Helens kindlichen Mangel an weiblicher Attraktivität zurückgeführt werden konnte, sondern einfach situationsbedingt war.

»Wie fandest du ihn denn, Oma? Fandst du ihn schrecklich fade?«

Leuchtenden Auges trank Helen Margarets gegenteilige Versicherungen gierig in sich hinein: Aber nicht doch, er gefalle ihr; er scheine ein sehr netter Junge zu sein, recht intelligent und nicht annähernd so unattraktiv, wie Helen ihr zu verstehen gegeben habe.

»Na ja – vielleicht ist er doch nicht so schlimm?« räumte Helen ein. »Jedenfalls war er heute abend längst nicht so langweilig wie sonst. Ich wünschte, so wäre er auch, wenn wir ins Wimpy gehen –«

»Wer war dieser Mann? Was hat er Ihnen erzählt?«

Unversehens stand plötzlich Maurice vor ihnen – er war aus der Dunkelheit angeschossen gekommen wie eine streunende Katze, gerade als Margaret die Haustür schließen wollte. Jetzt stand er blinzelnd in der Diele und kniff die Augen gegen das Licht zusammen, als wenn er sich sehr lange im Dunkeln aufgehalten hätte. Hatte er in den Lorbeerbüschen bei der Haustür gelauert oder was? Man hatte ihn nicht über den Weg oder um die Hausecke herumkommen sehen. Er war nur einfach plötzlich da.

»Wirklich, Maurice! Was soll denn das nun wieder heißen? Das war nur ein Freund meiner Enkelin –«

»Oh! Entschuldigung.« Maurice hatte den besessenen, leeren Blick eines Menschen, dem Worte oder Geschehnisse einfach nicht in den Kopf gehen, wenn sie keinen Bezug zu dem haben, was sie beschäftigt.

»Dann hatte es also nichts mit mir zu tun? Er hat nichts von mir gesagt?«

»Nein, keineswegs. Und darf ich Ihnen einmal etwas raten, Maurice, zu Ihrem eigenen Besten? Würden Sie so freundlich sein und aufhören, sich so sonderbar und unzivilisiert zu benehmen, wie Sie es sich in den letzten Tagen angewöhnt haben? Das ist jetzt das dritte Mal, daß Sie auf so merkwürdige Weise plötzlich auftauchen, aller Welt einen Schrecken einjagen und den ganzen Haushalt durcheinanderbringen. Sie sind zweifellos in irgendeiner schwierigen Lage, von der Sie uns nichts wissen lassen wollen – und von der wir auch gar nichts wissen wollen, das kann ich Ihnen versichern – aber ich rate Ihnen trotzdem sehr dringend, über Ihren Problemen die guten Manieren nicht ganz zu vergessen. So etwas ist immer ein Fehler. Vor allem wenn man bei andern Leuten im Haus wohnt. Ich weiß, daß meine Tochter von Ihnen jegliches Benehmen hinnimmt; *ich* aber nicht; und ich halte es nur für recht, Ihnen das einmal zu sagen.«

Maurice sah Margaret starr in die Augen. Er wirkte aufmerksam und betroffen, ganz als wäre ihre kleine Moralpredigt angekommen.

»Er hat mir also keine Nachricht hinterlassen?« fragte er, als sie geendet hatte. »Oder gesagt, daß er noch einmal wiederkommt, oder sonst etwas?« Und als Margaret sich zornig umdrehte und ohne ein weiteres Wort davonging, sah er ihr ganz erstaunt nach, als fände er es kränkend und unbegreiflich, daß sie ihm so eine einfache Frage nicht beantworten wollte.

Kapitel 20

In der Nacht hatte es geregnet; der Sonntagmorgen dämmerte grau, und böige kleine Regenschauer trommelten gegen die Fenster von Zimmern, die nach den vielen Sonnentagen plötzlich düster wirkten. Die feuchte, schwere Luft im Haus machte die polierten Möbel matt und die Geländer klebrig unter den Händen. Und obendrein streifte Mavis durchs Haus und suchte jemanden, der sich ihre Träume anhören wollte.

Sie hatte natürlich ihren Morgenmantel an, denn es war ja erst elf Uhr, und ihre schmuddeligen Slipper klippklappten die Treppen und Gänge auf und ab und hielten vor jedem Zimmer inne, in dem sie vielleicht einen anderweitig beschäftigten Menschen stellen und zum Zuhören zwingen zu können hoffte.

Margaret fand es schon hart für das unglückselige Ding, daß nicht einmal Claudia ein Interesse zu haben schien – Claudia, die Mavis' Träume doch früher immer so schmeichelhaft ernst genommen hatte. Aber Mavis mußte ein Einsehen haben. Sie konnte einen solchen Publikumserfolg nicht *jedesmal* erwarten, und überhaupt sollte sie doch mittlerweile wissen, daß Claudia so etwas am Morgen nicht liebte. Abends durfte man loslegen; niemand hätte da interessierter und mitfühlender sein können als Claudia; wenn man dasselbe aber zur Frühstückszeit tat, schob sie einen mitsamt seinen Problemen gedankenlos beiseite und fragte halblaut, wie lange wohl die Post bis Amsterdam brauche und ob man ein dickes vervielfältigtes Memorandum wohl als Büchersendung schicken könne.

Doch Mavis lernte es nie. Schon zweimal war sie seit dem Frühstück ins Eßzimmer gegangen, hatte sich schwer atmend über Claudias Schreibtisch gebeugt und versucht, ihr Interesse zu gewinnen.

»Ich habe auch schon gedacht, es ist vielleicht ein Phallussymbol«, hatte Margaret sie hoffnungsvoll vortragen hören – ein ergreifendes Werben um Claudias Aufmerksamkeit, aber alles umsonst; Claudia hatte sich heute vorgenommen, Briefe zu schreiben, also würde sie Briefe schreiben, und wenn Mavis den gesamten Freud, Jung und Adler auf einmal geträumt hätte.

Auch Margaret war ein schlechtes Publikum gewesen, denn sie hatte heute morgen viel anderes im Kopf; ja, sie hatte einen richtigen kleinen Schock erlitten, von dem sie sich nur langsam erholte. Sie war, wie üblich, lange vor den andern aufgestanden und in den feuchten, silbrigen Morgen hinausgegangen, um ihre Hühner zu füttern, und dabei hatte sie unmißverständliche Anzeichen dafür gefunden, daß sich jemand am Hühnerstall zu schaffen gemacht hatte. Die Maschendrahttür stand offen, und der Lattenrost unter dem Hühnerhaus selbst war halb herausgezogen und dann so schief eingeklemmt zurückgelassen worden, daß er sich nicht mehr vor- noch rückwärts bewegen ließ. Und unter diesem Boden, wo Margaret vor ein paar Tagen selbst noch saubergemacht und gegraben hatte, war der Erdboden wieder aufgewühlt worden – hastig und achtlos waren die dicken Erdklumpen dahin und dorthin geschleudert worden, und zwischen regellosen tiefen Löchern türmten sich wahllos kleine Humus- und Lehmhügel.

Den Hühnern fehlte aber nichts. Alle zwölf stromerten zufrieden – und ein wenig verwundert, denn gewöhnlich war ihnen diese Freude erst in der letzten Nachmittagsstunde vergönnt – im hohen Gras der Wiese umher. Als sie sich frühstückshungrig um Margaret scharten, sah sie genau hin, ob sie irgendwelche Verletzungen oder Zeichen von Angst erkennen konnte, aber dem war nicht so. Der sinnlose Wühler, wer immer es gewesen war, hatte offenbar keinem ein Leid getan.

Aber ärgerlich und beunruhigend war das Ganze ja doch. Was war denn da nur los gewesen? Beim Frühstück erzählte Margaret der Familie davon, aber die andern wußten auch nicht mehr als sie und konnten auch keine Vermutung zu dem Geschehen äußern. Jedenfalls keine vernünftige.

»Das werden Ratten gewesen sein«, meinte Claudia ruhig. »Ich habe dir ja schon immer gesagt, früher oder später hast du Ratten da, denn wer Hühner hält, kriegt immer Ratten. Hühner sind so unsauber – ich verstehe gar nicht, daß man ihre Haltung erlaubt. Geflügelhaltung sollte man professionellen Leuten überlassen.«

»Quatsch! Wir hatten *nie* Ratten! In fünfundzwanzig Jahren nicht. Ratten bekommt man nur, wenn man die Hühner vernachlässigt – wenn man sie überfüttert und die Futterreste herumliegen läßt. Und wer hat außerdem schon gehört, daß Ratten ein Maschendrahttor öffnen? Oder einen Lattenboden herausziehen?«

»Den wirst du wohl selbst herausgezogen und es

dann vergessen haben«, meinte Claudia liebenswürdig. »Und Ratten *können* Türen öffnen – darüber habe ich gelesen. Da war mal ein Artikel in *Reader's Digest*, in dem –«

Es lohnte sich gar nicht, solchem Unfug zu widersprechen. Claudia sagte das alles sowieso nur, um ihr eins auszuwischen, warum ihr also auch noch die Genugtuung geben und sich anmerken lassen, daß man sich ärgerte?

»Na schön, da kann man nichts machen«, sagte Margaret. »Ihr wißt alle anscheinend nichts darüber. Ob Maurice womöglich etwas weiß? Ist er schon auf –?«

»*Oh*!« kreischte Mavis plötzlich auf, dann schlug sie sich die Hand vor den Mund, während alle sich nach ihr umdrehten und sie mit weit aufgerissenen Augen ansahen.

»Entschuldigung – mir war da nur plötzlich ein Gedanke gekommen«, beantwortete sie verwirrt die fragenden Blicke. »Es ist mir nur so durch den Kopf geschossen, aber eigentlich ist es ziemlich albern. Wißt ihr, da war doch dieser Traum heute nacht, und als Sie ›Maurice‹ sagten –«

Aber Mavis hatte wohl einmal zu oft von Maurice geträumt; ihre Alpträume gingen allen allmählich ebenso auf die Nerven wie das immer gleichbleibende Gespräch, das ihrer Schilderung folgte. Selbst Claudia machte so etwas um die Frühstückszeit keinen Spaß. Und die von allen Seiten abgewiesene arme Mavis mußte ihre Bekenntnisse wohl oder übel auf eine günstigere Gelegenheit verschieben. Eine solche Gelegenheit suchte sie nun hartnäckig, wenn auch immer erfolgloser, den ganzen grauen, nieselnden Sonntagmorgen lang; und erst am Nachmittag, als silbrige Streifen Sonnenlicht durch die Wolken zu brechen und Wärmedunstwolken von der durchweichten Erde aufzusteigen begannen, wurde sie ihr endlich zuteil. Aber überraschenderweise war es nicht Claudia, die sie ihr bot (denn die saß noch immer geschäftig an ihrem Schreibtisch), sondern Margaret.

Unnötig zu sagen, daß Margaret das nicht beabsichtigt hatte. Im Gegenteil, gerade um sich Mavis' Bekenntnisse vom Leib zu halten, hatte sie munter vorgeschlagen, Mavis könne, sobald der Regen aufhöre, mit ihr zum Hühnerstall gehen und ihr helfen, den Lattenrost freizubekommen. Sie hatte fest geglaubt, sich mit diesem Vorschlag für den Rest des Nachmittags vor Mavis' Gesellschaft (soweit dieses Wort zutraf) in Sicherheit zu bringen. Aber nein, zu ihrem Erstaunen nahm Mavis die boshafte Einladung geradezu begeistert an, und nach langem Hin und Her (denn Mavis besaß wirklich keinerlei Kleidungsstücke, die sich für eine derartige Arbeit eigneten, und die Frage, was sie von wem borgen könne, beschäftigte sie lange) erschien sie endlich wie zu einer Polarexpedition gekleidet und paddelte in Margarets Kielwasser in den aufhellenden Nachmittag hinaus.

»Nein, nicht dagegen lehnen, Mavis, dann verklemmt er sich noch fester. Sie müssen sich bücken und ziehen – so...«

Margaret übte sich so gut wie möglich in Geduld mit ihrer linkischen Gehilfin, deren Unbeholfenheit durch ein Paar zu große Gummistiefel und einen Mantel von Derek, der ihr beim Bücken immer wieder zwischen die Füße und den schlüpfrigen Boden geriet, noch verschlimmert wurde.

»Es geht nicht«, stöhnte sie wieder und wieder, und: »Ich drücke schon – ich meine, ich ziehe schon – so fest ich kann, oder?« Und plötzlich: »*Oh!*«, als sie bei einer heftigen Bewegung den Halt am Lattenrost verlor und, ein schweres Bündel schlotternder Kleidungsstücke, rückwärts ins matschige Gehege flog. Empört gackernd stoben die Hühner vor dem in ihrer Mitte einschlagenden Geschoß nach allen Richtungen davon.

»*Oh!*« rief Mavis noch einmal, und Margaret eilte zu ihr.

»Sie haben sich doch nicht weh getan?« erkundigte sie sich besorgt und unwirsch. »Das kann doch gar nicht sein, so dick eingepackt, wie Sie sind – und der Boden ist ja auch ganz weich. Kommen Sie – ich helfe Ihnen auf.«

»Nein, es geht schon. Mir ist nichts passiert, Mrs. Newman.« Aber sie blieb im Matsch sitzen, als hätte sie sich dort zum Picknick niedergelassen und gedächte sich nicht vom Fleck zu rühren. Und auf einmal löste sie sich, ganz still und undramatisch wie eine an der Sonne schmelzende Eiskugel, langsam in Tränen auf.

Es half alles nichts: sie mußte gefragt werden, was los war; und dann sagte sie es natürlich. Margaret seufzte, stützte sich mit dem Ellbogen aufs Dach des Hühnerhauses und hörte sich resigniert Mavis' jüngsten Traum an. Zu ihrer Überraschung wie auch Bestürzung handelte er von Hühnern.

»Anfangs schien ich halb wach zu sein«, erklärte

Mavis. »Und wie ich da so im Bett lag, dachte ich bei mir: ›Das ist aber schon komisch, daß sie um diese Zeit so gackern, so mitten in der Nacht‹... und dann sah ich auf einmal, daß es gar nicht mitten in der Nacht war, es war Tag – aber so ein merkwürdiger Tag, als wenn das Licht irgendwie gar nicht echt wäre. Da bin ich also im Traum ans Fenster gegangen und – war das komisch, dieses seltsame, strahlende Tageslicht! Der Garten war da, die Straßen und die Häuser gegenüber – und trotzdem waren sie irgendwie nicht mehr wirklich. Ganz hell waren sie, und klein wie Spielzeughäuser; und ganz helle, kleine Spielzeugbäume. Ja, so war es, als wenn ich in ein Spielzeugland guckte, so hell, so hübsch – und unheimlich. Und dann kam es mir plötzlich in den Sinn – als wenn es irgendwer gesagt hätte, in richtigen Worten: ›Das hat den Titel Alptraum‹ – und dann wußte ich, daß es kam. Das Huhn kam, das große Huhn, ich konnte seine Füße hören, wie Metallfüße, und sein Gackern, immer näher, um die Hausecke herum. Es war groß, reichte bis zu den Fenstern im ersten Stock, ich sah den großen Schnabel und den großen Kamm, und dann merkte ich, daß es gar nicht wirklich groß war, es ging nur auf Stelzen, auf großen hohen Stelzen... und plötzlich war es kein Huhn mehr, es war Maurice, er ging auf diesen hohen Stelzen und gackerte und gluckste. Und die Spielzeughäuser waren sein, er hatte sie gemacht, und die ganze Spielzeuglandschaft, alles als Ersatz für die wirkliche Welt, und dieses schreckliche gackernde Geräusch kam davon, daß er es mir erzählte, denn er hatte ja nur einen Schnabel zum Reden und nur ein ganz winziges Gehirn dahinter, ein Hühnergehirn...«

Margaret mißfiel der Traum. Ihr Mißfallen wuchs und wuchs, bis man es nur noch als Zorn, als Wut sogar, beschreiben konnte. Was unterstand sich Mavis, die Hühner in ihre ekelhaften Träume hineinzuziehen! Diese fröhlichen, unschuldigen Tiere, die da im Sonnenschein herumscharrten und -pickten! Margaret wunderte sich über die Stärke und Unvernunft ihrer eigenen Wut. Sie hätte über das Ganze lachen, es ins Lächerliche ziehen sollen. Es war doch nur der dumme Traum einer dummen Frau!

Aber irgendwie war es nicht zum Lachen. Es gibt Träume, die sich in immer größeren Kreisen um den Träumer herum ausbreiten. Margaret fühlte schon das erste leise Grauen sie beschleichen.

»Stehen Sie auf, Mavis!« sagte sie ungehalten, um das unangenehme Gefühl nahenden Unheils mit Übellaunigkeit zu übertönen. »Kommen Sie, helfen Sie mir bei dem Lattenrost. Halten Sie ihn nur fest, damit er sich hier nicht bewegt, während ich auf der andern Seite dagegen drücke...« und während sie rüttelte und ruckte und stumm auf ihre Gehilfin schimpfte, hatte sie das Gefühl, gegen mehr als Mavis' Alptraum anzukämpfen. Claudias Verkaufspläne für die Wiese; die Zwangsenteignung; der mysteriöse Übergriff auf das Hühnerhaus in der letzten Nacht: das alles schien jetzt irgendwie mit Mavis' Traum in einer Beziehung zu stehen, lauter verschiedene Facetten einer einzigen, übermächtigen Bedrohung. Sie sammelten ihre Kräfte, drängten von allen Seiten auf sie ein... Margaret rangelte und kämpfte mit dem widerspenstigen Holz, als gelte es den Mächten der Finsternis zu trotzen.

»So!« Ein abschließender Ruck, und der Boden war

auf einmal frei; glatt und leicht ließ er sich wieder in seine angestammte Position schieben. Margaret bejubelte den Erfolg über alle Maßen – und Mavis anscheinend auch, ganz als ob er mit ihrem inkompetenten Gefummel auch nur das mindeste zu tun gehabt hätte.

Margaret nahm ihr nicht die Illusion; allzu dankbar war sie, daß Mavis ihre morbiden Phantasien so schnell abgeschüttelt zu haben schien. Jetzt würden auch alle andern sie endlich vergessen können.

Es war darum sehr ärgerlich, daß Mavis im selben Moment, als sie zum Haus kamen, von neuem mit ihrem Traum anfing. »Claudia!« rief sie, während sie von Zimmer zu Zimmer lief und hineinsah. »Claudia! – Ah, da bist du ja! Hör mal, Claudia; du *mußt* das hören! Ich hatte wieder einen meiner prophetischen Träume!«

Kapitel 21

Es war natürlich barer Unsinn. Sie konnten Mavis schließlich mit vereinten Kräften zu der Einsicht bringen, daß weder an diesem noch an dem vorherigen Traum irgend etwas Prophetisches war. Der letzte war höchstwahrscheinlich durch das verängstigte Gegakker der Hühner ausgelöst worden, als sich in der Nacht jemand an ihrer Behausung zu schaffen gemacht hatte – Mavis' Zimmer lag auf dieser Seite des Hauses, und das einzige Wunder an der Sache war, daß sie davon nicht richtig aufgeweckt worden war, sondern eben nur einen Alptraum bekommen hatte. Daß die Hühner heute nachmittag, als sie in ihr Gehege geflogen war, ganz ähnliche Töne von sich gegeben hatten, konnte man kaum als Zufall werten, schon gar nicht als übernatürlich. Ähnlich war es mit dem Traum von Maurice gewesen, der allein im Dunkeln gesessen hatte. Schließlich hatte er bei seinem ersten Besuch schon davon gesprochen, daß er die Angewohnheit habe, spät in der Nacht Gedichte zu schreiben; und zweifellos hatte die Vorstellung, daß er dies tat, sich in Mavis' Phantasie festgesetzt, die ja auf ihn und sein Tun und Lassen ohnehin schon überempfindlich reagierte.

Ausnahmsweise schien Claudia diese nüchterne Betrachtungsweise ihrer Mutter zu teilen; sie teilte sie so entschieden, daß Margaret bei aller Dankbarkeit für die unerwartete Unterstützung schon Mitleid mit Mavis bekam. Da träumte sie nun die schönsten psychologischen Träume, wimmelnd von Claudias Lieblingssymbolen, war so recht auf ein schönes Zerpflücken ihrer Komplexe und verdrängten Inzestphantasien eingestimmt, und da scheiterte das Ganze an Claudias empörender Unbekümmertheit. Gewiß, räumte Claudia halbherzig ein, die Stelzen *könnten* schon ein Phallussymbol gewesen sein – richtig, *zwei* Phallussymbole. Doch, ja, das sinnlose Gegacker *könnte* Mavis' Gefühlsverwirrung, ihre Haßliebe für Maurice widergespiegelt haben. Und die Spielzeuglandschaft *könnte* zweifellos einen invertierten kindlichen Allmachtstrieb bedeuten, warum auch nicht?

Ja, warum nicht? Die arme Mavis saß da wie ein Schulmädchen, das seine Hausaufgabe besonders gut gelernt hat, um seiner Lieblingslehrerin zu gefallen; und die Lehrerin ist mit den Gedanken ganz woanders und hört gar nicht richtig zu. Natürlich wird das kleine Mädchen gleich anfangen, sich schlecht zu benehmen, um ihre Aufmerksamkeit zu erzwingen.

War das der Grund, warum Mavis sich mitten im nachgeplapperten Satz plötzlich an die Kehle griff? Das gut gelernte Wort wurde ohne Vorwarnung zu einem Schrei: »... *verwicklung*!« kreischte sie. »Er kommt! Ich höre ihn kommen! –« und sie schlug sich die Hand vor den Mund, als könnte sie nur so ihren Schrei unter Kontrolle bringen, und stürzte aus dem Zimmer. Sie hörten sie, noch immer in Helens Gummistiefeln, die Treppe hinaufpoltern, dann krachte ihre Zimmertür zu.

Wenn sie mit diesem Manöver hatte erreichen wollen, daß Claudia ihr besorgt nacheilte, um sie mit vielen psychologischen Worten zu bedauern, so war es ein kläglicher Mißerfolg, denn gerade in diesem Moment klopfte es hinterhältig an der offenen Terrassentür, und da stand Daphne und wartete, über die imaginäre Schwelle gebeten zu werden. Zweifellos hatten ihre auf dem Kiesweg nahenden Schritte Mavis in diese mysteriöse Flucht getrieben.

Angeblich war Daphne wegen einer Unterschriftenaktion für längere Öffnungszeiten in der Stadtbücherei gekommen; aber es zeigte sich bald deutlich, daß sie eigentlich nur wieder einmal mit Claudia ihre jeweiligen jüngsten Erfolge messen wollte.

In einer Hinsicht lag Claudia natürlich ständig in Führung, weil sie Maurice bei sich in der Wohnung hatte; aber durch gewissenhaftes Schnüffeln in der Nachbarschaft und unablässiges Ohrenspitzen konnte Daphne diesen Vorsprung oft durch irgendeine kleine Neuigkeit oder Mutmaßung verkürzen. Heute gedachte sie zum Beispiel zehn Punkte auf einen Schlag aufzuholen, indem sie eine komplizierte, aber offenbar nicht unwahrscheinliche Indizienkette dafür präsentierte, daß Maurice an dem Bankraub in der Hadley High Street unmöglich beteiligt gewesen sein konnte. Irgendwie hing das mit der Schwester der Frau zusammen, die alljährlich die Straßensammlung für geistig Behinderte organisierte – Margaret konnte da nicht so recht folgen, weil sie die früheren Fortsetzungen nicht vollständig mitbekommen hatte –, und die Indizien, worin sie auch bestehen mochten, schienen einigermaßen stichhaltig zu sein, denn Claudia stieß ihr kurzes Lachen aus. Arme Daphne.

Natürlich machte Claudia mit allem kurzen Prozeß. Sie wies darauf hin, daß (a) Maurice nie ausdrücklich gesagt habe, er sei an einem *Bankraub* beteiligt gewesen; daß (b) Maurice selbst wohl besser wisse als Daphnes Schwester der Sammlerin für geistig Behinderte, wofür er im Gefängnis gesessen habe; daß (c) die Fürsorge für geistig Behinderte ohnehin von Rechts wegen Sache des staatlichen Gesundheitsdienstes und nicht einer Straßensammlung sei, und dann könnten alle diese wirrköpfigen Frauen endlich etwas Besseres mit ihrer Zeit anfangen, als irreführenden Klatsch zu erfinden.

Daphne, derart aus dem Spiel geworfen, ließ ihre Punkte fahren, stellte ergeben ihre Steine wieder an den Ausgangspunkt zurück und hörte sichtlich demütig zu, wie Claudia ihren jüngsten Triumph präsentierte: Sie, Claudia, habe erst heute wegen Maurices Gedichten an einen literarischen Agenten geschrieben.

»Ich habe aus seiner Situation kein Geheimnis gemacht«, verkündete sie stolz. »Daß Maurice im Gefängnis war, habe ich höchstens noch besonders *herausgestellt*. Die sollen ruhig wissen, daß ich mich nicht scheue, mit einem solchen jungen Mann befreundet zu sein – im Gegenteil, ich bin stolz darauf –«

»Und eine tolle Verkaufsmasche wäre das natürlich auch noch«, pflichtete Daphne ihr bescheiden bei, und Margaret fragte sich unwillkürlich, ob ihr Erstaunen über Claudias Stirnrunzeln wirklich so unschuldig war, wie es schien.

»Das sehe ich nicht so – ich weiß auch gar nicht, was Sie damit meinen«, wehrte Claudia ab. »Bei Maurices Gedichten kann von einer ›Masche‹, wie Sie das nennen, gar nicht die Rede sein. Sie sind wunderbar – und echt. Und falls er berühmt wird und ich dann das Gefühl haben darf, einen winzigen Beitrag dazu geleistet zu haben, daß sein Name der Welt ein Begriff wurde, während alle andern auf ihm herumtrampelten –«

»Und auch das Fernsehen«, plauderte Daphne lächelnd und scheinbar taub weiter – oder war sie nur spitzfindig, genauso spitzfindig wie Claudia? – »im Fernsehen werden sie sich die *Finger* danach lecken, vor allem wegen seiner kurzen Stoppelhaare. Ein Glück, daß er die beibehalten hat. Er könnte ja so tun, als ob er gestern erst herausgekommen wäre... Passen Sie mal auf, ich habe eine Kusine, die ist mit einer Frau bekannt, die früher einmal in der Dramaturgie gearbeitet hat. Ich könnte mal eine kleine Party geben und Maurice mit denen bekannt machen...«

Der Kampf wurde heißer, der Einsatz höher. Margaret kam sich so überflüssig vor, als hätte sie sich mit ihrem Liegestuhl mitten auf dem Centre Court von Wimbledon niedergelassen. Sie packte eilig ihre Siebensachen zusammen und entfernte sich, zog auf dem Weg durchs Zimmer fast den Kopf ein und flüchtete in die Diele.

Auf dem Weg nach oben fiel ihr ein, wie es Mavis wohl gehe. Hatte sie inzwischen gemerkt, daß da nur Daphne gekommen war, nicht der gefürchtete Maurice? Oder saß sie noch immer zitternd vor idiotischer Angst hinter ihrer geschlossenen Tür? Um sie aus ihrem Elend zu erlösen, ging Margaret über den Flur und klopfte an die Zimmertür des dummen Mädchens.

»Mavis?« rief sie ganz freundlich. »Mavis, sind Sie da drin?«

Keine Antwort. Margaret rief noch einmal. Sie war

eigentlich ganz sicher, daß Mavis da war. Aber warum gab sie dann keine Antwort?

Hatte sie zuviel Angst? Oder tat sie nur so und wartete bockig darauf, daß Claudia käme und ein großes Theater um sie machte? So benahm sich ein verzogenes Kind, und darum mußte man bei ihr damit rechnen.

Aber Margaret konnte sich nicht damit beruhigen. Was *tat* Mavis da drinnen? Noch einmal klopfte sie, und als noch immer keine Antwort kam, drehte sie behutsam den Türknauf und trat ein.

Mavis schien zu schlafen. Eingehüllt in ihren ewigen Morgenmantel, die Daunendecke halb über sich gezogen, lag sie völlig reglos auf dem Bett. Erst als Margaret sich dem Bett näherte und sich darüber beugte, um zu sehen, ob sie wirklich schlief, gingen ihre Augen auf.

Aber noch immer bewegte sie sich nicht, und auch über ihr Gesicht ging keine Regung; nur ihre runden, weit aufgerissenen Augen starrten vollkommen leer in Margarets, als sähen sie gar nichts.

Margaret bekam es leicht mit der Angst.

»Mavis!« sagte sie leise und besorgt. »Mavis, sagen Sie doch etwas! Wachen Sie auf! Schlafen Sie? Mavis! Bitte!«

Ein kurzer Bewußtseinsschimmer trat in Mavis' leeren Blick. Sie blinzelte, stöhnte, und mit einem langen, schluchzenden Seufzer richtete sie sich von ihrem Kissen auf und klammerte sich an Margarets Arm.

»Oh! Oh, Mrs. Newman, wie konnten Sie nur! Oh, wie konnten Sie mich so erschrecken –! Das ist so gemein – so grausam – so etwas zu tun!«

»Meine liebe Mavis! Gutes Kind, was meinen Sie denn damit? Womit habe ich Sie erschreckt? Ich bin doch nur hereingekommen, um zu sehen, ob Ihnen etwas fehlt.«

»Warum können Sie denn nicht mit mir reden? Warum gackern Sie so...?«

Margaret nahm sie bei den Schultern und rüttelte sie.

»*Mavis!* Wachen Sie auf! Sie träumen ja. Aufwachen...!«

Ihre Stimme klang schneidend vor Angst, und nun wachte Mavis tatsächlich auf, wachte richtig auf und starrte mit Augen, die mit einemmal voll bewußt dreinschauten, zerknirscht und verständnislos in Margarets Gesicht.

»Oh, Mrs. Newman, Sie sind es! Gott sei Dank, ich dachte schon... ich muß geträumt haben! Habe ich geschlafen? Habe ich geschlafen, als Sie hereinkamen?«

»Und ob Sie geschlafen haben! Geschlafen und geträumt und im Schlaf auch noch fürchterlichen Unsinn geredet. Was mich nicht wundert, wenn Sie am hellichten Nachmittag so plötzlich ins Bett gehen! Was ist denn los? Sind Sie krank?«

»Es ist nicht hellichter Nachmittag«, widersprach Mavis trotzig. »Es ist –« sie sah auf ihren kleinen Nachttischwecker – »es ist schon fast sieben. Ich bin nur früh zu Bett gegangen, sonst gar nichts. Ich habe die ganze letzte Nacht kaum geschlafen, wirklich nicht, darum habe ich zwei von meinen Schlaftabletten genommen. Aber die haben nicht gewirkt, Mrs. Newman, sie haben mich nur schwindlig gemacht, und das tun sie jetzt noch – ich bin so hellwach, wie man nur sein kann. Und gleich *zwei!* Normalerweise nehme ich nur eine.«

»Nun, dann geschieht es Ihnen recht! Sie sind ein ganz dummes Ding. Wie können Sie erwarten, um so eine lächerliche Zeit zu schlafen, wo die Sonne noch scheint und alles – kein Wunder, daß Sie von diesen Pillen nur Alpträume bekommen! Ich nehme an, deswegen haben Sie in letzter Zeit diese vielen Alpträume gehabt, wenn Sie sich gewohnheitsmäßig derart betäuben.«

»Aber das tue ich doch gar nicht, Mrs. Newman! Ich habe schon so lange keine mehr genommen, seit dem ersten Abend, nachdem Eddie in die Schule gegangen war und ich mir solche Sorgen machen mußte, ob die da so was mit ihm machen wie in *Tom Brown's Schulzeit*. Aber nachdem ich ihm dann den Kuchen und die zehn Shilling geschickt hatte, war mir wohler – ich meine, er würde ja keine Briefe schreiben und um so was bitten, wenn sie ihn dort an einem kleinen Feuer rösten, oder?«

Da mußte Margaret ihr völlig recht geben. »Und wenn Sie die ganze Zeit ohne diese Pillen ausgekommen sind«, fügte sie hinzu, »finde ich es schade, wenn Sie sich das jetzt wieder angewöhnen. Das einzige, was Ihnen fehlt, Mavis, ist eine richtige Arbeit. Wenn Sie doch nur eine geregelte Beschäftigung hätten wie jeder andere und zu normalen Zeiten aufstünden und zu Bett gingen, wenn alle anderen auch zu Bett gehen –«

»Sie meinen, ich soll mir eine Arbeitsstelle suchen?« fuhr Mavis mißtrauisch auf. »Aber das *will* ich doch! Natürlich will ich das. Wenn ich erst irgendwo wohne und Zeit habe, mich umzusehen...«

Altbekannte Phrasen. Alle diese armen Dinger wollten sich nach Arbeit umsehen, wenn sie erst irgendwo wohnten und *Zeit* dafür hätten. Margaret seufzte.

»Also, Sie sollten jetzt jedenfalls aufstehen und herunterkommen«, begann sie – und da sah sie plötzlich, daß Mavis weinte. Dicke, nasse Tränen rannen ihr die Wangen hinunter und tropften auf die Tagesdecke, mit deren Ecke sie sich – zu Margarets größtem Mißfallen – die Augen abtupfte.

»Sie wirken nicht!« schluchzte sie. »Oh, ich ertrage das nicht! Die ganze Zeit habe ich sie bei mir gehabt und gedacht, wenn die Träume *zu* schlimm werden, nehme ich eine und habe eine ruhige Nacht. Es hat mir so geholfen, mir das vorzustellen! Aber sie machen die Träume *schlimmer,* nicht besser! Gerade jetzt war es so, als wenn ich überhaupt nicht geschlafen hätte, und trotzdem konnte ich nicht wach werden. Ich habe Sie ins Zimmer kommen hören, Mrs. Newman, ich habe Sie gesehen, und trotzdem konnte ich nicht aufwachen. Ich dachte, Sie hätten einen Schnabel, und nur daran konnte ich merken, daß ich träumte! Oh, Mrs. Newman, ich habe solche Angst! Und ich kann nicht einmal die Tür abschließen, weil der Schlüssel weg ist! Das nächstemal wird jemand anders hereinkommen – nicht Sie – und ich werde es sehen und doch nicht aufwachen können…!«

Es sah aus, als wollte Mavis' hysterisches Weinen gar nicht mehr enden. Margaret kam sich hilflos vor und war recht erschrocken.

»Soll ich Claudia rufen?« schlug sie endlich vor; und zu ihrer Erleichterung sah Mavis zu ihr auf, inmitten ihrer Tränen plötzlich hellwach.

»Oh, aber nur wenn sie *will*, Mrs. Newman. Es würde mir im Traum nicht einfallen, sie zu belästigen, wenn sie lieber mit Maurice zusammen sein und für ihn tippen will! Das Tippen muß ja viel interessanter sein als *meine* dummen Problemchen!«

Eifersüchtig wie ein Kleinkind! Trotzdem hatte Mavis' Zustand etwas Beunruhigendes. *Wenn* Claudias vielgerühmtes Mitgefühl und Verständnis je gefragt war, dann jetzt.

»Ach du meine Güte!« Claudia lächelte resigniert zu Daphne hinüber, die noch immer da war; recht zu Margarets Unmut, denn sie hätte ihrer Tochter Mavis' unglücklichen Zustand lieber unter vier Augen geschildert. »Ach du meine Güte. Na ja, dann werde ich wohl mal zu ihr hinaufgehen müssen. Natürlich will ich. Aber es ist doch einigermaßen – anstrengend, nicht wahr? – gerade jetzt, wo die Sache mit Maurice akut wird, seine Gedichte und alles – ich hätte meine Energie eigentlich lieber ganz für *ihn* aufgespart. Und gerade jetzt muß Mavis einen Rückfall bekommen! Trotzdem...«

Sie begab sich zur Tür, triumphal bedauernd, glorreich ächzend unter den zahllosen Ansprüchen an ihre Geduld und Sympathie; und das so unmittelbar vor Daphnes Augen! Es war ein wundervoller Augenblick, den man nicht so schnell vorübergehen lassen durfte. An der Tür blieb sie noch einmal stehen.

»Wissen Sie, wie ich mir manchmal vorkomme? Ich komme mir vor wie in diesem Spiel: Wer hat Angst vor dem Schwarzen Mann? Der Schwarze Mann versucht immer alle einzufangen und will sie auch zu schwarzen Männern machen, und ich habe das Gefühl, ich bin in alle Ewigkeit diejenige, die nie erwischt wird und immerzu die andern wieder heraushauen muß, die das Leben gefangen hat. Ich befreie sie – setze sie auf freien Fuß – und dann lassen sie sich doch nur wieder einfangen und schwarz machen, und ich kann mit der ganzen Rettungsaktion wieder von vorn beginnen. Nicht daß ich es ungern täte! Ich bin der Meinung, daß es das Mindeste ist, was ich tun kann, weil ich irgendwie das Glück hatte, genügend Kraft und Verständnis mitbekommen zu haben –«

»Und die nötige Gefühllosigkeit!« unterbrach Margaret sie mit einer Heftigkeit, die sie selbst überraschte. »Du hast recht, Claudia, du *spielst* ein Spiel! Aber du spielst es mit dem wirklichen Leben anderer Menschen. Begreifst du nicht, daß es für sie *kein* Spiel ist? Es ist echtes Leiden, Claudia, was du da um dich herum versammelst wie Spielzeug auf dem Fußboden des Kinderzimmers, um es aufzuheben oder wieder wegzulegen, ganz wie es dir beliebt! Jetzt in diesem Augenblick ist es dir völlig egal, wie Mavis da oben zumute ist – dich interessiert nur, wie ihre Leiden, worin sie auch bestehen mögen, in dein Schaufenster passen. Du fragst dich, ob sie gut oder schlecht in deine Schaufensterdekoration mit Maurice passen, auf die du dich zur Zeit konzentrierst und womit du Daphne ausstechen möchtest. Ihr beide kommt mir vor wie zwei Kinder in einem Spielzimmer –«

»Mutter!« Claudia stieß ihr kurzes Lachen aus. »So wollen wir doch wirklich nicht über unsere Gäste reden, oder?« Und an Daphne gewandt fuhr sie fort: »Denken Sie sich nichts dabei – solche Anwandlungen bekommt Mutter hin und wieder. Das ist ihr Alter –«

die letzten vier Worte wurden mit der entsprechenden Mimik gesprochen. Margaret warf sich wütend zu ihrer Tochter herum.

»Es ist *nicht* mein Alter, Claudia, das weißt du auch genau. *Du* bist diesem Alter jetzt näher als ich, mit dieser Waffe solltest du also künftig etwas vorsichtiger umgehen! Entschuldigung, Daphne, ich wollte nicht unhöflich sein, aber ein für allemal, ich werde von jetzt an sagen, was ich denke. Dieser Unfug ist schon zu weit gegangen. Du richtest fürchterlichen Schaden an, Claudia. Ich weiß noch nicht, was passieren wird, aber ich sehe es kommen, und ich habe Angst. Warum ist Mavis so – warum hat sie diese Träume? Ja, ich weiß, daß sie schon immer albern und hysterisch war, aber es wird immer schlimmer mit ihr. Wovor hat sie solche Angst? Was ist das – was ist da los? Und auch Maurice – er wird von Tag zu Tag sonderbarer. Als er zunächst hierherkam, erschien er mir völlig normal. Ich weiß nicht, was du mit ihnen machst – und du weißt es auch nicht, das ist ja das Entsetzliche. Du hast ihr Leben in die Hand genommen, als ob du der allmächtige Gott wärst, und jetzt bist du aus dem Konzept und weißt nicht mehr, was du tust. Du hast etwas ausgelöst und weißt nicht, was es ist; irgend etwas ist in Gang gekommen, und du weißt es nicht mehr aufzuhalten. Und wenn der große Knall kommt, wirst du rufen: ›Wie ist denn das nur passiert?‹ und ›Wenn ich doch nur dagewesen wäre!‹ Du wirst denken, die Katastrophe sei *trotz* deiner Bemühungen eingetreten, aber das ist falsch; sie wird *wegen* deiner Bemühungen eintreten. Sie wird eintreten, weil du die Menschen wie Spielzeug behandelst und sie zu deinem Amüsement in

Situationen stellst, mit denen sie nicht fertig werden. Es ist doch kein Wunder, daß Mavis von einer Spielzeugwelt träumt! Sie träumt von *dir*, Claudia, ganz und gar nicht von Maurice! Auf diesen Stelzen balancierend, in Überlebensgröße, Herrscher über ein Spielzeugreich...! Verstehst du nicht, Claudia, daß diese Menschen, die du da um dich scharst, *schwache* Menschen sind, alle miteinander? Sie überleben dieses Spiel nicht, das du mit ihnen spielst, bei dem du sie auf dem Kinderzimmerboden umherschubst. Dabei gehen sie kaputt!«

»Bravo, Mutter Siebengescheit! Bravo!« applaudierte Claudia. »Und was siehst du noch alles in deiner Kristallkugel? Einen großen, dunkelhaarigen Mann und eine Überseereise? *Die* sehe ich auch! Armer Derek, ich wollte ihm heute schreiben, aber anscheinend soll ich keine ruhige Minute mehr haben. Hör zu, Mutter, es tut mir schrecklich leid, aber so gern ich deine Sorgen Punkt für Punkt mit dir durchgehen möchte, habe ich doch einfach nicht die *Zeit* für deine hysterischen Phantasien, sowenig wie für Mavis', denn ich kann nicht alles auf einmal machen! Da, bitte – jetzt das Telefon! Ihr werdet sehen, das ist wieder jemand, der meine moralische Unterstützung braucht. Und sie bekommt! Manchmal fühle ich mich richtig ausgesogen, aber ich habe noch nie einen Menschen im Stich gelassen...«

Die großen Worte gingen ein wenig ins Leere, als sich herausstellte, daß der Anruf gar nicht für Claudia war.

Eine Minute später kam Helen ins Zimmer und war ein wenig rot im Gesicht.

»Oma! Ach – Mama – habt ihr was dagegen, wenn Clive nächsten Mittwoch wieder herkommt? Oder übernächsten? Er sagt, es hat ihm neulich hier so gut gefallen, wirklich! Er hat extra angerufen, um mir das zu sagen!«

Die schüchterne Freude des Mädchens über ihren ersten gesellschaftlichen Triumph brachte die Erwachsenen zum Lächeln; und als sie das Zimmer wieder verließ, waren sie einander plötzlich alle wieder gut und hatten ihren jüngsten Streit vorübergehend vergessen. »Sie wird erwachsen, wie?« meinte Daphne bewundernd. »Und sie fängt an, richtig hübsch zu werden.«

»Ja, nicht?« pflichtete Claudia ihr bei, aber in ihrem Ton lag etwas Abwesendes. Sie stand auf und ging etwas in ihrem Schreibtisch suchen. »Ich glaube, dieser Anruf erfordert *doch* ein wenig moralische Unterstützung meinerseits, wie ich gesagt habe!« murmelte sie geheimnisvoll in die Schublade, und als sie sich mit einem kleinen Päckchen in der Hand wieder aufrichtete, sagte sie zu ihrer Mutter: »Ich glaube, bei dieser Gelegenheit bin doch *ich* diejenige, die weiß, daß das Leben nicht nur ein Spiel ist, vor allem nicht für die junge Generation. Und *du* bist diejenige, die es dafür hält!« Und mit dieser kryptischen Bemerkung ging sie rasch aus dem Zimmer.

Helen lag auf dem Bett, eingerahmt von den goldenen Strahlen der Abendsonne, und genoß in vollen Zügen dieses erstmalige Gefühl, in einer schwierigen Situation eine gute Gastgeberin gewesen zu sein. Denn es *hatte* Spaß gemacht gestern abend – nachdem die erste Steifheit sich gelegt hatte – und jetzt wußte sie, daß es

Clive auch Spaß gemacht hatte. Daß er sogar extra anrief, um es ihr zu sagen! Er mußte sie wirklich sehr unterhaltsam gefunden haben – und sie *war* ja auch recht unterhaltsam, das hatte sie die ganze Zeit gespürt, und wie schön, es jetzt so bestätigt zu bekommen! Freudiger Stolz begann ihr in warmen Wellen durch die Adern zu fließen. Sie, Helen, konnte amüsant und unterhaltsam sein; sie konnte ein Gespräch in Gang halten und dafür sorgen, daß Gäste auf ihre Kosten kamen! Wunderbar! Und Clive war wirklich recht nett, jetzt nachdem er nicht mehr so schüchtern war. Trotzdem hatte sie ihn nach nochmaligem Überlegen erst für *übernächsten* Mittwoch wieder eingeladen – es wäre arg, wenn alles langweilig zu werden anfinge, nur weil sie sich zu oft sahen. Aber sie freute sich schon darauf, plante bereits, was Oma für diesen Abend kochen sollte, und überlegte, ob sie noch jemanden dazu einladen oder es genauso halten sollte wie gestern abend. Das war vielleicht doch am besten: nachdem sie so ein erfolgreiches Rezept für gute Unterhaltung gefunden hatte, wäre es dumm von ihr, mit Änderungen ein Risiko einzugehen. Vorerst jedenfalls... Ein Klopfen an der Tür hämmerte störend in Helens Tagtraum hinein. Nur Mama klopfte bei ihr an – es gehörte zu ihrer Theorie, daß auch Jugendliche ein Recht auf Privatleben hätten; aber ein Privatleben, das einem so förmlich verliehen wurde, konnte Helen nicht leiden. »Herein!« rief sie. Ihr war schon jetzt ziemlich unwohl, sie wußte nur nicht warum.

»Ein kleines Geschenk für dich, mein Schatz«, sagte ihre Mutter in fröhlich-geselligem Ton, wobei sie ihr ein kleines Päckchen auf die Bettdecke warf. »Geh behutsam damit um – es ist etwas ganz Besonderes.« Schon war sie wieder draußen und hatte die Tür hinter sich zugezogen, und Helen starrte mit zunehmendem, wenn auch unerklärlichem Unbehagen das Päckchen an. Langsam und eigenartig widerstrebend begann sie an der Verpackung zu zupfen.

›Verhütungscreme‹... ›Dieses Mittel ist‹... ›Gebrauchsanleitung‹... Es war wie der Reflex einer gespannten Feder, mit dem Helens Armmuskeln das Päckchen mitsamt Inhalt an die gegenüberliegende Wand schleuderten, ehe sie überhaupt merkte, daß sie sich bewegt hatte. Denn sie fühlte sich wie gelähmt; benommen saß sie da, vor den Kopf geschlagen, schockiert und abgestoßen. Nie, nie mehr würde sie Clive in die Augen sehen können, selbst wenn er von diesem abscheulichen Vorfall gar nichts wußte. Nie mehr würde sie mit ihm reden können. Oder mit einem andern Jungen. Nie mehr! Sie fühlte sich, als hätte eine Welle der Erniedrigung sie derart heftig umgerissen, daß sie nie mehr auf die Füße kommen könnte.

Doch mit den langsam verstreichenden Minuten fühlte sie so etwas wie einen beginnenden Heilungsprozeß – unscharf zuerst, bis er sich dann unmerklich auf einen bestimmten Hoffnungspunkt konzentrierte. Sandra! Der Gedanke an Sandra war wie der Anblick eines Stückchens Festland inmitten einer See von Ekel und Verzweiflung. Sandra würde alles ins rechte Licht rücken, vielleicht sogar in ein spaßiges. Wenn sie also erst zu Sandra käme, würden sie vielleicht schon leichten Herzens darüber kichern können, bevor der Abend noch vorbei war. Irgendwo ganz tief unten in ihrer Seele hatte Helen so die Vorahnung eines Gefühls, daß es eigentlich schade sei, wenn Kichern den einzigen Ausweg bildete; aber so war es nun einmal. Es blieb gar nichts anderes übrig. Lachen war die einzige sichere Zuflucht aus diesem stürmischen, schrecklichen Meer, in das sie geworfen worden war.

»Sandra!« schrie sie, fast noch ehe sie das Telefon erreicht hatte, nachdem sie wie verrückt die Treppe hinuntergerannt war. »Sandra! Bist du heute abend zu Hause? Ja? Kann ich zu dir kommen, jetzt gleich? ... Ja, *unbedingt* ... Nein, das kann ich dir am Telefon unmöglich sagen... Wenn ich bei dir bin! Ja, ich komme *sofort!*«

Kapitel 22

Claudia war ein wenig erstaunt, daß Helen so Hals über Kopf aus dem Haus gestürmt war, ohne zu jemandem ein Wort zu sagen; erstaunt und auch leicht pikiert. Natürlich wäre es ihr im Traum nicht eingefallen, von ihrem Kind vertrauliche Bekenntnisse zu verlangen – Gott bewahre! – aber wäre es nicht nur natürlich gewesen, wenn Helen nach einem solchen Geschenk ein ruhiges Gespräch mit ihrer Mutter gesucht hätte? Gab es denn keine Fragen, die sie gern gestellt hätte – nichts, was der Aufklärung bedurft hätte? Schließlich sagte eine Gebrauchsanleitung einem doch nicht *alles*. Außerdem war ein Geschenk dieser Art ja auch irgendwie eine Geste – das äußerste Zeichen von Vertrauen und Vertrautheit zwischen Mutter und Tochter; es war der letzte, unangreifbare Beweis für Claudias uneingeschränktes Verständnis für die Situation eines Teenagers. Von nun an mußte Helen wissen, daß sie sich ihrer Mutter restlos anvertrauen konnte, daß sie frei und ohne Scheu mit ihr über ihre sexuellen Wünsche reden konnte. Warum hatte sie es dann aber nicht getan?

Claudia ging rastlos im Zimmer auf und ab. Je länger sie darüber nachdachte, desto unverständlicher wurde ihr das Ganze. Obwohl Sex in ihrem eigenen vielbeschäftigten Leben immer nur eine untergeordnete Rolle gespielt hatte – sie hätte ihn für die uneingeschränkte, glanzäugige Bewunderung von Freunden jederzeit ganz eingetauscht –, zweifelte sie doch nie einen Augenblick daran, daß alle andern Menschen unablässig von sexuellen Leidenschaften beherrscht waren. Wenn sie das abstritten, waren sie entweder Lügner oder Verdrängungsopfer. Der Widerspruch zwischen ihren eigenen tatsächlichen Gefühlen und denen, die sie bei allen andern unterstellte, hatte sie nie wirklich gekümmert, weil sie beides noch nie nebeneinandergestellt und einer näheren Betrachtung unterzogen hatte, sowenig wie der altmodische Christ je seinen Glauben an die Güte Gottes neben die im Alten Testament berichteten aktuellen Ereignisse stellte. Claudias Überzeugung von der unablässigen Allgegenwart der Sexualität war nur eine Sache des Glaubens, nicht des überprüfbaren Wissens; es war ein Glaube, der über jede Infragestellung erhaben und eine unverzichtbare Grundlage für modernes Denken war. Man konnte an ihm sowenig zweifeln wie an den Gesetzen der aristotelischen Logik; damit wäre das ganze Gerüst ihres Denkens zusammengebrochen.

Aber lange konnte Claudia sich nicht mit Spekulationen über Helens sonderbares Benehmen aufhalten, dafür gab es zuviel anderes, worum sie sich kümmern mußte: zuerst so schnell wie möglich Mavis beruhigen; dann weiter mit Daphne reden, die sich hier für den ganzen Abend eingenistet zu haben schien; und später kam dann auch noch Maurice.

Maurice war heute abend schwierig. Er war kurz nach neun gekommen und hatte, statt dankbar und begeistert zu sein, als Claudia ihm von dem Brief erzählte, den sie an den literarischen Agenten geschickt hatte, sie nur ganz verständnislos angestarrt. »O mein Gott!« hatte er leise gesagt; und wenn nicht gerade in diesem Augenblick Daphne, die Margaret beim Abwasch geholfen hatte, ins Zimmer zurückgekommen wäre, hätte er sich sehr wahrscheinlich wieder in seinen sonderbaren Schmollwinkel zurückgezogen – das war in letzter Zeit immer öfter geschehen – und den ganzen Abend kein Wort mehr gesagt.

So aber war die Situation wenigstens fürs erste wieder gerettet. Kaum hatte Daphne ihn erblickt, überschüttete sie ihn schon mit einem Schwall unkritischer Schmeicheleien, die einen Autor ja nie kalt lassen; und als nächstes bat sie ihn überschwenglich, sein neuestes Gedicht vorzutragen.

Aber seltsamerweise mochte Maurice nicht. Er wirkte rastlos und befangen und sah immer wieder auf die Uhr. Er konnte sich auf kein Gespräch konzentrieren – nicht einmal über seine wunderbaren Gedichte.

Was konnte denn nur mit ihm los sein? Es war schon fast demütigend, wie abwesend und einsilbig er Claudia antwortete, und das vor Daphnes Ohren! Claudia blieb schließlich nichts anderes übrig, als zu demonstrieren, daß sie der einzige Mensch auf der Welt war, der seine Zerrissenheit verstand und wußte, wann man ihn in Ruhe lassen und mit eitlem Geschwätz verschonen sollte. Es war nur nicht ganz einfach, dieses tiefe Verstehen so zu demonstrieren, daß man nicht meinte, ihr falle lediglich nichts mehr zu sagen ein.

Alles in allem war es daher eine richtige Erlösung, als kurz vor elf das Telefon klingelte. Froh und dankbar, der Mühsal der Unterhaltung im Wohnzimmer entrinnen zu können, sauste Claudia in die Diele und riß den Hörer vom Telefon.

»Mama? Bist du's?« Helens Stimme klang atemlos,

aber irgendwie auch vorsichtig. »Du, es tut mir so leid, dir Scherereien zu machen, aber weißt du, ich bin doch bei Sandra und habe vergessen, daß Sonntag ist, und jetzt ist der letzte Bus weg. Meinst du, jemand könnte mit dem Wagen kommen und mich abholen?«

»Was heißt hier ›jemand‹?« Claudia stieß ihr kurzes Lachen aus. Sie hatte es noch nicht verwunden, daß Helen so unfreundlich einfach davongeeilt war. »Du weißt ganz genau, daß Papa nicht da ist und ich in diesem rückständigen Haus die einzige bin, die Auto fahren kann! Und ich bin beschäftigt, mein Kind. Wirklich. Ich habe Besuch. Können Sandras Eltern dich nicht zurückbringen? Weiß der Himmel, wie oft ich Sandra schon nach Hause gefahren habe!«

Die seien ausgegangen, erklärte Helen, alle beide, und Sandra wisse nicht, wann sie wiederkommen würden.

»Nun, dann frag doch, ob du über Nacht bleiben kannst«, schlug Claudia vor; aber das ging anscheinend wegen der Schule nicht. »Ich brauche doch für morgen früh meine Schultracht«, erklärte Helen. »Deswegen muß ich nach Hause.«

Jetzt platzte Claudia der Kragen.

»Also wirklich! So etwas Lächerliches! Das mit dieser Schultracht habe ich ja schon immer für idiotisch gehalten. Hätte ich mich doch nur energischer dagegen gestemmt, daß du auf eine Schule kamst, die noch solchen Unfug treibt! So einen perversen Unfug auch noch, ausgeheckt von einer Horde viktorianischer Lesbierinnen, die –«

»Claudia! Sagen Sie mal!«

Claudia schrak zusammen und hielt instinktiv die

Hand über die Sprechmuschel. Sie hatte nicht gemerkt, daß Maurice ihr in die Diele gefolgt war und jetzt ganz still hinter ihr stand. »Geht es darum, Helen nach Hause zu holen? Würden Sie es mir wohl erlauben? Nützt Ihnen das etwas?«

Er sagte das in einem bemüht ungezwungenen Ton, aber seine Augen waren dabei sehr hell. Claudia fühlte irgendwo ganz tief drinnen den Zweifel wie einen Eisklumpen. Sie sah ihn an. Es war ihm offenbar sehr wichtig, verzweifelt wichtig, daß sie ja sagte. Damit würde sie das Vertrauen, das sie ihm doch angeblich entgegenbrachte, endgültig besiegeln; und es wäre zudem der abschließende Beweis ihrer Großmut. Noch weiter konnten Weitherzigkeit und Mut nicht mehr gehen. Natürlich mußte sie ja sagen.

Sie wollte ja sagen und machte schon den Mund auf, doch dann suchte sie Zeit zu gewinnen.

»Können Sie denn fahren?« fragte sie und wartete in einem Gewirr uneingestandener Hoffnungen auf seine Antwort.

»O ja, ich bin früher sehr viel Auto gefahren. Und ich hatte auch in letzter Zeit Gelegenheit, zu üben. Keine Bange, ich fahre sie schon nicht in den Straßengraben.«

Claudias Herz pochte dumpf und schwer. Warum war er so angespannt und nervös, wartete so ungeduldig auf ihr Ja? Sah er darin, genau wie sie, die Probe aufs Exempel, den Test, der ein für allemal zeigen würde, ob sie ihm wirklich vertraute? Wie konnte sie, Claudia, sich einer solchen Herausforderung versagen?

Wieder öffnete sie den Mund, um ›Ja‹ zu sagen, und

wieder kam das Wort nicht heraus. »Aber Maurice –«, hörte sie sich sagen, und in dem Moment erschien Daphnes Gesicht in der Wohnzimmertür, ein mitleidiges Lächeln um die Lippen. Sie hatte also gelauscht! Sie kannte die Herausforderung, die da ergangen war, und wartete hämisch auf Claudias Demütigung – ihr Eingeständnis, daß es doch etwas gab, wovor auch ihr Mut versagte!

Ihr Mut versagte – *ihr, Claudias* Mut? Und das vor Daphnes Augen...?

»Aber Maurice, wie lieb von Ihnen!« vollendete sie ruhig den Satz. »Dafür wäre ich Ihnen wirklich sehr dankbar. Vielen, vielen Dank.«

Es war geschehen. Jetzt gab es kein Zurück mehr; und der Ausdruck des höchsten Erstaunens, der schockierten, widerstrebenden Bewunderung in Daphnes Gesicht schien ihr in diesem Augenblick Lohn genug.

Jetzt mit ihm hinausgehen in die dunkle Garage. Den Schlüssel übergeben. Ihm die Eigenwilligkeiten der Kupplung erklären. Zusehen, wie er langsam auf die Straße zurückstieß – und nun... nun blieb nichts anderes mehr als Warten.

Zwölf Minuten bis zu Sandras Haus; fünf Minuten vielleicht, bis Helen fertig war und sich verabschiedet hatte; zwölf Minuten zurück. Es würde nicht länger als eine halbe Stunde dauern. In einer halben Stunde würde sie also gelassen zu Daphne – und zu Mutter – sagen können: »Na bitte, *natürlich* ist alles gutgegangen! Wußte ich doch. Ich kann gar nicht verstehen, worüber ihr euch so *aufgeregt* habt...!« Ja, in nur einer halben Stunde könnte sie das sagen. In einer halben

Stunde würde dieses sonderbar elende Gefühl aus ihrem Magen weichen.

Bis dahin mußte sie sich weiter mit Daphne unterhalten, konnte sie sich noch ein wenig aufspielen, denn was sie eben getan hatte, *war* ja großartig, und Daphne war genau die Richtige, um das gebührend zu würdigen.

Das tat Daphne ja dann auch; ihr Lob war überschwenglich und geradezu ehrerbietig. »Also, hoffentlich geht das *wirklich* gut«, rief sie in Abständen aus, und Claudia wünschte, sie würde lieber den Mund halten. Es war so überflüssig, und jedesmal ließ es sie wieder dieses elende Gefühl im Magen spüren.

Aber als Daphne das Thema dann wirklich fallenließ und anfing, von den Fahnen für den Prospekt der Theatergesellschaft zu reden, die irgendwie abhanden gekommen seien, was sie, Daphne, ja schon immer prophezeit habe, seitdem man das dieser hochnäsigen Idiotin überließ, die sich in allem auszukennen glaubte, nur weil sie einmal im West End für eine Rolle hatte vorsprechen dürfen – nun, da war das eben auch nicht recht. Es lenkte ab, ohne aber interessant zu sein; es riß einen aus seinen Gedankengängen, ohne einen jedoch von ihnen zu erlösen.

Fünf nach halb zwölf. Erst *ganz knapp* über die halbe Stunde.

Helen hatte offenbar doch etwas länger gebraucht, um ihre Siebensachen zusammenzusuchen; und dann hatten sie und Sandra noch am Gartentor herumgestanden und sich erst etwas zu Ende erzählt – ach ja, das konnte leicht noch bis zu zehn Minuten gedauert haben, womöglich eine Viertelstunde... Es war wirklich dumm von ihr, mit weniger als einer Dreiviertelstunde gerechnet zu haben.

Und Daphne redete und redete, und Claudia fand es über die Maßen langweilig. Was interessierte es sie, ob die Frau, die früher für den Prospekt verantwortlich gewesen war, nicht nur beleidigt war, weil man ihr diese Aufgabe abgenommen hatte, sondern außerdem Schreibmaschine schreiben und die Post abholen konnte und dergleichen mehr – Talente, die für eine Theatergesellschaft wesentlich wertvoller waren als noch soviel West-End-Erfahrung; fand Claudia das nicht auch?

Claudia gab ihr recht, wobei sie größtes Interesse in ihre Stimme legte und krampfhaft überlegte, was sie sagen könnte, um zu zeigen, daß sie zugehört hatte.

Denn inzwischen war es zehn vor zwölf. Vielleicht hatten sie Maurice noch auf ein paar Minuten ins Haus gebeten? Vielleicht hatten sie ihm eine Tasse Kaffee angeboten, und dann waren sie alle ins Reden gekommen...?

»Warum rufen Sie nicht mal an?« fragte Daphne plötzlich. »Rufen Sie doch mal bei dieser Sandra an und fragen Sie, wann sie abgefahren sind. Denn das ist doch jetzt schon *ziemlich* lange...«

»Ach was!« Auf keinen Fall durfte Daphne merken, was für ein gräßliches kaltes Pochen ihre Worte in Claudias Kopf ausgelöst hatten. »Es ist alles in bester Ordnung. Ich habe nicht den leisesten Zweifel, daß die jetzt alle bei einer Tasse Kakao oder dergleichen herumsitzen und schwatzen und die Zeit vergessen. Sie sind *jung*, Daphne! Wenn Sie mehr mit jungen Leuten zu tun hätten, wüßten Sie das.«

Es war nicht Claudias Art, Daphne auf diese Weise ihre Kinderlosigkeit vorzuhalten; und auch jetzt hatte sie es nicht eigentlich böse gemeint. Daphne in die Schranken zu weisen, verschaffte ihr nur einen Augenblick Ruhe vor dieser erbarmungslosen, unablässigen Angst, wie wenn bei einem Bluterguß der Druck nachläßt. Aber es war natürlich nicht verwunderlich, daß Daphne in entsprechender Münze zurückzahlte.

»Na ja, ich hätte es ja von vornherein erst gar nicht dazu kommen lassen«, erklärte Daphne, plötzlich in aggressivem, selbstgerechtem Ton. »Wenn Helen *mein* Kind wäre, hätte ich sie nicht im Traum von diesem jungen Mann abholen lassen! Sie müssen verrückt sein, Claudia, so etwas zuzulassen! Das habe ich gleich gedacht, als ich Sie ›Ja‹ sagen hörte.«

Was sollte nun wieder dieser Verrat! Nach all der ehrfurchtsvollen Bewunderung, der wochenlangen Rivalität, in der sie einander beneidet und angestachelt hatten – warf Daphne das jetzt alles über Bord? Jetzt – ausgerechnet jetzt?

Es war fast eine Erleichterung, daß gerade in diesem Augenblick Mutter ins Wohnzimmer platzte, ganz weiß im Gesicht.

»*Was* ist los, Helen ist noch nicht zurück?« wollte sie wissen; und nun mußte man ihr natürlich alles sagen.

»Du mußt völlig von Sinnen sein, Claudia! Du mußt total verrückt geworden sein!« schrie sie und starrte ihre Tochter ungläubig an. »Wie konntest du so etwas erlauben – ja, sogar du! Schnell, Sandras Nummer... Wir müssen da sofort anrufen!«

»Aber bitte, Mutter, nun werde doch nicht gleich

hysterisch. Hör mal zu –« an der Oberfläche ihrer wachsenden Angst vermochte Claudia noch immer ein Gehabe spöttischer Selbstsicherheit zur Schau zu tragen – »wir wollen uns doch nicht lächerlich machen, indem wir über nichts und wieder nichts in Panik geraten, oder? Es ist erst kurz nach Mitternacht, und ich bin sicher, daß die nur Kaffee trinken und reden...« An diesem Bild, wie die drei jungen Leute um einen Tisch saßen, vor sich die dampfenden Tassen mit irgend etwas beruhigend Heißem darin, klammerte Claudia sich wie an einer Rettungsleine fest; sie mußte es sich immer wieder vorstellen und den andern immer wieder beschreiben. »Du wirst bald hören, daß es genauso war. Und denk doch mal daran, wie peinlich es für Helen ist, wenn ihre Familie hysterisch anruft, als wenn sie erst drei Jahre alt wäre und sich verlaufen hätte! Sie ist erwachsen, Mutter! Und du wirst sie zum Gespött machen.«

Aber Margaret war schon in der Diele und wählte die Nummer von Sandras Eltern; und jetzt, als sie das leise Surren der Wählscheibe hörte, wußte Claudia, warum sie den Vorschlag mit dem Anruf so verächtlich zurückgewiesen hatte. Nicht, weil sie ihn für albern und unnötig hielt; auch nicht, weil sie Helen in Verlegenheit zu bringen fürchtete; sie fürchtete sich vielmehr davor, den beruhigenden Gedanken an die Kaffeetassen unwiderruflich aufgeben zu müssen; diese kleine Szene, die sie selbst jetzt noch bei Verstand hielt, die sie befähigte, den hochschlagenden Wellen der Angst zu trotzen, jetzt blieb sie ihr nur noch eine Minute vergönnt... eine halbe Minute... zehn Sekunden... da, jetzt war jemand ans Telefon gegangen!

Mutter sprach. Konnte es nicht selbst jetzt noch sein, daß gleich in der Diele die beglückenden, entspannenden Worte fielen: ›Na, dann sagen Sie ihr mal, daß sie ein ganz ungezogenes Mädchen ist; sie hätte längst anrufen und uns Bescheid sagen sollen‹... oder: ›Dann rufen Sie Helen doch bitte gleich mal ans Telefon; ich möchte mit ihr sprechen. Kann sie sich nicht denken, was wir uns für Sorgen machen?‹... Irgend so etwas... Claudia glaubte es schon zu hören, wörtlich, in ihrer Mutter strengstem Ton. Sie fühlte schon die Angst aus ihren Eingeweiden weichen, erwartete mit jeder Faser die willkommene Botschaft...

»Vor über einer Stunde? Wissen Sie das genau?«

Die tatsächlichen Worte zerschnitten hart und unerbittlich die letzten Reste ihres Phantasiebilds, schlugen es kurz und klein. Und dann – Mutter wußte sich natürlich auch in so einer Situation noch völlig korrekt zu benehmen –: »Nein, natürlich ist das nicht Ihre Schuld, nicht im mindesten; woher hätten Sie das wissen sollen?... Ja. Ja. Genau das habe ich vor. Ja, vielen Dank. Danke. Sagen Sie Ihrem Mann, das ist sehr lieb von ihm, aber ich kann mir im Moment nicht vorstellen, was er tun könnte; wir müssen hören, was die Polizei meint... Ja, ja, natürlich, wir sagen Ihnen sofort Bescheid... Noch mal vielen Dank...« Das Telefon machte ›Ping‹, und noch einmal ›Ping‹, und dann sprach Mutter mit der Polizei.

Da die Autonummer bekannt sei, werde es nicht lange dauern, sagte der Polizist. Wahrscheinlich nicht. Mrs. Newman solle in der Nähe des Telefons bleiben; sobald er etwas wisse, rufe er zurück. Der Mann hatte ihr nicht viel Hoffnung gegeben, fand Margaret – er schien sich nicht einmal genügend bewußt zu sein, wie sehr es mit der Suche eilte. Es hatte alles so geklungen, als wäre es in seiner Welt an der Tagesordnung, daß junge Mädchen mit ungeeigneten jungen Männern in Autos verschwanden; und er hatte sich Margarets Beteuerungen, daß Helen so etwas nie von sich aus täte, mit Sarkasmus angehört. Das dächten die Angehörigen immer, sagte sein Ton, bis es passiere.

Und jetzt war es fast ein Uhr. Daphne war nach Hause gegangen, und Claudia und Margaret saßen neben dem Telefon, jede auf einer Seite, und warteten. Für Vorwürfe, für ein ›Ich hab's dir ja gesagt!‹ war jetzt nicht die Zeit – und im Moment hegte Margaret auch keine bösen Gefühle gegen ihre Tochter, deren blinde Torheit diese Situation herbeigeführt hatte. Sie fühlte nur eine bleierne, alles überlagernde Angst; und Claudia neben ihr schien vom selben untragbaren Gewicht niedergebeugt zu werden. Sie sprachen nicht viel miteinander; gelegentlich brachte die eine oder andere mit müder Stimme eine neue unwahrscheinliche Theorie auf, wie sich doch noch alles zum Guten wenden könne; und je später es wurde, desto grotesker wurden diese Vermutungen. Vielleicht hatten sie auf dem Heimweg noch irgendwelche Freunde aufgesucht, spekulierte Margaret. Um Mitternacht? So aus heiterem Himmel? Nun, unmöglich war nichts; und der Hoffnungsfunke, den sie dadurch am Leben hielten, daß sie die unwahrscheinlichsten Leute aus dem Bett klingelten und in Verwirrung stürzten, half ihnen wenigstens eine kleine Weile weiter. Oder – diesmal von

Claudia – vielleicht waren sie noch in irgendeinem Lokal in der Stadt hängengeblieben? Aber es gab weit und breit kein Lokal, das nach Mitternacht noch aufhatte. Dann also eine Autopanne, oder ein kleiner Unfall und keine Münzen zum Anrufen in der Tasche? Aber doch nicht so lange!

Und wenn der Wagen irgendwo auf der vermutlichen Strecke zwischen Sandras und der hiesigen Adresse liegengeblieben wäre, hätte die Polizei oder Sandras Vater (der sich der Suche angeschlossen hatte) ihn außerdem längst gefunden.

Oder sie hatten sich vielleicht verfahren, waren meilenweit in die falsche Richtung gefahren – Helen wohnte ja erst ihr ganzes Leben hier. Na schön, dann war sie vielleicht müde gewesen und hatte nicht aufgepaßt, ob Maurice auch den richtigen Weg fuhr... oder vielleicht war ihr oder ihm schlecht geworden... vielleicht waren sie beide ohnmächtig geworden... vielleicht war ein Baum über die Straße gefallen... vielleicht waren *alle* Straßen irgendwie blockiert... vielleicht waren Löwen entwichen...

Immer tiefer trieb die wachsende, unerträgliche Angst sie in die Absurdität, und ein sonderbares Gefühl der Nähe keimte zwischen ihnen auf. Sie saßen in einem Boot, wie sie noch nie in einem Boot gesessen hatten, eingeschlossen in eine schwankende Kapsel aus Angst, die mit unbekanntem Ziel durch Regionen trieb, in die sich selbst die Phantasie nicht wagte. Für Häme, Stolz und bittere Vorwürfe war da kein Platz; da konnte jeder noch so abwegige Gedanke ausgesprochen und auch hingenommen werden.

»Ich bilde mir die ganze Zeit ein, das Törchen schlagen zu hören«, sagte Margaret, »wie immer, wenn sie einfach so hindurchrennt und es hinter sich zufallen läßt...«

»Und dann ihre Schritte... und dann knallt die Hintertür...! Ich kann nicht glauben, daß wir es nicht jeden Augenblick hören werden...«

Und die nächste Minute saßen sie dann beide in ihrer widersinnigen Hoffnung da, mit schiefgelegten Köpfen und die Ohren gespitzt nach dem geliebten Ton; doch der Ton kam nicht.

»Mein Gott, wenn das Ding doch endlich klingelte!« rief Claudia plötzlich und stieß sinnlos mit dem Ellbogen nach dem Telefon. »Warum können die nicht anrufen und uns irgend etwas sagen! So lange kann es doch nicht dauern, ein Auto zu finden. Könnten die uns nicht irgend etwas sagen...!«

»Ich weiß«, sagte Margaret. »So geht es mir auch. Die *müssen* es doch finden. Sie müssen uns bald anrufen. Aber dann stelle ich mir immerzu vor, sie rufen an und sagen, sie haben den Wagen gefunden, aber er ist leer. Bei einem Wäldchen...«

Weiter konnte sie nicht sprechen, und Claudia konnte nicht weiter zuhören. Beide rückten noch ein Stückchen näher ans Telefon, beide bückten sich noch ein wenig tiefer und beteten jetzt, es möge nicht klingeln. Sie hatten jenes Ende der Straße erreicht, an dem man die Ungewißheit letztlich doch der Gewißheit vorzieht; auch eine solche Ungewißheit.

»Bisher ist doch immer alles gut ausgegangen«, sagte Margaret plötzlich. »Immer wenn ich so dagesessen und gelauscht habe – zuerst nach dir, später nach Helen – hat sich am Ende immer etwas völlig Normales herausgestellt. Etwas, woran man überhaupt nicht gedacht hatte...«

»Ich weiß. Entschuldige.« Die Entschuldigung schien mit dem, was Margaret gesagt hatte, gar nichts zu tun zu haben – aber sie hatte so sehr damit zu tun, so intensiv und über so viele Jahre zurück, daß Margaret der Atem stockte.

»Ich wußte nie, daß es so war«, fuhr Claudia stockend fort. »Entschuldige. Ich wußte es nicht.«

Und da klingelte das Telefon. Beide ließen es ein paarmal klingeln, bis Margaret es endlich schaffte, die Hand um den Hörer zu legen und ihn von der Gabel zu nehmen.

Ja, sagte die Männerstimme, sie hätten den Wagen gefunden. Aber er sei leer. Er stehe neben einem Wäldchen.

Kapitel 23

Als Helen hörte, daß Maurice sie abholen kam, wunderte sie sich, aber sie machte sich deswegen keine Gedanken. Die waren nämlich im Moment mit etwas viel Aufregenderem beschäftigt; mit zweierlei Aufregendem, genaugenommen. Das eine war die wunderbare Neuigkeit, die sie für Oma hatte; das zweite die Erinnerung an den herrlichen Abend, den sie gerade hinter sich hatten, sie und Sandra.

Es war im Grunde schwer zu sagen, *warum* der Abend so herrlich gewesen war – nachdem ihr so kurz zuvor noch alles so trostlos erschienen war, als könnte es nie wieder gut werden. Aber diese schreckliche Episode vor ein paar Stunden war jetzt schon so weit weg wie ein Traum, wie etwas, was in ein anderes Leben gehörte. Sandra war wunderbar gewesen – nein, mehr; sie war einfach Sandra gewesen. Wie Helen gehofft hatte: noch keine zehn Minuten, nachdem die abscheuliche Geschichte heraus war, hatten sie zu kichern angefangen: und nach nicht einmal einer halben Stunde war eine dieser wundersamen Lachstimmungen über sie gekommen, die wie eine grandiose Musik über das normale sterbliche Leben hinausgriffen. Sie konnten einfach nicht mehr mit Lachen *aufhören;* und alles, was sie sagten oder taten, gab der Komik des Ganzen wieder eine gewaltige neue Dimension dazu. Ein glücklicher Zufall wollte es, daß Sandras Eltern an diesem Abend ausgegangen waren, so daß sie das ganze Haus für sich hatten und nichts ihre herrlich verrückte Stimmung stören oder dämpfen konnte. Zum Abendessen erfand Sandra eine phantasievolle, ganz verrückte Sauce zum aufgewärmten Shepherd's Pie, während Helen alberne Grimassen in die weichen Brotscheiben drückte, bevor sie in den Toaster kamen – und beim Toasten wurden die Gesichter natürlich noch alberner und sahen auf urkomische Weise immer irgend jemandem ähnlich, den sie beide kannten. Sie konnten vor Lachen kaum essen; und hinterher spielten sie Monopoly (das hatten sie schon seit Ewigkeiten und Ewigkeiten nicht mehr gespielt), aber sie spielten es nach neuen, völlig absurden, von Sandra erfundenen Regeln, die das Spiel zum Urkomischsten machten, was sie in ihrem ganzen Leben je gespielt hatten; am Ende konnten sie vor Lachen fast nur noch durchs Zimmer torkeln.

Der ganze Abend erschien Helen als eine wahre Göttergabe, denn er war nicht nur angefüllt von einem Lachen, das von Rechts wegen nur den Unsterblichen des Olymps zukam, vielmehr kam gegen Ende auch noch eine so wunderbare Nachricht übers Telefon, daß Helen sie zuerst gar nicht richtig begriff.

Zuerst schien es der langweiligste Anruf zu sein, den man sich überhaupt vorstellen konnte; es hatte etwas mit den Daten für eine Trödelsammlung zum Fest der Konservativen Partei zu tun; dann kam ein langer Gesprächsteil, der (aus Helens Sicht) daraus bestand, daß Sandra pflichtschuldigst ›Ja‹ und ›Gut, ich werd's ihr ausrichten‹ sagte – aber dann wurde auf einmal alles schlagartig anders. Sandra schnappte kurz nach Luft. »Wissen Sie das *sicher*?« rief sie aufgeregt. »Aber diese Ablehnung – heißt die wirklich, daß gar nichts daraus wird? Die können das wirklich verhindern? – Mensch, ist das nicht super!...« und nach einer hastigen Versicherung, daß sie nicht vergessen werde, ihrer Mutter wegen der Trödelsammlung Bescheid zu sagen, warf sie den Hörer auf die Gabel und drehte sich mit glänzenden Augen zu Helen um.

»Eure Wiese, Helen! Es ist alles in Ordnung! Die Straße wird gar nicht gebaut! Der Stadtrat oder so ähnlich – ist ja egal – hat dagegen gestimmt! Jetzt brauchen sie die Wiese nicht mehr zum Bauen – überhaupt keine Wiese, gar nichts! Selbst wenn deine Mutter sie verkaufen *wollte*, würde sie jetzt keiner mehr haben wollen! Ist das nicht super!«

Helen bekam kein Wort heraus. Sie konnte nur mit Sandra wie verrückt im Zimmer herumtanzen, und als dann schließlich Freude, Erleichterung und Lachen, alles zusammen, in ihrer Seele überzukochen begannen, wußte sie, daß sie auf dem schnellsten Weg nach Hause zu Oma mußte. Eine solche Nachricht durfte man nicht für sich behalten – und sie konnte sie ihr auch nicht in angemessener Weise am Telefon beibringen. Helen raffte eilig Mantel und Handtasche zusammen.

Und erst jetzt fiel ihr ein, daß der letzte Bus schon fort sein würde. Langsam holte sie sich so weit wieder auf die Erde zurück, daß sie entscheiden konnte, was zu tun war. Sandras begeisterter Vorschlag, sie solle doch über Nacht bleiben, war undurchführbar – nicht nur weil sie so darauf brannte, Oma die frohe Botschaft zu überbringen, sondern weil es auch an Montag morgen zu denken galt. Ihre Tasche, ihre Bücher, ihre Schultracht, das war doch alles zu Hause.

Es blieb nichts anderes übrig, als Mama zu bitten, sie mit dem Wagen abzuholen. Mama mochte deswegen vielleicht etwas sauer sein, aber wenn schon; was konnte noch *wichtig* sein, wenn das Leben so herrlich war?

In dieser sorglosen, übermütigen Stimmung war sie noch immer, als sie neben Maurice auf dem Beifahrersitz Platz nahm; und als er sie fragte, ob sie etwas dagegen einzuwenden habe, wenn er einen Umweg fahre und sie dann ein paar hundert Meter hinterm Haus an der Straßenecke absetze, gab sie ihre Zustimmung, ohne nach dem Grund zu fragen. Ihre Gedanken waren woanders. Sollte sie sofort in Omas Zimmer hinaufrennen und ihr das mit der Wiese erzählen, sowie sie drinnen war? Oder sollte sie es richtig spannend machen, damit die Überraschung noch schöner wurde? Sie versuchte sich Omas Gesicht vorzustellen, wenn die freudige Wahrheit bei ihr zu dämmern begann... und erst jetzt bemerkte Helen, daß der Wagen immer schneller wurde, gerade als er hätte langsamer werden müssen.

»Maurice!« rief sie schneidend. »Halt! Die Ecke – da – jetzt sind wir vorbei! Da sollte ich doch aussteigen...!«

Er gab keine Antwort. Seine glühenden Augen waren starr auf die dunkle Straße vor ihnen geheftet, und noch immer nahm ihre Geschwindigkeit zu. Sechzig Meilen... siebzig... und jetzt bekam Helen es richtig mit der Angst.

»Halt!« schrie sie. »Lassen Sie mich raus!« Und als er noch immer nicht antwortete, machte sie sich am Türgriff zu schaffen.

»Hör auf damit, du dummes Ding! Du würdest dich umbringen!«

Er riß sie grob auf ihren Sitz zurück, wobei der Wagen einen Augenblick beängstigend ins Schlingern geriet.

»Da! Wir brechen uns noch beide das Genick, wenn du so weitermachst! Bleib um Himmels willen still sitzen, bis wir in Sicherheit sind... ich erkläre dir alles. Sitz still!«

Und Helen gehorchte; es blieb ihr ja auch nichts anderes übrig, wenn die Landschaft mit siebzig Meilen die Stunde vorüberjagte. Nach einiger Zeit, die ihr sehr lang vorkam, wurden sie endlich langsamer, und er sprach wieder.

»Nun hab nicht solche Angst«, sagte er, »dir passiert schon nichts. *Ich* wollte dich weiß Gott nicht zu dieser Spritztour bei mir haben, aber es war die einzige Möglichkeit, an den Wagen zu kommen. Ich wollte dich an der Ecke absetzen – wirklich – aber – hast du sie denn nicht gesehen? Sie waren da! Warteten auf mich. Ich hätte nicht einmal für eine Sekunde anhalten dürfen!«

»*Wer* war da?« Helens Verwirrung war jetzt größer als ihre Angst. »Meinen Sie die Polizei –?«

»*Nein!* Um Gottes willen, warum sollte die hinter mir her sein? Kannst du es dir inzwischen nicht denken? – ich bin sowenig ein Mörder wie du! Die ganze Geschichte war von Anfang bis Ende ein einziger Unfug...«

»Aber *warum* in aller Welt...?«

»Hör mal zu. Sieben Jahre lang – sieben verdammte Jahre lang, tagein, tagaus, habe ich Gedichte geschrieben. Gute Gedichte. Gedichte, mit denen ich längst hätte berühmt sein müssen. Aber bin ich es? Von wegen – nicht einen müden Heller hab' ich gesehen – nicht einen einzigen Vierzeiler habe ich in der billigsten von allen billigen Illustrierten als Lückenfüller untergebracht! Nicht einen! In sieben Jahren! Aber jedesmal, wenn man eine Zeitung aufschlägt, sieht man, daß irgendein unbeschreiblicher Schund wieder mal nur deshalb veröffentlicht wurde, weil der Schreiberling ihn mit den Zehen gekritzelt hat oder noch in die Klippschule geht oder – und jetzt kommt's, das Zeug im Kittchen verzapft hat. Solche Leute kriegen internationale Preise, werden im Fernsehen interviewt – alles. Wundert es dich da noch, daß ich hin und wieder mit dem Gedanken gespielt habe, selbst so einen Trick abzuziehen? Und als ich dann zu diesem Poetischen Zirkel kam und diese Daphne kennenlernte und sah, daß ihr Zimmer knietief voll war mit Flugblättern über straffällige Jugendliche und was sonst noch, da hab' ich mir gedacht, also, warum probierst du's nicht mal, nur einmal, und wartest ab, wie diese Bande reagiert? Ich bin also wieder nach Hause gegangen, um darüber nachzudenken, und zur nächsten Versammlung bin ich wieder hingegangen und hab' ein paar Andeutungen fallen lassen – nichts Bestimmtes – nur gerade soviel, daß sie ein bißchen aufhorchten, sich ein bißchen für meine Arbeit interessierten.«

»Und, hat es geklappt?«

»Mein Gott, und wie! Sieh mal, deine Mutter war da, auf dieser Versammlung – und von da an war's, als ob sie mir schon alles aus der Hand genommen hätte! Nachdem ich zehn Minuten mit ihr gesprochen hatte, *konnte* ich gar nichts anderes mehr sein als ein Mörder, das hätte ich gar nicht über mich gebracht! Und ich will ja nicht sagen, daß es mir nicht anfangs Spaß gemacht hätte – deine Mutter kann dir nämlich das Gefühl geben, ein ganz toller Mensch zu sein, wenn sie erst von deiner grundlegenden Schlechtigkeit überzeugt ist. Wie hätte ich sie so enttäuschen können? Außerdem sah ich inzwischen schon keinen Ausweg mehr. Das Ganze hatte doch längst ein Eigenleben bekommen, immer mehr Leute waren hineingezogen worden... es war, wie wenn man die Hauptrolle in einem wichtigen Stück spielt, da kann man nicht plötzlich hingehen und seine Rolle ändern. Zudem sprach deine Mutter von allen möglichen umwerfenden Plänen, wie man meine Gedichte veröffentlichen lassen könnte – und damals dachte ich doch, daß sie ihr wirklich *gefielen*, daß sie in ihren Augen *gut* waren. Da hab' ich mir also gedacht, mein Gott, ja, vielleicht klappt es ja wirklich... und wenn die Katze dann aus dem Sack kommt, sind die Dinger gedruckt und bringen mir um ihrer selbst willen einen Ruf ein; und dann brauche ich mir wegen *gar* nichts mehr Sorgen zu machen...«

»Und, geschieht das jetzt? Oder ist man Ihnen auf die Schliche gekommen oder was? Warum machen Sie sich so Hals über Kopf aus dem Staub?«

»Deine liebe Familie – und diese Daphne auch, da möchte ich wetten – hat alles gründlich verkorkst. Ihr habt alle miteinander in der Stadt verbreitet, ich wäre an irgendeinem Bankraub hier in der Gegend beteiligt gewesen – und nun sind diese Tölpel, die wirklich daran beteiligt waren, hinter mir her und meinen, ich wüßte, wo ihr verdammtes Geld versteckt ist!«

»Aber die werden doch selbst wissen, wo es ist«, wandte Helen zu Recht ein. »Ich meine, wenn sie es doch selbst geklaut haben.«

»Von wegen! Wenn du mich fragst, geht es in der Unterwelt genauso bürokratisch und undurchschaubar zu wie in einem Amt. Soweit ich es mitbekommen habe, sind das gar nicht die Kerle, die das Geld gestohlen haben – sie sind irgendwie nur am Rande beteiligt – frag nicht *mich*, wie das alles läuft, ich bin nur der Hanswurst in diesem Stück. Jedenfalls haben die es sich in den Kopf gesetzt, daß ich mich irgendwie vor der übrigen Bande aus dem Kittchen geschlichen habe und sie jetzt alle reinlegen will, indem ich das Geld für mich allein in Sicherheit bringe. Daß deine Großmutter damals unter dem Hühnerstall herumgegraben hat, war gar nicht gut – und wie sie dann noch diesem Kerl ins Gesicht gesprungen ist wie eine Tigerin, als der sich nur ein bißchen umschaute! Du kannst ihnen nicht verdenken, daß sie dachten, da sei was im Busch. Sie haben es natürlich mir angehängt – sie dachten, ich hätte mich mit der alten Dame zusammengetan, um das Geld unter dem Hühnerstall zu verstecken! Und als ich ihnen sagte, sie hätte da nur Würmer für ihre Hühner ausgebuddelt, dachten sie, ich stellte mich dämlich – kein Wunder! Beinahe hätten sie mich an Ort und Stelle zusammengeschlagen! Von da an wurde es dann richtig heiß... ich konnte kaum noch vor die Tür gehen, ohne daß einer von denen mir folgte... überall sah ich sie herumlungern. Zweimal haben sie mein Zimmer durchsucht... manchmal bin ich die halbe Nacht aufgeblieben und habe nach ihnen gehorcht...«

Helen warf einen Blick zur Seite und sah sein starres, blasses Gesicht. Er hatte Angst; richtige Angst. Trotz des zwanglosen, spöttischen Tons, in dem er ihr diese Enthüllungen machte, glaubte er wohl vor einer wirklichen Gefahr zu fliehen.

»Aber warum haben Sie Mama nicht die Wahrheit gesagt, als es so schlimm wurde? Warum haben Sie alle Welt weiter in dem Glauben gelassen...?«

»Die Wahrheit? Machst du Witze? Nach alledem hätte ich deiner Mutter sagen sollen, daß ich in Wirklichkeit in einem Versicherungsbüro arbeite und zum Wochenende zu meiner verwitweten Mutter nach Hause fahre? Das zu sagen – das *Claudia* zu sagen – nach allem, was sie von mir gedacht hat? Hättest *du* dazu die Nerven?«

Das mußte Helen einsehen. Mama hätte ihm die schlimmste Schmach widerfahren lassen, die es gab: sie hätte ihn sehr, sehr bedauert... und alle Freizeit bei seiner *Mutter* zu verbringen – meine Liebe, ein junger Mann in den *Zwanzigern*... hat der Mensch so etwas *Unnatürliches* schon gehört...?

Helen schauderte und konnte es ihm nicht mehr verdenken, daß er die Rolle des Mörders weitergespielt hatte. Gerade sie konnte sein Dilemma sehr gut verstehen!

»Und«, fuhr Maurice fort, »da ich also weder Claudia noch diesen Ganoven die Stirn bieten konnte, blieb mir nichts anderes übrig, als Hals über Kopf abzuhauen. Und daß ich dich heute abend abholen durfte, war ein Geschenk des Himmels. Es bedeutete, daß ich mit dem Auto fliehen konnte. Und ich habe dich abgeholt!« sagte er, wie um sich zu verteidigen. »Ich war auch fest entschlossen, dich an dieser Ecke abzusetzen... wenn ich ein richtiger Mistkerl gewesen wäre, hätte ich mich gleich aus dem Staub gemacht und dich gar nicht erst abgeholt!«

Helen hatte das Gefühl, daß dann alles sehr viel einfacher gewesen wäre, wenigstens für sie.

»Und was soll *jetzt* aus mir werden?« erkundigte sie sich. »Wie soll ich jetzt den ganzen Weg nach Hause schaffen? Und was ist mit dem Wagen? Ich finde es schon gemein von Ihnen, Maurice, Mama den Wagen zu klauen, den sie Ihnen anvertraut hat! Ist es Ihnen nicht fürchterlich, sie so zu behandeln, nachdem sie alles getan hat, um Ihnen zu helfen?«

»Doch, Kleines, aber lange nicht so fürchterlich, wie dazubleiben und mich von diesen Ganoven zusammenschlagen zu lassen. Das hätten die nämlich heute mit mir gemacht, damit das klar ist! Sieh mal, du mußt das eine gegen das andere abwägen: auf der einen Seite ein schlechtes Gewissen, auf der andern Seite zu Brei geschlagen. Da war mir das schlechte Gewissen lieber – ich behaupte ja auch gar nicht, ein Held zu sein. Wenn ich ein Mörder *wäre*, könnte ich jetzt vielleicht eher den Gentleman spielen, weil ich dann gelernt hätte, wie man mit so etwas fertig wird. Aber so weiß ich es nicht. Für so was bin ich nicht gebaut. Ich *gehöre* nicht in so eine Situation!« brach es plötzlich ganz verzweifelt aus ihm heraus. »So was ist nichts für mich – das ist nicht meine Sache! Das ist, wie wenn man einen ein Flugzeug fliegen läßt, der noch nie ein Cockpit von innen gesehen hat... Aber so was macht deine Mutter mit den Leuten!«

»Das ist *ungerecht!*« rief Helen empört. »Wie können Sie Mama dafür verantwortlich machen? Es ist alles einzig und allein Ihre Schuld. *Sie* haben mit allem angefangen –«

»O ja – wie der Fisch mit allem anfängt, indem er den Köder schluckt! Er *wollte* ja in der Pfanne enden, wirst du sagen, sonst hätte er von vornherein den Köder in Ruhe gelassen. Aber weißt du, mein liebes Kind, der Fisch hat nur den Haken nicht gesehen, der im Köder steckte. Der arme Fisch Maurice hat eben zuerst gedacht, deine Mutter fände seine Gedichte gut und sei der Meinung, daß sie wirklich etwas taugen. Und das kann ich ihr nicht verzeihen, verstehst du? – daß meine Gedichte ihr nie einen Pfifferling bedeutet haben, nur mein angeblicher Mord...«

Helen hatte darauf nicht gleich eine Antwort parat, aber sie blieb bockig.

»Sie sind sehr ungerecht«, wiederholte sie. »Mama *hat* Ihnen zu helfen versucht, so gut sie konnte. Sie versucht unglücklichen Menschen immer zu helfen.«

»So? Stimmt nur leider nicht. So mag es vor Jahren einmal angefangen haben, aber so ist es heute nicht mehr. Jetzt kommt es ihr nur noch darauf an, daß unglückliche Menschen sich um Hilfe an sie wenden – das ist etwas ganz anderes. Sie sieht sich als ein Mensch von unermeßlicher, alles umfassender, neuzeitlichster Toleranz, und andere Leute sind nur das Material dafür – und je schlechter sie sind, desto besser eignen sie sich natürlich! Man könnte sagen, sie liebt die Sünde, aber um den Sünder schert sie sich einen Dreck. Hör mal, ich weiß nicht, wo wir hier sind, aber da steht ›Bahnhofstraße‹ auf dem Schild; demnach müßte da irgendwo ein Bahnhof zu finden sein, wenn man die

Augen aufsperrt. Wenn einer da ist, setze ich dich dort ab, und du kannst mit dem Zug nach Hause fahren. Ist dir das recht?«

»Ja, natürlich. Danke.« Helen hob stolz den Kopf und schaute sich um, ob irgendwo etwas nach Bahnhof aussah. »Aber was ist mit dem Wagen? Ich finde, Sie sind furchtbar gemein und häßlich zu Mama – sie *wollte* Ihnen helfen. Sie müssen wenigstens dafür sorgen, daß sie den Wagen zurückbekommt. Wo kann sie ihn finden?«

»Paß mal auf – da sind wir – steig aus, und mach um Himmels willen schnell – ich habe keine Zeit zu verlieren! Der Wagen? Das geht schon in Ordnung. Ich lasse ihn irgendwo stehen, wo er mit Sicherheit gefunden wird. Nun sei so nett und steig endlich *aus!*«

Helen, derart unritterlich auf einem leeren Bahnhofsvorplatz abgesetzt, stand eine Minute wie betäubt da, während der Wagen sich geräuschvoll wieder in Bewegung setzte und über die leere Straße davonbrauste. Erst als sie sich dann umdrehte, merkte sie, daß der Bahnhof geschlossen war; daß es schon Mitternacht vorbei war; und daß sie nicht einmal wußte, in welcher Stadt sie sich befand.

Kapitel 24

Ein ums andere Mal bildete Margaret sich ein, das Telefon habe geklingelt; sie schrak auf, wollte nach dem Hörer greifen und ließ sich in ihren Sessel zurückfallen, wenn sie merkte, daß es wieder einmal nur in ihren Ohren geklingelt hatte; so laut und gebieterisch dröhnte ihr in der Stille des leeren Hauses der eigene Puls in den Ohrmuscheln.

Denn Margaret hielt jetzt allein Wache. Sandras Vater war gleich gekommen, als er hörte, daß der verlassene Wagen gefunden worden war, und er und Claudia rasten jetzt durch die Nacht, um sich der Polizei anzuschließen, die das Wäldchen absuchte. Margaret hatten sie die Aufgabe übertragen, beim Telefon zu bleiben, falls – falls was? Falls weitere Fragen zu beantworten waren? Falls sich ein neuer, schrecklicher Hinweis ergab? Oder für den Fall – den unvorstellbar schönen, unmöglichen Fall –, daß Helen selbst auftauchte, wie durch ein Wunder den Heimweg selbst gefunden hatte?

Unmöglich, das wußte Margaret sehr wohl; und doch konnte sie nicht aufhören, zu horchen und sich einzubilden, irgendein vertrautes Geräusch im stillen Haus zu hören. Das Fallen eines Bleistifts, das Rascheln von Papier, das rücksichtslos in eine übervolle Tasche gestopft wurde – das Haus schien lebendig zu sein von solch kleinen, unmöglichen Geräuschen, und Margaret konnte nicht ruhen. Da! Horch! Kam das nicht direkt aus Helens Zimmer? Zum drittenmal rappelte Margaret sich aus dem Sessel hoch und trat erneut, in hoffnungsvoller Selbsttäuschung, leise den Weg nach oben an. Sie glaubte wohl jetzt schon an Magie, nicht mehr an reale Möglichkeiten. Nur Magie, nicht Wirklichkeit, konnte es jetzt noch möglich machen, daß sie Helens Zimmertür aufstieß und das Mädchen friedlich schlafend im Bett vorfand, daß alle Schrecken dieser Nacht ausgelöscht wären, als hätten sie nie stattgefunden.

Zum drittenmal ließ der Zauber sie im Stich, und das hatte sie natürlich auch gewußt. Das Zimmer lag noch genauso leer und öde im Mondlicht da wie die vorigen Male. Oder doch nicht *genau*? Dieser Atlas hatte doch sicher auch vorhin schon aufgeschlagen auf dem Schreibtisch gelegen? Und dieser Stapel Schulbücher – waren sie nicht vorhin aus der Tasche gequollen, statt so ordentlich darin zu stecken wie jetzt? Für die Dauer eines irren Augenblicks machte Margarets Herz einen Freudensprung; Helen mußte eben doch in den letzten Minuten hiergewesen sein und ihre Hausaufgaben fertig gemacht und alles aufgeräumt haben... und dann kehrte der Verstand mit seinem dumpfen Gewicht zurück, und sie sah die Unmöglichkeit solchen Geschehens. Wie sollte – oder könnte – ihre Enkelin so ins Haus geschlichen sein und sich ohne ein Wort des Grußes oder einer Erklärung still auf ihr Zimmer begeben haben, um sich dort stumm an ihren Büchern zu schaffen zu machen und wieder zu verschwinden? Die Vorstellung war idiotisch.

Aber es *waren* Geräusche im Haus zu vernehmen, die bildete Margaret sich ganz bestimmt nicht ein. Kurze, merkwürdige und ganz schwache Geräusche, einmal hier, einmal da, unbestimmbar und doch wieder etwas anders als das unbeseelte Knacken und Knarren der Holzverkleidungen und alten Möbel. Mit diesem schwachen, undenkbaren Rest von Hoffnung im Herzen ging Margaret leise von Zimmer zu Zimmer, sah hier ins leere Mondlicht, knipste dort das Licht an, um die Gewißheit noch gewisser zu machen – und da, ganz unvermittelt, stand Mavis wie ein Gespenst oben am Kopfende der Treppe. In ihren Ängsten hatte Margaret mehr oder weniger vergessen, daß es Mavis auch noch gab, oder, wenn sie überhaupt einmal an sie dachte, nur angenommen, daß sie wohl in ihrem Zimmer war und die Wirkung der Tabletten ausschlief, die sie so unbedacht genommen hatte.

»Haben *Sie* es auch gehört, Mrs. Newman?« Mavis' Stimme klang leise und heiser, und sie sah noch immer halb narkotisiert aus. »Er ist nämlich hier. Er ist in seinem Zimmer. Ich habe ihn gehört!«

»Wen? Maurice?«

Erneutes Aufflackern einer phantastischen Hoffnung; denn wenn Maurice zurück war, mußte Helen dann nicht auch zurück sein?

»Ja... ja, natürlich... Nicht so laut, Mrs. Newman, sonst hört er uns! Er ist hinter mir her, Mrs. Newman, das weiß ich, denn er ist durchs ganze Haus geschlichen! Ich habe ihn gehört! Jetzt ist er wieder in seinem Zimmer. Hören Sie!«

Ein ganz, ganz schwaches Kratzen erreichte Margarets Ohren, und es schien tatsächlich von unten zu kommen, aus der Richtung von Dereks Arbeitszimmer.

»Bleiben Sie hier!« befahl Margaret leise und begab

sich – voll gespenstischer Hoffnung, denn wenn Maurice sich wirklich still ins Haus geschlichen hatte, folgte daraus unbedingt, daß Helen wohlauf und daheim war; oder konnte es das genaue Gegenteil bedeuten? – die Treppe hinunter.

Und da endlich klingelte das Telefon.

Zuerst wollte es Margaret gar nicht in den Kopf, daß es Helens eigene Stimme war, die sie da hörte; ihre Erleichterung war zu groß, zu plötzlich; sie fühlte sie wie riesige Wogen durch ihren Kopf brausen und konnte gar nichts hören.

»Oma!... Oma, kannst du mich nicht hören? Dieses Telefon spielt vollkommen verrückt – die Münzen fallen einfach immer durch. Ich versuche seit Stunden, das Ding in Gang zu bringen. Hörst du mich jetzt? Paß auf, ich hab' ja so etwas erlebt!... Und für dich habe ich eine wunderbare Nachricht, wegen der Wiese... Ich weiß gar nicht, womit ich anfangen soll...!«

Die Wogen der Erleichterung brausten jetzt leiser; Margaret konnte wieder denken, wieder sprechen. Ganz allein in einem leeren Bahnhof, über fünfzig Meilen weit weg... zu jeder andern Zeit wäre Margaret entsetzt gewesen, ihre Enkelin um zwei Uhr morgens in einer solchen Situation zu wissen; aber gemessen an ihren früheren Ängsten kam es ihr jetzt so vor, als säße Helen sicher und geborgen daheim in einem Sessel. An die Wiese konnte sie jetzt überhaupt nicht denken, und doch saß die Neuigkeit warm und süß irgendwo in ihrem Hinterkopf, sicher dort aufgehoben, bis sie die Zeit fand, sie zu genießen. Vorerst konnte sie nur daran denken, daß Helen wohlauf war. Wohlauf – wohlauf!

»Helen, ich bin ja so *froh!* Was bin ich froh! Das kannst du dir gar nicht vorstellen...! Aber hör mal, mein Kind, jetzt müssen wir überlegen, wie wir dich nach Hause holen. Wenn du dich doch nur irgendwie mit deiner Mutter in Verbindung setzen könntest – sie muß irgendwo ganz in deiner Nähe sein... ich glaube, ich rufe am besten mal die nächste Polizeistation an, ich meine, die am nächsten bei dir ist, und lasse dich von dort abholen. Sag mir, wo du bist, mein Schatz, dann mache ich das schon... und dann bleib, wo du bist, und sprich mit niemandem, bis die Polizei kommt...«

Nachdem sie erfahren hatte, wo Helen sich befand, legte sie sofort auf und versuchte die Telefonnummer dieser fernen Polizeistation in Erfahrung zu bringen. Nur halb nahm sie wahr, daß Mavis mit weit aufgerissenen Augen und immer noch halb narkotisiert wirkend oben über das Geländer gebeugt stand und ungeduldig auf das Ende dieses ärgerlichen Zwischenspiels wartete, damit Margaret sich endlich wieder um Mavis' Ängste kümmern konnte. »Machen Sie schnell!« tönte ihre Stimme immer wieder aus dem Schatten, und: »Ich habe solche Angst...!«

Margaret versuchte ihr mit Zeichen klarzumachen, sie solle still sein, aber es war sinnlos. Mavis war so in ihren eigenen Ängsten befangen, daß ihr irgend etwas anderes einfach nicht begreiflich zu machen war. Sie hatte noch immer diesen betäubten, tranceartigen Ausdruck im Gesicht – war sie etwa dumm genug gewesen, noch eine dritte Schlaftablette zu nehmen, gerade als die Wirkung der beiden ersten abzuklingen begann? Was für ein Quälgeist – was für ein unaus-

sprechlicher Quälgeist konnte diese Frau doch sein...
und das ausgerechnet jetzt!

»Ach, seien Sie doch *still!*« zischte Margaret böse. »Sehen Sie nicht, daß ich telefoniere? Es ist ein Ferngespräch... ich versuche durchzukommen... aber das knattert so fürchterlich...«

Hatte Mavis, ein Stockwerk höher, vielleicht ›gakkert‹ verstanden? Oder klang das Knattern, das da wirklich aus dem Hörer kam, für Mavis' halbbetäubtes Bewußtsein wie das Gackern in ihrem Alptraum? Träumte sie jetzt im Halbschlaf, daß Margaret mit Bedacht den gackernden, geschnäbelten Bewohner ihrer Träume anrief?

Sie fing an zu kreischen.

»Ruhe!« brüllte Margaret wütend. »Hören Sie auf, so zu kreischen!«... aber die Schreie tönten weiter, lauter... immer lauter... und jetzt kam ein neuer Klang hinein, der Margaret sagte, daß sie die geheimnisvollen Grenzen des Willens überschritten hatten und von ihm nicht mehr kontrolliert werden konnten. Trotzdem versuchte sie weiter, Mavis zum Schweigen zu bringen. »Aufhören!« schrie sie wieder, und wieder vergebens. »Sie müssen aufhören – *aufhören!* Ich versuche die Polizei anzurufen! Die *Polizei*, Mavis...!«

Aber die Schreie hörten nicht auf; und obwohl Margaret doch alles über Mavis und ihre hysterische Dämlichkeit wußte, wurde sie nun selbst von dieser sonderbaren Panik angesteckt, die durch den Schutzwall ihres gesunden Menschenverstands drang. Ihr Herz begann zu rasen, und die Hand, die den Hörer umklammerte, wurde feucht.

Um wieviel leichter mußte diese Panik ein dümmeres als Margarets Gehirn anstecken, ein schlechter informiertes, dessen Besitzer in diesem Moment in Maurices Zimmer kauerte? Er hatte trotz intensiver Suche keine Banknotenbündel in Maurices Sachen gefunden, wie er sich's wohl vorgestellt hatte; und bei einer behutsamen Erkundung des übrigen Hauses war er bisher ebenso erfolglos geblieben. Er hätte gern weiter gesucht, aber diese alte Frau war eindeutig mißtrauisch geworden und schlich noch immer suchend und horchend durchs Haus...

Und nun auch noch die Schreie! Schreie ohne Sinn und Verstand, und doch trugen sie ihre uralte, drohende Botschaft in jeden Winkel des Hauses: Gefahr! Schrecken! Flucht!

Für den stummen Eindringling war Panik mehr eine Sache des Körpers als des Verstandes. Seine Hände griffen fast ohne jede Beteiligung seines langsamen, konfusen Gehirns nach der nächstbesten Waffe, die sie auf dem Kaminsims fanden – ein schweres, schlankhalsiges Tongefäß; und seine Füße trugen ihn fast ohne Plan oder Vorsatz in heilloser Flucht aus Maurices Zimmer in die Diele und auf die Haustür zu – gerade als die Gestalt am Telefon laut das Wort ›Polizei‹ rief.

›Polizei‹ war auch so ein Auslöser, der keine Beteiligung des Intellekts erforderte. Im Vorbeilaufen holte die Hand mit dem Tonkrug aus und führte einen kraftvollen Schlag gegen die Gestalt am Telefon. Und während er dankbar in die Freiheit der Nacht rannte, sank die Gestalt ganz, ganz langsam zu Boden.

Kapitel 25

»Aber Mavis, wie ist denn das nur passiert? O Gott, wäre ich doch nur hier gewesen...!«

Wo – wann – hatte sie diese Worte schon gehört, vor kurzem erst? Natürlich ging Claudia, während sie über der stumm neben dem Telefon am Boden ausgestreckten Gestalt kauerte, dieser sinnlos aufflackernden Erinnerung nicht bis an ihren Ursprung nach. Jeden Moment mußte jetzt der Arzt eintreffen, und dann würden sie Bescheid wissen...

»Hör auf zu *weinen*, Mavis!« befahl sie schneidend, indem sie sich erhob. »Wir wissen ja noch nicht einmal, ob sie wirklich tot ist... und selbst dann... es ist *Heuchelei*, dich weiter so aufzuführen, Mavis, das weißt du doch selbst! Du hast dich nie gut mit ihr verstanden – sowenig wie ich! Sieh mich an, *ich* weine nicht! Ich habe mir immer gesagt, *immer*, Mavis, daß ich zu gegebener Zeit nicht mit geheucheltem Leid und Tränen die Tatsachen, die wahren, wirklichen Erinnerungen beleidigen werde! Ich habe beschlossen, auch im ersten Schock alles genauso zu sehen, wie es war... allen Streit, allen Ärger...« Claudia hielt den Kopf hoch erhoben, ihr Ton war ruhig und entschieden, und irgendwie schaffte sie es auch, jedes einzelne dieser hochmütigen, lange zurechtgelegten Worte noch deutlich auszusprechen, ehe Tränen ihre Stimme erstickten.

Durch die süße sommerliche Morgendämmerung

schritt Helen, leichtfüßig, fast schwindlig vor Erschöpfung und vibrierender, hellwacher Freude. Was hatte sie nicht alles erlebt heute nacht, nicht alles *überlebt*! Hinter der übernächsten Wiese lag ihr geliebtes Zuhause, und weder Müdigkeit noch tauschweres Gras konnte ihre Schritte hemmen, so sehr beflügelte sie der Triumph, die schiere Freude darüber, daß sie die Gefahren dieser Nacht allein aus eigener Kraft bestanden hatte. Und was war das für eine Nacht gewesen! Was würde sie nicht alles zu erzählen haben...!

Helen war rechtschaffen stolz darauf, daß sie den Heimweg allein geschafft hatte. Als das von Oma versprochene Polizeiauto nicht gekommen war, um sie vor dem verlassenen Bahnhof abzuholen, war sie nicht in Panik geraten. Sie hatte sich gesagt, daß es für dieses Ausbleiben Dutzende von Gründen geben konnte – Unklarheiten, Mißverständnisse und Verzögerungen aller Art hatten Omas Absicht durchkreuzen und das Eintreffen der Polizei verhindern können. Und nachdem sie ungefähr eine Stunde lang ruhig auf dem Bahnhofsvorplatz abgewartet hatte, war sie nach reiflicher Überlegung schließlich über den Zaun gestiegen, um auf dem Bahnhofsgelände sicherer und gemütlicher auf einer der Bahnsteigbänke zu warten. Und als der Fahrkartenschalter endlich öffnete und sie erfuhr, daß kurz vor fünf ein Arbeiterzug fahren würde, hatte sie auch den Umstand, daß sie nicht genug Geld für eine Fahrkarte bei sich hatte, gelassen und richtig zu meistern gewußt. Ruhig hatte sie dem Beamten die Situation erklärt und alle notwendigen Formulare und Erklärungen ausgefüllt, die es ihr gestatteten, ohne Fahrkarte zu fahren und die Fahrt später zu bezahlen.

Und nun war sie also hier, alle Hindernisse waren überwunden, und bald würde sie zu Hause sein. Wie würden alle sich freuen, sie wiederzusehen! Wie wunderbar war es doch, sich ganz auf eigene Faust durchgeschlagen zu haben! Helen empfand diese Fähigkeit, zu überleben, als eine neue, herrliche Gabe, von der sie nie gewußt hatte, daß sie in ihr steckte; eine unzerstörbare innere Kraft, aus der Triumph und Freude quollen.

Und jetzt rasch zu Oma und ihr alles erzählen!

»Oh, aber sie ist doch tot, du armes Kind! Deine arme Oma – Mrs. Newman – ist tot!«

Helen starrte in Mavis' dümmliches, tränenverschmiertes Gesicht und sagte nichts. Noch immer pulsierte die Freude in ihr ungeschmälert; so plötzlich hörte das nicht auf.

Außerdem irrte sich Mavis; Mavis war so ein Dummkopf, die verstand doch immer alles falsch. Oma *konnte* nicht tot sein. Doch nicht *Oma*. Und schon gar nicht jetzt am frühen Morgen, wenn die ersten Sonnenstrahlen golden und prächtig auf die Butterblumen schienen und die Hühner mit leisem, fragendem Tucken gerade erwachten und vertrauensvoll auf ihr Frühstück warteten. Noch immer im Hochgefühl ihrer neu entdeckten inneren Kräfte schob Helen sich selbstbewußt an Mavis vorbei und eilte in das verdunkelte Haus.

Celia Fremlin
im Diogenes Verlag

»Celia Fremlin ist neben Margaret Millar und Patricia Highsmith als wichtigste Vertreterin des modernen Psychothrillers hierzulande noch zu entdecken.«
Frankfurter Rundschau

Klimax
oder Außerordentliches Beispiel von Mutterliebe. Roman. Aus dem Englischen von Dietrich Stössel

Wer hat Angst vorm schwarzen Mann?
Roman. Deutsch von Otto Bayer

Die Stunden vor Morgengrauen
Roman. Deutsch von Isabella Nadolny

Rendezvous mit Gestern
Roman. Deutsch von Karin Polz

Die Spinnen-Orchidee
Roman. Deutsch von Isabella Nadolny

Onkel Paul
Roman. Deutsch von Isabella Nadolny

Ein schöner Tag zum Sterben
Erzählungen. Deutsch von Ursula Kösters-Roth

Gibt's ein Baby, das nicht schreit?
Roman. Deutsch von Isabella Nadolny

Parasiten-Person
Roman. Deutsch von Monika Elwenspoek

Zwielicht
Roman. Deutsch von Ursula Kösters-Roth

Die Eifersüchtige
Roman. Deutsch von Barbara Rojahn-Deyk

Unruhestifter
Roman. Deutsch von Monika Elwenspoek

Der lange Schatten
Roman. Deutsch von Peter Naujack

Wetterumschwung
Geschichten. Deutsch von Barbara Rojahn-Deyk, Ursula Kösters-Roth und Isabella Nadolny

Gefährliche Gedanken
Roman. Deutsch von Irene Holicki

Sieben magere Jahre
Roman. Deutsch von Monika Elwenspoek

Das Tudorschloß
Roman. Deutsch von Otto Bayer

Margaret Millar
im Diogenes Verlag

»Margaret Millar beweist in ihren Krimis ein psychologisches Gespür für die Abgründe menschlichen Denkens und Handelns hinter den bürgerlichen Fassaden. Ohne Schnörkel, ohne jemals langatmig zu werden, erzählt sie spannende und beklemmende Geschichten, die den Leser nicht loslassen.« *Radio Bremen*

»Margaret Millars Blick ist so scharf wie der von Patricia Highsmith; noch entschiedener enthält sie sich jeden Effektes, jeder Extravaganz.«
Die Zeit, Hamburg

Die Feindin
Roman. Aus dem Amerikanischen von Elizabeth Gilbert

Liebe Mutter, es geht mir gut...
Roman. Deutsch von Elizabeth Gilbert

Ein Fremder liegt in meinem Grab
Roman. Deutsch von Elizabeth Gilbert

Die Süßholzraspler
Roman. Deutsch von Georg Kahn-Ackermann und Susanne Feigl

Von hier an wird's gefährlich
Roman. Deutsch von Fritz Güttinger

Fragt morgen nach mir
Roman. Deutsch von Anne Uhde

Der Mord von Miranda
Roman. Deutsch von Hans Hermann

Das eiserne Tor
Roman. Deutsch von Karin Reese und Michel Bodmer

Nymphen gehören ins Meer!
Roman. Deutsch von Otto Bayer

Fast wie ein Engel
Roman. Deutsch von Luise Däbritz

Die lauschenden Wände
Roman. Deutsch von Karin Polz

Banshee die Todesfee
Roman. Deutsch von Renate Orth-Guttmann

Kannibalen-Herz
Roman. Deutsch von Jobst-Christian Rojahn

Gesetze sind wie Spinnennetze
Roman. Deutsch von Jobst-Christian Rojahn

Blinde Augen sehen mehr
Roman. Deutsch von Renate Orth-Guttmann

Wie du mir
Roman. Deutsch von Renate Orth-Guttmann

Letzter Auftritt von Rose
Roman. Deutsch von Nikolaus Stingl

Stiller Trost
Roman. Deutsch von Klaus Schomburg

Umgarnt
Roman. Deutsch von Monika Elwenspoek

Da waren's nur noch neun
Roman. Deutsch von Ilse Bezzenberger

*Patricia Highsmith
im Diogenes Verlag*

»Die Highsmithschen Helden, gewöhnt an die pflaumenweiche Perfidie und hämisch-sanfte Tücke des Mittelstandsbürgertums, trainiert aufs harmlose Lügen und Verstellen, begehen Morde so, als wollten sie mal wieder Ordnung in ihre unordentlich gewordene Wohnung bringen. Da gibt es keine moralischen Skrupel, die bremsend eingreifen, da herrscht nur die Logik des Faktischen. Meist sind es Paare, enttäuschte Liebhaber, Beziehungen, die in der Sprachlosigkeit gestrandet sind, sich nur noch mittels Mißverständnissen einigermaßen arrangieren, ehe das scheinbar funktionierende Getriebe einen irreparablen Defekt bekommt. Diese ganz normalen Konstellationen sind es, übertragbar auf alle Gesellschaften, die die Autoren und Filmer im deutschsprachigen Kulturraum so faszinieren. Denn Patricia Highsmith findet für ihre seelischen Offenbarungseide immer die schauerlichsten, alptraumhaftesten Rahmen, die ihren ›Beziehungskisten‹ den rechten Furor geben.
Die Highsmith-Thriller sind groteske, aber präzise Befunde unserer modernen bürgerlichen Gesellschaft, die an Seelenasthma leidet.«
Wolfram Knorr/Die Weltwoche, Zürich

Der talentierte Mr. Ripley
Roman. Aus dem Amerikanischen von Barbara Bortfeldt

Ripley Under Ground
Roman. Deutsch von Anne Uhde

Ripley's Game
oder Der amerikanische Freund
Roman. Deutsch von Anne Uhde

Der Junge, der Ripley folgte
Roman. Deutsch von Anne Uhde

Ripley Under Water
Roman. Deutsch von Otto Bayer

Venedig kann sehr kalt sein
Roman. Deutsch von Anne Uhde

Das Zittern des Fälschers
Roman. Deutsch von Anne Uhde

Lösegeld für einen Hund
Roman. Deutsch von Anne Uhde

Der Stümper
Roman. Deutsch von Barbara Bortfeldt

Zwei Fremde im Zug
Roman. Deutsch von Anne Uhde

Der Geschichtenerzähler
Roman. Deutsch von Anne Uhde

Der süße Wahn
Roman. Deutsch von Christian Spiel

*Die zwei Gesichter
des Januars*
Roman. Deutsch von Anne Uhde

*Kleine Geschichten
für Weiberfeinde*
Eine weibliche Typenlehre in siebzehn Beispielen. Deutsch von Walter E. Richartz. Zeichnungen von Roland Topor

*Kleine Mordgeschichten
für Tierfreunde*
Deutsch von Anne Uhde

Der Schrei der Eule
Roman. Deutsch von Gisela Stege

Tiefe Wasser
Roman. Deutsch von Eva Gärtner und Anne Uhde

Die gläserne Zelle
Roman. Deutsch von Gisela Stege und Anne Uhde

Ediths Tagebuch
Roman. Deutsch von Anne Uhde

Der Schneckenforscher
Elf Geschichten. Deutsch von Anne Uhde. Mit einem Vorwort von Graham Greene

Leise, leise im Wind
Zwölf Geschichten
Deutsch von Anne Uhde

Ein Spiel für die Lebenden
Roman. Deutsch von Anne Uhde

Keiner von uns
Elf Geschichten
Deutsch von Anne Uhde

Leute, die an die Tür klopfen
Roman. Deutsch von Anne Uhde

Nixen auf dem Golfplatz
Erzählungen. Deutsch von
Anne Uhde

Suspense
oder Wie man einen Thriller schreibt.
Deutsch von Anne Uhde

Elsie's Lebenslust
Roman. Deutsch von Otto Bayer

*Geschichten von natürlichen
und unnatürlichen
Katastrophen*
Deutsch von Otto Bayer

Meistererzählungen
Deutsch von Anne Uhde, Walter E. Richartz und Wulf Teichmann

Carol
Roman einer ungewöhnlichen Liebe.
Deutsch von Kyra Stromberg

*›Small g‹ –
eine Sommeridylle*
Roman. Deutsch von Christiane Buchner

Drei Katzengeschichten
Deutsch von Anne Uhde

Zeichnungen

*Patricia Highsmith –
Leben und Werk*
Mit Bibliographie, Filmographie und zahlreichen Fotos. Herausgegeben von Franz Cavigelli, Fritz Senn und Anna von Planta